「変態」という文化

シリーズ文化研究

【第1巻】
沖縄ポピュラー音楽史—知名定男の史的研究・楽曲分析を通して　高橋美樹 著
【第2巻】
M. K. ガンディーの真理と非暴力をめぐる言説史
—ヘンリー・ソロー、R. K. ナラヤン、V. S. ナイポール、映画『ガンジー』を通して　加瀬佳代子 著
【第3巻】
「変態」という文化—近代日本の〈小さな革命〉　竹内瑞穂 著

シリーズ
文化研究
❸

「変態」という文化

近代日本の〈小さな革命〉

竹内瑞穂 著

ひつじ書房

まえがき

潤おいのある唇や滑かな舌の端が、ぺろぺろと擽《くす》ぐるやうに舐めて行く奇怪な感覚は恐ろしいと云う念を打ち消して魅するように私の心を征服して行き、果ては愉快を感ずるようになった。忽《たちま》ち私の顔は左の小鬢から右の頬へかけて激しく蹈み躪られ、その下になった鼻と唇は草履の裏の泥と摩擦したが、私はそれをも愉快に感じて、いつの間にか心も体も全く信一の傀儡《かいらい》となるのを喜ぶようになってしまった。

（谷崎潤一郎『刺青・秘密』（新潮社　一九九四）三五頁）

「すごいな、これ。パンクだな」。この一節を読んで思わずそうつぶやいたことを、今でもはっきりと覚えている。大学二年生の秋頃、場所は当時受付のバイトしていた病院の深夜の仮眠室だった。仮眠時間は与えられていたものの、急患の電話はいつ掛かってくるかわからない。怯えた私は、眠れない時間を近所の古本屋で適当に買った文庫本を漫然と読むことでやり過ごしていた。そんな気の抜けた読書を続けていた私にとって、これほどのインパクトをもった一文との出会いは、まったく予想外の出来事であった。

このとき読んでいたのは、明治末の一九一〇年代から昭和も半ばを越えた一九六〇年代に至るまで、文壇の第一線で活躍し続けた谷崎潤一郎の短編小説「少年」（一九一一）である。この作品は、三〇歳過ぎとおぼしき語り手が、子供時代に自分が経験した「遊び」の記憶を淡々と物語ることで進行してゆく。実は冒頭の一節も、狼とそれに喰われる旅人を演じる〈ごっこ遊び〉に、男児たちが興じている場面からの引用なのだが、そこに充ち満ちているのは、まさしく「奇怪な感覚」としかいいようのないものであった。無邪気な「遊び」のなかにそっと忍び込んでくる被虐的な快楽と、そこに漂う隠微な、しかし強烈なエロティシズム。それは、それまでの学校教育を通じて私のなかに築き上げられていた、近代文学は少々古めかしく、生真面目なものであるといった観念を脅かすノイズだったといってよい。

ただ、それゆえに新鮮でもあった。この出会いを契機として、その後しばらくのあいだ、私は谷崎の作品を手当り次第に読んだ。今考えれば、私は彼の文学のなかに、当時好きで聴いていたパンクロックと共通する薫りを感じ取っていたのだと思う。ラモーンズやセックス・ピストルズ、クラッシュといったバンドが次々とあらわれ、パンクというロック・ミュージックの一ジャンルが勃興したのは、一九七〇年代半ば頃であった。このムーブメントでは、技巧化し権威的にさえなりつつあった主流のロックに背を向けるように、ときに外れた音程で歌い、また勢いだけで突き進むような荒削りな演奏が好まれた。しばしば指摘されるように、そうしたスタイルは、支配的な権威への徹底した反抗と、自らのうちに生じた衝動のストレートな発露を是とする思想が体現されたものとみてよいだろう。

一見すると、谷崎の作品はこうした荒削りさを特徴とするパンクとは、対極にあるようにみえる。彼の場合、デビュー当初からその文章の完成度が高く評価されており、端整で華やかな文体は彼の大きな魅力とされてきた。しかし、私の琴線に触れたのは、そうした美しい文章自体というよりも、やはりそれを駆使しつつもどろどろと執拗に描かれる、逸脱的な嗜好や存在の数々であった。彼の紡ぐ物語の多くには、サディズム、マゾヒズム、フェティシズムといった要素が横溢し、ときにグロテスクささえ感じさせる。だが、私はそこに、己のうちに渦巻く逸脱的な欲望や衝動を赤裸々にさらけ出し、社会のせせこましい良識や規範といったものに自分からぶつかってゆく、そんなパンクとも響き合うイメージをみいだしていたのである。そこには、奇妙なまでに私の心を強く惹き付ける何かがあった。

そして時は経ち、文学の研究者を志すようになった私は、自分の最初の研究対象として谷崎を選んだ。なぜ、私がこれほど谷崎の描き出す逸脱的な嗜好や存在に強い魅力を感じるのかを、うまく説明する言葉を手に入れたかったのである。ところが、「研究は〝好き〟だけではつとまらない」。研究者のあいだではしばしば唱えられるこの格言は、嘘ではなかった。谷崎の作品と向かい合い、格闘するなかでみえてきたのは、彼の「変態」さが決して〈自らのうちに生じた衝動のストレートな発露〉にとどまるようなものではなかったということだ。それは、作家としての自分とその作品の新しさを演出するために、戦略的に取り入れられたものでもあった。谷崎は、西洋の先端的な精神医学書などから「変態」的な知見を懸命に仕入れ、それを従来の文学がいまだ足を踏み入れていない、新たな芸術的地平を切り開くためのスプリングボードとして流用していたのである。考えてみれば、パンクロックの精神を地でゆくような、無遠慮で反社会的な言動によって世にその名を知らしめたセックス・ピストルズでさえ、実際にはマネージャーのマルコム・マクラーレンによる、周到なイメージ戦略によって生み出されたものであった。残念ではあるが、パンクや谷崎のなかに、純粋な衝動のあらわれをみいだそうとした当初の私の見方は、あまりに素朴すぎたといわざるを得ない。

次第に私の興味は、「変態」的な文学を飛び越えて、そのような文学を生み出すに至った社会的・文化的背景へと向かっていった。その研究の過程で、私はそれまでの自分がどれだけ現代の感覚からものをみていたのかを知ることになった。例えば「変態」についていうならば、近代のそれは現代の我々が一般に想定するような、単に〈いかがわしい〉ものではなかった。もとは変態心理学や変態性欲論といった当時新興の学問に基づく、〈真面目〉で科学的な概念であったのである。

また、逸脱者を論じるための思想や理論と本格的に向き合い始めたのも、この頃であった。ミシェル・フーコーの著作からは、精神病者や犯罪者、そして性的逸脱者といった「異常者たち」が、いかに社会的・歴史的に構築されたものであったのかを教えられた。そして、性的マイノリティを論じたジュディス・バトラーやイヴ・K・セジウィックらの著作からは、ジェンダー論やクィア理論の価値転倒的ともいえるラディカルな視点を学ぶことができた。もちろん、私が影響を受けたのはこれらの思想家のみではない。しかし、逸脱者という個人をめぐるカテゴリーの問題が、実は近代的な権力構造という大きな問題と切り離せないことを理解させてくれたという点で、彼・彼女らの議論は特に重要なものであった。

こうして、私の知識は順当に増えていった。にもかかわらず、私が研究を始めた当初に抱いていた、自分がなぜ谷崎の描き出す逸脱的な嗜好や存在に、あれほどまで心惹かれたのかという疑問はいまだ解かれず、胸につかえたままであった。歴史的な背景を知った今の私からみれば、当時の自分が抱いていた谷崎やその逸脱性への思い入れは、素朴さゆえの勘違いに満ちた気恥ずかしいものにすぎない。だが果たして、その思い入れをただの勘違いとして、思考の対象から切り捨ててよいのだろうか。そのような思い入れや勘違いは、一体どのような欲望に起因しているのか。さらにいえば、その思い入れや勘違いを生み出す欲望とは、どのような仕組みや条件のもとで、私のなかにたちあらわれてきたのか。こうした点を考え抜いたほうが、よっぽど生産的な議論につながるのではないだろうか。

本書でこれから展開される各章は、こうした逡巡する思考のなかで、試行錯誤しながら書き継いできたものである。論じられているのは、近代日本という過去を生きた人々が築き上げた「変態」をめぐる文化についてではあるが、そこには現在にも通底するような逸脱的なものへの欲望と、それを育むメカニズムが、はっきりと刻み込まれていることをみてもらいたい。本書が、研究を志した当初の自分——そしてこの書を手に取り、ここまで読み進めてしまったあなた——が、なぜ「変態」をはじめとする逸脱的なものに、奇妙にも心惹かれてしまった（ている）のかを説明するための手がかりになることを願う。

目次

序章　逸脱者と近代的権力

1　笑われる出歯亀

一九〇八年三月二三日、東京府下多摩郡大久保村大字西大久保（現・新宿区大久保二丁目）の空き地で女性の死体が発見された。現場の状況からは、風呂屋帰りに強姦され、絞殺されたものとみられた。この事件はすぐに新聞などでは大々的に報じられたものの、当の犯人はなかなか捕まらない。それがようやくの解決をみたのが、四月四日である。別件の痴漢行為で、警察に拘留されていた池田亀太郎が、「自白」を始めたのだ。当時の報道によれば、亀太郎が湯屋のぞきで目についた女性に欲情し、帰り道で襲いかかったが、勢い余って図らずも殺してしまった、というのが事件の顛末であったという。そしてこの事件は、犯人亀太郎のあだ名から「出歯亀」事件と呼称され、広く世に知られてゆくことになる。

現在でも「出歯亀」という言葉は、「のぞき」のような変態的な行為、あるいはそういった行為をする人間に対する蔑称として生き残っている(1)。だが、その語源にさかのぼってみれば、「のぞき」だけにとどまらない、凶悪犯の姿があらわれてくるのである。

しかし考えてみれば、残念ながらこの手の事件は何時の世にもあったはずだ。それにもかかわらず、出歯亀の場合のみ、後世にその名が残ってしまったのはなぜなのか。他の類似する犯罪者たちと出歯亀を決定的に分つ点、それは彼がこの時代に奇妙なまでの人気を誇っていたことだった。

▲亀殿此日の出立
如何と見てあれは素肌に双子茶微塵の袷を着做し、萌黄絞りの三尺帯を腰下りに例の編笠を目深に冠つて午前九時肩を怒らせつゝ徐々に入廷した、頭髪は奇麗に刈つて捕縛当時に比ぶればスツカリ垢抜けして血色も

好く一段男前を上げたり。傍聴席の廂髪、丸髷扨は被告と同じ様な風体の阿兄連は目使い指使いしつ『アレが出歯ですかネー』［『］思つたより好男児だ…』抔と囁き合ふので廷内は暫時ガヤ〳〵として鳴りを静めなかつた。斯くして正に開廷の時刻とはなつたが弁護士に都合があつて開廷は十時二十分に延びた。且つ法廷の

▲傍聴席に貴族院議員

が四名迄も来て居たのは、流石に洛陽の婦女をして心魂を寒からしめた亀さんの人気の程が推し測られる。［中略］被告亀太郎は

▲流暢な江戸児弁

で『植木職兼鳶職、生れは本郷湯島、勲章なんて無えんだが鳶の免状はありやす』とチヨボクレ式に陳べる『流石は職業柄でトビ〳〵やるな』と駄洒落れるものもある。［中略］すると亀は

▲［『］私は一つも覚が無い

全く存じない事です。私は警視庁で刑事の圧制を蒙つたんで心にも無い事を云つたんです』と柄にも似合はぬ漢語交りで激しく予審の供述を否認した。傍聴は亀の漢語が可笑しいのかクス〳〵と笑ふ。(2)

これは、亀太郎の第一回公判の様子を報じた新聞記事の一節である。しかし、そこに書き取られた傍聴人たちのおしゃべりは、深刻な事件を扱っているはずの裁判には、とても似つかわしいとはいえないものだった。彼らは、亀太郎の発言を駄洒落によって茶化したり、またはそれをクスクス笑いあう。傍聴人たちにとって出歯亀は、強姦殺人の凶悪犯ではなく、見世物でしかなかったようにみえる。しかも、そのようなまなざしを、亀太郎を「亀さん」と気軽に呼び、彼の形式張った発言を「柄にも似合はぬ」と判断するこの記事の書き手までもが共有

していることは、見逃すべきではないだろう。事件当初の「残虐無道なる色餓鬼[3]」といった〈恐るべき存在〉から、「人気の程が推し測られる」ような〈笑うべき存在〉へ。この真逆ともみえるイメージの変転はなぜ引き起こされたのか。おそらく、この謎を解くための鍵は、出歯亀とその彼を笑う人々が共に生きた、近代という時代にある。

出歯亀という存在を分析するにあたって、近代という時代との関係を考慮しなければならない理由。それは一言でいえば、出歯亀が近代のまなざしの産物であったからにほかならない。例えば、近代に急速な発展を遂げつつあった精神病学などは、そうしたまなざしの代表的なものだった。この精神病学と出歯亀がどのように関わり合っていたのかは、「色情狂」という概念をめぐる議論というかたちで具体的にみることができる。この「色情狂」という言葉の使用は、亀太郎が逮捕される以前からすでに始まっていた。「此痴漢を物取り泥棒の如く云ひなす人もあれど色情狂の仕業なること明かにして」（『万朝報』一九〇八・三・二六）、または「先般来出没せる色情狂の所為であらう」（『読売新聞』同三・二八）といった記述からは、推測される犯人像として「色情狂」を挙げるのが、ありふれた言い回しであったことがみてとれる。さらに亀太郎の逮捕後は、出歯亀は「色情狂」であるという認識が、よりはっきりと示されるようになる。長屋の家主は「亀太郎に色情狂と云ふ一種の病があることは此近辺で知らぬ者はありません」（『万朝報』同四・六）というコメントを残しているが、そこからは、「色情狂」という言葉の使用が知識人たちに限られているわけではなく、一般の人々にもある程度具体的なものとして把握され、使用されていたことがうかがえよう。

重要なのは、家主のコメントにもあるように、「色情狂」が「一種の病」として認識されていたということである。斎藤光によれば、この「色情狂」という言葉は、精神病学の世界的権威であったリヒャルト・フォン・クラフト＝エビングの著書『Psychopathia Sexualis』（一八八六）を翻訳した『色情狂編』（土筆子［＝三島通良］訳　春陽堂一八九四）によって初めて使われ、その後普及していったのだという。[4]当時の『色情狂編』の広告文[5]をみてみると、そこには「世界稀有之一大珍書」、「毎頁必ず実例を掲」げ、「六百人の情夫を有して男色に耽るもの等、一として奇異ならざるはなし」といった煽情的な宣伝文句が並んでいる。ただ一方では、「精神病学は素と医学中高尚の学術にして医と雖ども之れを解するもの稀なり」とも書かれており、この書があくまで精神病学という高度な「医学」を扱ったものであることが強調されている。つまり、通俗化しつつあったとはいえ、「色情狂」という言葉はあくまで医学的な専門用語の一つであった。そのような特殊な言葉がこれだけ普及し、利用されていたという事実からは、社会規範から逸脱した存在を医学的に捉えてゆこうとするまなざしが、広く共有され始めていたことがみえてくるだろう。「色情狂」というラベルを貼られた出歯亀は、医学的なまなざしの下に管理されるべき〈病人〉として、社会のなかに浮かび上がってきていたのである。

また、出歯亀のイメージ形成という問題を考えるのであれば、マスメディアというもう一つの近代を代表するまなざしもまた、無視することはできない。当然のことではあるが、法廷の傍聴人たちが抱いていた出歯亀への印象は、ほとんどが新聞などのマスメディアよる報道にもとづいて形成されたものだった。彼らが傍聴人である前に、まずそれら媒体の読者であったことを忘れるべきではない。事件直後から、新聞紙上には、亀太郎の日常や家族構成が事細かに紹介され、さらに友人や近所の人々の語りなどが繰り返し登場していた。読者たちは、そうした出歯亀に関する事細かな情報を、日々一方的に手にすることができたのである。そのような状況は彼ら読者たちに、あたかも出歯亀という存在のすべてを知り得ているような幻想を与えてゆくことになるだろう。傍聴人たちが、「亀の［語る］漢語が可笑しいのかクス〳〵と笑」ったのは、漢語のもつ知的なイメージが、亀太郎のキャラクターには「柄にも似合はぬ」ものだと判断したからだった。おそらく亀太郎本人の認識では、法廷という公的な場で漢語を語ることは、ふさわしい振る舞いであったはずだ。ところが、マスメディアを通じ彼をよく知っていると信じる傍聴人たちにとって、それは分不相応で滑稽な振る舞いとしか映らなかった。彼らは、出歯亀としての亀太郎が、どのような人間で何をなすべきかを、〈本人以上によく知っている〉人々であった。

しかし、よく考えてみれば、さきほど確認してきた医学的なまなざしもまた、この〈本人以上によく知っている〉という一方的な感覚を、人々にもたらすものだったのではないだろうか。出歯亀の場合でいえば、人々は精神病学という〈客観的〉な知識を補助線とすることで、彼の不可解さを〈病〉という枠にはめ、理解可能なものへと読み替えてゆく。それは確かに、他者理解の方法としては合理的であるかもしれない。ただし、この種の理解は、多くの場合、その相手の言葉の意味を剥奪する方向に作用することには注意が必要だろう。先に紹介した、クラフト＝エビングの『Psychopathia Sexualis』には、あらゆる「色情狂」たちの言葉が採集されている。だが、それらはあくまでクラフト＝エビングの議論を裏付ける「症例」として掲載されているにすぎない。彼らの言葉は、研究材料という枠組みにすべて回収され、それ以上の意味が読み取られることはない。こうした扱われ方は、傍聴人たちが自らの出歯亀像からはみ出すような亀太郎の訴えを、笑うことで実質的に黙殺してしまう様子とも重なり合うようにみえる。

ここまでの議論をみる限り、人々の出歯亀に対する認識の変容は、「幽霊の正体見たり枯れ尾花」ということわざを地でゆくものだったといえよう。わからなさゆえの恐怖は、枯れたすすきの穂さえ幽霊と錯覚させる。しかし、それも「正体」さえわかってしまえば、そこに残されるのは恐怖から解放された安堵の気持と、そんなものに怯えていた自分に対する、ばかばかしいという思いだけである。

このように考えた場合、出歯亀をめぐる言説空間において、精神病学やマスメディアといった近代のまなざしが、これほど強い影響力を持ち得た理由がはっきりとしてくるだろう。それらはともに、出歯亀の「正体」が恐るるに足らない存在であることを見抜き、それを〈事実〉として確証してくれる。法廷に満ちた傍聴人たちの小さな笑い声とは、単に現実の出歯亀の滑稽さに対する嘲笑なのではない。それは、恐るべき出歯亀という不気味な「幽霊」を、近代のまなざしによって追い払えたことへの安堵の吐息でもあったのだ。

2 逸脱者と権力構造

この出歯亀と近代のまなざしの物語は、近代日本の逸脱者をめぐる文化について論じようとする本書がおさえておかなければならない、いくつかの重要なポイントを教えてくれる。

まず確認しておきたいのは、近代の逸脱者は、複数の規範を通じて逸脱者として位置づけられてゆくということである。社会全体が共有する単一絶対の掟のようなものがあって、それに違反するか否かによって、ある個人が逸脱者かどうかが判断されるわけではない。出歯亀の場合であれば、犯罪者として裁こうとする国家の刑法や、「色情狂」という〈病人〉とみなす精神病学などが、別々の基準にもとづきながらも、彼が規範からの逸脱者であるという判断を下してゆく。つまり近代の逸脱者とは、様々な規範が重層的に折り重なり、相互に作用しあうなかで決定されてゆく存在であったといえる。

そして、こうした特性ゆえに、近代の逸脱者の定義は常に流動的とならざるを得ない。ある人間の行動や性質が逸脱的とされるかどうかは、そこにいかなる規範が関わっているのか、またそれら規範のあいだの力関係はどのようなものであったかが密接に影響してくるからだ。この点については、近代的なまなざしの介入を経て、出歯亀が〈恐るべき存在〉から〈笑うべき存在〉へと変転したことを思い出せば足る。(6) したがって、近代の逸脱者とは何者であるかをあえて定義するのであれば、〈近代のある局面において、規範から外れているとみなされた存在〉といった大まかなものとなるだろう。

このように、逸脱という現象を逸脱者個人の性質などに還元せず、社会構造のなかで構築されてゆく問題として捉えようとする研究は、一九六〇年代にラベリング理論を提唱したハワード・S・ベッカーなどをはじめ、すでに様々な論者によって進められてきた。なかでも、そうした逸脱者の構築という問題を足がかりとしながら、近代という時代を問い直すミシェル・フーコーの議論は、本書にとって特に重要な意味を持っている。

フーコーは、狂人（『狂気の歴史』）や犯罪者（『監獄の誕生』）、あるいは手淫者や同性愛者（『知への意志』、『異常者たち』）といった、逸脱的とみなされた人々の歴史を、しばしば主題としてとりあげてきた[7]。フーコーにとって問題であったのは、彼らのような社会から抑圧された存在が、どのようなシステムによってまなざされ、規定されていたのかであった。したがって、そこでもくろまれるのは、被抑圧者たちの悲惨な状況を訴えて同情をかうことでも、ただの歴史的事実の再現でもなかった。逸脱者を生み出す権力のありようこそが、問われるべき問題だったのである。

フーコーの権力論に特徴的なのは、権力を法や王に象徴されるような超越的な存在によって〈上〉から抑圧してくるものとして捉えず、逆にそれは〈下〉から、例えば家族のような社会の末端にある小集団における関係性のなかから生み出されてくるとする見方である。このような観点からすれば、権力は「支配する者と支配される者という二項的かつ総体的な対立」としては、捉えられない。それは「無数の点」から発せられる力が交錯する中で構築されてゆく「網の目」のようなものなのだ[8]。

しかし一方で、こうした権力の理解は、権力への抵抗というものが、これまで考えられてきたほど単純に達成できるものではないことも、また明らかにすることになった。性の告白を例にとってみよう。一般的に近代では、性は隠すべきものとされ、権力によって禁じられてきたかのようにみえる。だからこそ、性を告白することは、「法を揺がし、多少とも未来の自由の先取り」をするための抵抗的な行為として、人々に受け止められてきた。しかしフーコーは、性が「古い秩序を攻撃し、偽善を発き」、「別の社会を幻想させ」る「革命」としてイメージされることが、社会のなかでどのような機能を果たしてしまうのかを問おうとする。[9] そして、彼が導きだした結論は、性を告白することは、その「革命」のイメージとは裏腹に、実際には近代国家や資本主義が要望する、人口の管理体制を強化する一助をなしているというものであった。

近代の権力は、人々を殺すぞと脅すことで支配してゆくのではない。それは人々をより良く生きさせようと統治してゆく。性の告白を取り巻いていたのも、生権力と呼ばれる、このタイプの権力であった。つまり、性をめぐる言説は、ある局面では個々人の身体の「調教」と「規律」化のため、そして別の局面では人口の調節に資するために、〈より良い生〉を志向する生権力によって語らされていたともいえる。

生権力によって包囲された社会が、良いものなのか悪いものなのかは、一概にいい切ることは困難である。多くの人間が、そのなかで生かされていることも、一つの現実だからだ。とはいえ、〈より良い生〉を求めることが、しばしばそれを阻害するものに対する、過剰なまでの暴力を誘発することは、見逃してはなるまい。優生学やナチズムなどにみられる、劣等とされた逸脱者の抹殺を是とする思想は、その典型であった。[10]

権力への抵抗が、反対に権力構造の強化へと結びついてしまうこと。〈より良い生〉の希求が、〈排除されるべき生〉を生み出してしまうこと。こうした近代的な権力の複雑さを認識しようとする視点は、日本の近代文化史に関わる様々な研究にも、大きな影響を与えてきた。具体的には、日本における性欲概念の展開を追ったセクソロジー研究やセクシュアリティ研究、[11] または、近代的な諸制度を批判的に捉え直そうとする、刑法や福祉行政の研究[12]や精神医学史の研究[13]などが、その例として挙げられる。それらの研究は、あたかも普遍的であるかのように振る舞う近代的な概念や諸制度に対し、忘却された歴史的な〈実態〉を突きつけることで、その相対化を図ってゆく。その方法もまた、過去の出来事や装置を分析することを通じ、合理的で連続した歴史というイメージに抗する様々な断層や差異を浮かび上がらせてゆこうとした、フーコーの手つきを引き継いだものだといえよう。

またそうした議論のなかで、近代日本の逸脱者たちが、どのように排除あるいは監理の対象とされてしまったのかが、少しずつ明らかにされてきたことは注目に値する。例えば、前近代の社会では神意の発現ともされてきた〈もの憑き〉は、精神医学の導入によって精神病者へとカテゴライズされ、「監護」の対象とされてきた。[14]また、近世までは男色文化の実行者としてあった男性同性愛者は、変態性欲者というコードの台頭によって、その意味を大きく変容させた。彼らはそのコードに従って人々からまなざされるとともに、自身もそのコードを内面化してしまうことで、〈病人〉としての同性愛者というイメージへと転落していったのだという。[15]

先行論で試行されてきたこのような分析スタイルは、近代的な科学や医学の導入が〈より良い生〉をもたらすはずだという常識を相対化するのに、高い効果を発揮する。しかし、この分析スタイルによる鋭い批判が皮肉にも、時に新たな行き詰まりを生み出してしまうことには注意しなければならない。その問題性を訴えようと、近代的な権力構造の遍在性や執拗さを繰り返し強調することが、それをどうやっても逃れきれない、絶対的な〈檻〉であるかのように描き出してしまう。あるいは、近代的な権力構造を相対化するために、〈実は素晴らしかった前近代的なシステム〉を対置したものの、逆に後者を絶対善とする奇妙なロマンティシズムへと陥ってしまう。そのようなパターンが、この種の研究ではしばしば繰り返されてきた。

おそらく、これら行き詰まりを生み出す分析に共通するのは、近代の権力構造の内部で起っていることへの意識の低さである。権力の捉え方を「二項対立」的なものから「無数の点」の「網の目」へと転換した、フーコーの権力論が卓見だったのは、そうした「網の目」のような権力構造のなかに新たな抵抗の契機をもみいだしていたことだ。

あらゆる場面に権力が遍在することを前提とする彼の権力論においては、権力の〈外〉にある真の解放を手にするといった、安易な「革命」への期待は許されない。しかし一切の抵抗がありえないというわけではない。権力の「網の目」のなかには、常に「複数の抵抗」があるのだという。[16]「網の目」のような権力とは、局所々々で分散的に作用する力が、多層的に折り重なるなかで構築されてゆくものであった。それは必然的に、力と力のあいだに常に小さなほつれやずれが生じる危うさ――いい換えれば余地――を抱え込んでしまう。さらに注目すべきは、権力が重層的に構築されているがゆえに、そうした小さな「複数の抵抗」でさえ、権力の構造全体に影響してしまう点だ。それらの「抵抗」によるずれが積み重なるならば、権力構造全体さえもが次第に組み替えられてゆくのではないか。これがフーコーの権力論が示す、新たな抵抗の可能性であった。

この議論には、先に挙げた行き詰まりを抜け出すヒントが示されているようにみえる。まずは絶対的にもみえる〈檻〉に、本当に亀裂はないのかを注意深く確認してみよう。わざわざ他のシステムを美化してまで持ち出すまえに、同時代の権力構造のなかに潜在する、自らを相対化してしまいかねない地点を探ってみるべきなのだ。そして、そのような亀裂は、出歯亀を取り囲む〈檻〉にもみいだすことは可能である。

一九〇九年六月、大審院は上告を棄却し、亀太郎の無期懲役が決定した。この判決により、出歯亀は文字通り檻のなかへと閉じ込められてしまうことになった。この入獄中の亀太郎に関しては、大杉栄の『獄中記』(一九一九)に、次のような記述が残されている。

出歯亀にもやはりここで会った。大して目立った程の出歯でもなかったようだ。いつも見すぼらしい風をして背中を丸くして、にこにこ笑いながら、ちょこちょこ走りに歩いていた。そして皆んなから、
「やい、出歯亀」
なぞとからかわれながら、やはりにこにこ笑っていた。刑のきまった時にも、
「やい、出歯亀、何年食った?」

と看守に聞かれて、

「へえ、無期で。えへへ」

と笑っていた[17]

どうやら、大杉にとって出歯亀との初対面は、拍子抜けの感を伴うものだったようだ。彼もよく知る有名な出歯亀は、実際に出会ってみれば、トレードマークの出っ歯はそれほど目立ったものだとは感じられなかったのである。実はこのような違和感を抱いていたのは、大杉だけではなかった。『東京二六新聞』（一九〇八・六・一七）には、出歯亀事件の公判が進むにつれて、人々のあいだから「さまでに目立つといふ程にもあらぬ歯を出歯といふ綽名如何にも訝し」という意見が多く聞かれるようになってきたという報告が載せられている。このような意見に対し、この記事では、この奇妙なあだ名には三つの異説があるのだと説明する。それを挙げれば、「即ち第一説には［中略］何にでも出張《でばり》たがるより出張亀の称ありといひ第二説には同人の歯は普通いふ如く少し出て居るに起因せりといひ又亀太郎は性質頗る短気に且つ荒けなく、事あれば妄に出刃三昧を為すより、出刃亀といふなりとの三説」であったという。しかし、亀太郎の妻や知人の話を綜合すれば、「第一説最も有力にて出刃《ママ》［歯］亀は出張亀の訛伝」と考えられると結論づけている。

大杉栄の文章や『東京二六新聞』の記事から推察されるのは、出歯亀の出っ歯というものが、マスメディアによる過剰なデフォルメの産物にすぎなかったということだ。とはいえ、亀太郎が本当はさほどの出っ歯ではなかったという事実そのものは、本章の議論にとってそれほど重要ではない。それよりも、同時代の言説のなかですでに出歯亀イメージを相対化しかねないような、齟齬やとまどいがあちらこちらに顔をのぞかせているという事実にこそ、視線を向けるべきである。

権力構造のほつれが確かにそこにあるとするならば、残された問題は、それを分析者が掬い上げ、適切に意味付けられるかどうかである。

では、こうした近代の逸脱者と権力に関する議論をふまえた上で、本書はどのように逸脱者たちを論じようとするのか。次節からは、そのもくろみと具体的な方法とを確認してゆくことにしよう。

3　「変態」概念を〈消費〉するということ

本書の考察の中心となるのは、近代日本の逸脱者（としてまなざされた存在）と、それをめぐる文化の在り方である。前節までで確認してきたように、それは第一に、近代日本の文化という領域において、いかなる権力構造が作動していたのかを明らかにしてゆく作業となるだろう。その際には、逸脱者を排除・抑圧する権力のありようを正確に捉えるとともに、そのなかで逸脱者とされた人々がどのように生きようとしたのかを、丁寧に掬い上げてゆくことを目指す。さらに本書では、抑圧者／被抑圧者といったわかりやすい枠組みに収まりきらない、自ら逸脱者というカテゴリーを選び取ってゆく人々の存在もまた、積極的に分析の対象としてゆく。特に最後の点は、これまでの先行論ではほとんど看過されてきたといってよい。だが、逸脱をめぐる文化の複雑さを捉えようとするならば、実は最も綿密に分析すべき部分であると考えられる。

これらの考察からは、フーコーがいうところの「複数の抵抗」が、近代日本の文化のなかで、どういったかたちをとり得たのかが確認されるはずだ。そして、それは同時に、逸脱者をめぐる文化が、抑圧や差別のみで構成されたネガティヴなものだったわけではなく、新たな主体や共同体を構築してゆくポジティヴなものでもあったことを、実証してゆくことにも繋がるだろう。

ここで先に述べておけば、本書がとりあげる抵抗のほとんどが、同時代では失敗した抵抗であった。さらにいえば、見方によってはそれらも性の告白と同様に、実は生権力の社会への浸潤を加速させかねない、危うさを抱えたものでもあったことも否定しきれない。ただ、それでも強調しておきたいのは、そこではまぎれもなく〈何かが起っていた〉ということだ。近代的な権力は、常に自らを自然で必然的なものとして提示する。ゆえに、過去に起ったあらゆる抵抗の失敗は、一見しただけでは、さも当然の結果であったかのように現在のわれわれにはみえてしまう。しかし、本当にそうした失敗には、何の意味もなかったのか。逆にそこには、権力構造の安定を乱す何かが含まれていたがゆえに、あたかも〈何も起らなかった〉かのように、隠蔽されてしまっているのではないのか。この仮説を問うためには、少なくとも一度は、逸脱者たちの失敗した抵抗に日の光を当ててみる必要があるはずだ。

とはいえ、このような問題を考えるにしても、「近代日本の逸脱者たち」といった主題を設定しただけでは、あまりに対象とする範囲が漠然としてしまっている。そこで本書では、議論の軸として「変態」という概念を据えてみたい。「変態」とは、現在でも一般に流通している言葉・概念だが、それは歴史的にみれば、極めて近代的な概念であった。それはもともと、心理学の一領域である「変態心理学」や、セクソロジーの流れをくむ「変態性欲論」といった、一九一〇年前後に相次いで登場してきた学問を出自とする。それが研究家(「変態」概念のイデオローグ)たちに理論として形成されてゆく過程で、医学や精神分析学、さらには退化論や天才論といった思想までを取り込み、いうなれば、逸脱者をめぐる近代的知のごった煮と呼べるようなものになっていったのである。その融通無碍さは、現代からみればうさん臭ささえも感じさせる。だが、当時の文脈では、それは先端的な科学理論に支えられた、まさに注目の新興科学であったことは忘れてはならないだろう。

ところが興味深いことに、この概念はある時期から急速に通俗化し、大衆文化の中で大流行しはじめてしまう。「モガ(モダンガール)」や「モボ(モダンボーイ)」といった流行語を生み出したことでも有名な評論家・新居格は、その頃の社会の空気を次のような言葉で捉えようとする。

現代が先端時代若しくば、先端事象を愛好する時代であることは確かだ。［中略］尤も、社会自体にも安定性を著しく欠く。そこに焦燥があり、苦悩があり、旋風的な動揺さへがある。それが、刺戟と、怪奇と、異常と、約言すれば、退化的とも見える乱舞をも追求する。エロ時代、ナンセンス時代、グロ時代、さらにエロとグロの混和になるエロ・グロ時代ともなるのではないか。[18]

新居がその鋭敏な感性で察知したのは、「エロ」や「グロ」、そして「ナンセンス」といった「退化的とも見える」ものが、逆にもっとも「先端」的とされてしまうような転倒した価値観の台頭であった。新居がこう評した一九三〇年代とは、戦前期では最も都市文化が栄えた時代であったが、それは同時に、「怪奇」や「異常」がもてはやされた、いわゆるエロ・グロ・ナンセンスの時代でもあったのである。確かにこの奇妙な流行は、同時代からすでに「甚だ怪しげな過渡期的産物[19]」と批判的に論じられてきたように、あくまで一九三〇年の前後数年を中心とした、短期間の現象でしかない。しかし、「変態」概念に焦点を当ててみるならば、この時期に断絶といってもよいほどの変化が認められる。この概念にはそれまで、先端的な科学理論という学術的なイメージが付与されていたわけだが、この時代になると〈科学理論〉という部分は脱ぎ捨てられ、ただ〈先端的〉なイメージのみが一人歩きを始めてしまう。

つまり「変態」とは、時代の移り変わりとともに、その社会的意味を、時には原型をとどめないほど大きく変容させてゆく概念であった。それは見方を変えれば、近代日本の社会や文化において、〈逸脱的なもの〉が担っていた意味そのものが、流動性をもっていたということを示している。おそらく、この流動性が生じるメカニズムや、なぜそれが生じる必要があったのかを明らかにすることが、近代という時代に、「変態」概念および逸脱者がなぜこれほどまでに人々に求められ、流行するに至ったのか、そしてその文化的な意味は何であったのかを理解するための鍵となってくるだろう。

この課題の解決のために、本書では人々がどのように「変態」概念を〈消費〉していったのかを、特に重視してゆく。ここでいう〈消費〉とは、貨幣の交換を中心としたいわゆる経済学的な意味に限定されるものではない。カルチュラル・スタディーズでは、〈消費〉という概念を拡張し、消費者がモノや情報を利用することで、新たな文化的意味を生じさせてゆく過程として捉え直しているが[20]、本書もまた、この観点を引き継いでおきたいと考えている。なぜなら、このように〈消費〉の生産的側面に注目することによって、「変態」概念の受容という問題を、イデオローグたちのメッセージをどの程度正確に受け取ったか、それとも受け取らなかったのかといった、発信側を中心とした認識から脱却させられる可能性があるからだ。実際のところ「変態」概念は、イデオローグたちが理論的に作り上げたというよりも、市井のなかで非常に曖昧なかたちで構築されていった。それを、単純に一方通行的な発信/受容のモデルだけで解釈していくのは、かなりの無理がある。その点、受容側の消費を能動的な文化生産過程とみなせば、その過程で生じた「変態」概念の変容も、単なる錯誤としてではなく、何らかの意味があるものとして積極的に捉え直してゆけるようになると考えられる。

「変態」概念やエロ・グロ・ナンセンスを論じた先行研究は、隣接領域からの言及も含めれば一定の蓄積がみられるが[21]、そのなかで消費とその政治性の問題に焦点を当てているのは、ミリアム・シルバーバーグの議論[22]などに限られてくる。日本の近代文化を題材として、近代性《モダニティ》の問題を考えようとする彼女が着目したのは、そこに刻印された「モンタージュ」性であった。彼女によれば、日本文化は、日本や西洋といった「さまざまな起源をもった」文化的な「断片[23]」が混合することで形成されたものである。しかしだからといって、それはこれまでよくいわれてきた「借りもの」文化なのではない。消費する主体は、それらの断片を「戦略的」に切り替えつつ用いることで、新たな文化的意味を生産しているのだという。

このシルバーバーグの議論が興味深いのは、消費することの生産性を指摘するだけでなく、消費する主体の問題にまで踏み込んでいる点である。彼女は消費者（Consumer）ではなく、消費主体（Consumer-subject）という言葉を使うが、それは日本の消費者が主体《subject》であると同時に、常に帝国臣民《subject》でもあったことを含意してのことであった。消費という行為は、ある面からは自由にみえても、別の面からみればそうとは限らない。消費主体は〈消費〉によって生産に携わるだけではなく、それ自身も様々な権力のかかわり合いのなかで生成されていることは、確かに忘れてはならないだろう。

とはいえ、本書がシルバーバーグの議論と、全く同じ見方を共有しているわけではない。本書の立場からすれば、「エロ」「グロ」「ナンセンス」がともに、普通でありきたりなものからの差異、いいかえれば〈逸脱的なもの〉であることを売り物にする〈商品〉であったということに、彼女があまりに無関心であるようにみえる。それは、エロ・グロ・ナンセンスという流行のキーパーソンだった、「エログロの帝王」こと梅原北明の名が、彼女の議論にはまともに登場してこないことに象徴されよう。[24] この流行に関わる消費主体たちの多くは、北明のような売り手が提供する〈逸脱的なもの〉のイメージを〈消費〉していた。ならば、エロ・グロ・ナンセンスの〈消費〉を総体的に理解するには、この売り手側の論理をも考慮にいれる必要があるはずだ。

また、彼女の議論では、「エロ」は「多様な官能的満足や身体的表現性、社会的親密さの肯定」を暗示し、「グロ」は「社会的不平等」と「不景気によって限界づけられた消費文化のなかで生きる」下層民たちと結びつけられる。また「ナンセンス」は、「欧米の習俗に支配されている近代性によってもたらされた変容、といったテーマを扱う、政治的なアイロニック・ユーモア」の問題として扱われてゆく。[25] このような論じ方は、エロ・グロ・

ナンセンスが、単なる皮相的流行ではなく、同時代の様々な文化的文脈と結びついていたことを教えてくれる。ただし、エロ・グロ・ナンセンスの三項を別個に論じることで、逆に見失われるものも少なくない。それは、これら概念がはらむ〈逸脱的なもの〉であるというイメージの共通性を曖昧なものとしてしまうだろう。

シルバーバーグの議論が、エロ・グロ・ナンセンスの〈売り手〉や〈逸脱的なもの〉としてのイメージにそれほど重きを置いていないのは、結局はそれを日本文化の近代性《モダニティ》や「モンタージュ」性のモデルとして位置づけたためであろう。対して本書では、エロ・グロ・ナンセンスをあくまで、日本の近代を底流してきた〈逸脱的なもの〉への欲望が、〈商品〉というかたちをとったことで、一挙に顕在化してきた流行として位置づけてゆく。したがって、〈逸脱的なもの〉にどのような人々が、いかなる欲望を抱いて引き寄せられていったのか。そして、そこでの多様な欲望の交錯のなかで、何が生み出されていったのかといった、逸脱をめぐる文化政治こそが、ここでは問われることになる。

4　本書の構成

以上のようなもくろみを具体的に展開させてゆくにあたって、本書は次のような三部構成をとっている。

最初の第I部「「変態」の生成と流動」では、近代的な「変態」概念の成立と、それがいかに社会のなかで〈消費〉され、流動化させられていったかに焦点が当てられる。第1章「変態性欲論と変態心理学――大正期「変態」概念の成立――」では、近代に登場した変態心理学と変態性欲論という、性的・心理的逸脱を対象とする学問領域の成立過程を追う。本章の出歯亀事件の議論で確認してきたように、逸脱者を語る枠組みは近代化にともない、新たな技法や論理に依拠したものへと変化してゆく。ここでは変態性欲論と変態心理学という二種の学問をとりあげ、それらの比較を通じて、大正期「変態」概念の理論的構造を検討しておきたい。その分析は、当時の学者や研究者たちが、「変態」概念という先端的な知に依拠しながら、逸脱者たちをどのような理論的枠組みに囲い込もうとしていたか、そしてその問題性は何だったのかを、浮き彫りにしてゆくだろう。さらに、続く第2章から第4章にかけては、それら「変態」理論のイデオローグたちの構築してきた「変態」という概念が、実際にどのように〈消費〉されていったかがとりあげられている。第2章「「変態」に懸ける——『変態心理』読者とそのモチベーション——」では、理論化が進められてきた「変態」概念を、変態心理学の専門誌『変態心理』の読者たちがどのように〈消費〉していったかに焦点を当てる。そこには、変態心理学や変態性欲論などの「変態」理論を受容し活用することで、自らの社会的地位の上昇を目指す人々の姿が確認できる。彼らの言動の分析からは、「変態」概念という科学的な知が、実は文化的な意味における政治性を、抜き難いまでに帯びてしまっていたことが明らかになるだろう。第3章「「民衆」からの〈逸脱〉——「変態」概念および天才論の流行と文壇人——」では、文壇人たちの「変態」概念との向き合い方から、この問題を探ってゆく。雑誌『変態心理』のアンケートをみてみると、「変態」を自称する者がしばしば見受けられるが、これは別に自己卑下や謙遜だったわけではない。この章では、それが自らを「変態」とすることで、同時代に台頭しつつあった「民衆」と己を差異化しようとする、彼らなりの防護策であったことが論じられる。そして、文壇人による「変態」概念の〈消費〉は、文学作品のなかでも行われていたことも忘れてはならない。その具体的なありようは、第4章「「変態」の「流動」——谷崎潤一郎「鮫人」の逸脱者たち——」で、谷崎潤一郎の作品を例としながら確認してゆく。

ここまでの第I部は、「変態」をめぐる理論を自ら打ち立てようとしたり、その概念を積極的に利用してゆこうとする人々を中心に論じるものである。しかし、この時代のすべての人間が、彼らのような立場から「変態」概念と向かい合ってこられたわけではない。他者から「変態」とラベリングされ、好むと好まざるとにかかわらず、その概念と格闘しなければならない人々も、少なからず存在したのである。次の第II部「「変態」と呼ばれた者たちの生」で問われるのは、そうした「変態」であることを引き受けて生きるということが、どのような意味を持つものだったのかである。第5章「共同体への憧憬――小山内薫の芸術観と大本教信仰――」では、雑誌『変態心理』などで「変態」の典型として激しくバッシングを受けた大本教信仰の問題を、第6章「欲望される〈天才〉――「変態」概念による批評と作家の〈偶像〉化――」では、有島武郎の情死という、これもまた「変態」的とされ、社会的な批判の対象となった事件をとりあげる。そして、第7章「主体化を希求する〈逸脱者〉たち――男性同性愛者たちの雑誌投書――」では、変態性欲論・「近代家族」規範の二つのパラダイムを内面化したことで、自らを先天的な病者で、社会的な有害者とみなすに至った同性愛者たちをみてゆく。

「変態」というラベルを背負って生きることは、決して楽なことではない。だが彼らは、ただ虐げられているだけのか弱き被害者でしかなかったのか。この第Ⅱ部では、そのような状況下で、彼らがいかに生き抜こうとし、何を生み出していたのかに注目することで、近代日本で「変態」概念が果たした、善／悪のどちらか一方で語り切ることができない役割を析出してみたいと考えている。

最後の第Ⅲ部「「変態」の〈商品〉化」は、時代が少し下り、一九二〇年代後半から一九三〇年代にかけて現れた、エロ・グロ・ナンセンスの時代の「変態」を取り扱う。第8章「エログロへの〈転向〉――梅原北明の抵抗と戦術――」では、「変態」がまさに〈商品〉化され、新たな文化的価値を与えられてゆく姿を、「エログロの帝王」こと梅原北明の長編小説『殺人会社』の分析を通じて確認する。もとは科学および医学の一端を担う知としての〈深刻さ〉を有していた「変態」概念は、こうした〈商品〉としての〈消費〉によって、あたかもたががが外れたかのように、社会やメディアのあらゆる場面へと軽やかに拡散してゆく。第9章「左翼・エログロ・ジャーナリズム――『新愛知』におけるプロレタリア文学評論とモダニズム――」で考察するのは、そうした逸脱的なものが〈商品〉化されてゆく潮流が、思いがけない領域にまで影響を及ぼしてしまう状況である。それは、一見するとエロ・グロ・ナンセンスの軽薄さとは対極にあるような、プロレタリア文学といった領域にまで波及し、そのコノテーションさえも変容させてゆくことになるだろう。〈消費〉の水準では、エログロもプロレタリア文学も同質な〈気分〉として扱われてしまうのである。それはプロレタリア文学から政治性を剥奪する、不遜な現象なのかもしれない。しかし、この変容は一方で、プロレタリア文学というジャンルに潜在する、多様な視角を呼び起こす契機ともなりえるものだったことは、看過すべきでない。第10章「プロレタリア文学の〈臨界〉へ――井東憲『上海夜話』におけるプロレタリア探偵小説の試み――」で論じるのは、プロレタリア文学を通俗化しようとする試みが、大文字の〈政治〉の範疇からはみ出してしまっているが故に認知されてこなかった、同時代の様々な問題を浮上させてゆくという現象である。

そして終章では、『変態心理』に代表される学術的「変態」概念の時代から、エロ・グロ・ナンセンスの時代への転換が近代日本に起きたことの意味を考察する。また、この章では、本書でとりあげた中村古峡や梅原北明、そして『変態心理』読者などの〈その後〉も追うことで、この時代を「変態」とともに生きた人々が、どこに行き着くことになったのかも確認しておきたい。

【注】

（1）『日本国語大辞典（第二版　第九巻）』（小学館　二〇〇一）によれば、「(明治四十一年（一九〇八）女湯のぞきの常習者で、出っ歯の植木職池田亀太郎という男が、東京・大久保で性的殺人事件を起したところから）女湯をのぞくなど変態的なことをする男、転じて、好色な男の蔑称」（六九九頁）であるとされる。

（2）「大久保の犯人出歯の亀太郎法廷に雄弁を揮ふ　出歯亀事件第一回公判傍聴の記」（『読売新聞』一九〇八・六・一四）

（3）「大久保美人殺　出歯亀の自白」（『東京朝日新聞』一九〇八・四・六）

（4）斎藤光「「色情狂」観念の発生」（『創文』三八四　一九九七）

（5）『都新聞』一八九四・六・一三

（6）森鷗外は小説「ヰタ・セクスアリス」（一九〇九）のなかで、主人公の金井君が「どこの国にも沢山ある、極て普通な出来事」で「西洋の新聞ならば、紙面の隅の方の二三行の記事になる位の事」にすぎない出歯亀事件が、「一時世間の大問題に膨脹」したことに首を傾げる場面を描いている（『鷗外全集』第五巻　岩波書店　八七頁）。つまり、出歯亀は「西洋」を基準としてみる金井君にとっては、さほど〈恐るべき存在〉ですらなく、「極て普通」な犯罪者でしかなかったのである。これもまた、どのような規範が適用されるかによって、逸脱者の意味が大きく変化してしまう実例としてみることができるだろう。

（7）フーコー、M.（田村俶訳）『狂気の歴史――古典主義時代における』（新潮社　一九七五）［原著：一九六一］、（田村俶訳）『監獄の誕生――監視と処罰』（新潮社　一九七七）［原著：一九七五］、（渡辺守章訳）『性の歴史I　知への意志』（新潮社　一九八六）［原著：一九七六］、（慎改康之訳）『異常者たち』（筑摩書房　二〇〇二）［原著：一九九九　一九七四―一九七五年度のコレージュ・ド・フランス講義の講義録］

（8）フーコー前掲書（一九八六）一二一―一二二頁

（9）フーコー前掲書（一九八六）一四―一五頁

（10）フーコー、M.（石田英敬・小野正嗣訳）『社会は防衛しなければならない』（筑摩書房　二〇〇七）

（11）川村邦光「女の病、男の病　ジェンダーとセクシュアリティをめぐる〝フーコーの変奏〟」（『現代思想』二一（七）　一九九三・七）・「日常性／異常性の文化と科学――脳病・変態・猟奇をめぐって――」（『編成されるナショナリズム（岩波講座近代日本の文化史5）』岩波書店　二〇〇二）、古川誠「恋愛と性欲の第三帝国　通俗性欲学の時代」（『現代思想』二一（七）　一九九三・七）、赤川学『セクシュアリティの歴史社会学』（勁草書房　一九九九）など。

（12）芹沢一也『〈法〉から解放される権力』（新曜社　二〇〇一）
（13）兵頭晶子『精神病の日本近代』（青弓社　二〇〇八）
（14）兵頭前掲書
（15）古川誠「近代日本の同性愛認識の変遷　男色文化から「変態性欲」への転落まで」（『季刊女子教育もんだい』七〇　一九九七）。なお、この古川の議論に関わる男性同性愛者の問題については、第7章で詳しく論じる。
（16）フーコー前掲書（一九八六）一二三頁
（17）大杉栄「獄中記」（『大杉栄全集』第一三巻　現代思潮社　一九六五）一七二―一七三頁
（18）新居格「モダン・エーヂとモダン・ライフ」（『現代猟奇先端図鑑』新潮社　一九三一）六頁
（19）「表皮的文明病」（『読売新聞』一九三〇・六・二）
（20）浅見克彦『消費・戯れ・権力』（社会評論社　二〇〇二）
（21）隣接領域からの言及としては、注11に挙げた一連のセクソロジー研究などが代表的なものである。「変態」概念に焦点を当てたものとしては、小田晋＋栗原彬＋佐藤達哉＋曾根博義＋中村民男『『変態心理』と中村古峡――大正文化の新視角』（不二出版　二〇〇一）、菅野聡美『〈変態〉の時代』（講談社　二〇〇五）などがある。またエロ・グロ・ナンセンスについては秋田昌美『性の猟奇モダン』（青弓社　一九九四）、島村輝「エロ・グロ・ナンセンス」（『エロ・グロ・ナンセンス（コレクション・モダン都市文化15）』ゆまに書房　二〇〇五）などがある。これらの研究については、また本書の各章で適宜紹介および批評するため、ここではタイトルのみを記すにとどめる。
（22）Silverberg, M.『Erotic grotesque nonsense』(Berkeley: University of California Press, 2006)、シルバーバーグ、M.「エロ・グロ・ナンセンスの時代――日本のモダン・タイムス――」（『総力戦下の知と制度（岩波講座　近代日本の文化史7）』岩波書店　二〇〇二）
（23）Silverberg, M. 前掲書　三二頁
（24）厳密にいえば、Silverberg 前掲書では、巻末の注のなかで一度だけ北明の名を確認することができる。しかし、それは雑誌『グロテスク』に掲載された記事の著者名としてであり、彼女の議論そのものには全く関わってこ

ないことには変わりはない。

(25) シルバーバーグ前掲書　六七-六八頁

第Ⅰ部　「変態」の生成と流動

第1章

変態性欲論と変態心理学

――大正期「変態」概念の成立――

1　「変態」概念の源流と、二つの「変態」理論

「変態」という言葉

もし今、あなたが他人から面と向かって「変態」と呼ばれたら、どのような反応をするだろうか。けげんな顔をして否定するか、あるいは無礼なことをいうなと怒りだすか。どのように反応するかは人によって様々だとしても、「変態」とは過剰で逸脱した性欲やそれを有する人などを指し示す、ネガティヴで卑俗な言葉であるという認識は、現代を生きるわれわれにひろく共有されているとみてよいだろう。

とはいえ、この言葉も最初からそのような意味で使われていたわけではない。明治期の新聞記事をみるならば、「朝鮮事変で責任論高まり政界に風雲変態の兆し」（『読売新聞』一八九五・一一・一〇）や「小学校授業料の変態」（『朝日新聞』一九〇一・五・二）といった用例をみつけることができる。両者ともに「変態」という言葉を使ってはいるものの、前者は政界が安定を失ってゆく徴候を論じたものであり、また後者は、原則廃止となった小学校授業料を、特別措置として引き続き徴収してゆこうとする東京各区の動きを報じたものであった。つまり、ここでの「変態」は、単に〈常態〉から外れたありさまを指し示しているにすぎない。また、現在の「変態」という語には、蛙や昆虫などにみられる幼生から成体への変化（metamorphose《メタモルフォーゼ》）という意味もある。こうした用法は、一八九〇年あたりには生物学などの領域で定着しつつあったようだが、[1]これも現在日常的に流通している「変態」という言葉がかもしだすイメージとは、直接結びつくようなものではない。

結局のところ歴史的にみれば、現在のわれわれの「変態」概念の源流と呼び得るのは、「変態性欲」と「変態心理」という、二つの言葉であったといえよう。一九一〇年前後に登場した、「変態」を冠するこれらの言葉は、相互に絡まり合いながら、「変態」に〈病的な異常さ〉といったニュアンスを付け加え、次第に一般化させてゆ

く。

だが、それでもなおこの言葉には、現在の「変態」概念とは決定的に異なる部分が残されていたことには注意が必要である。その差異は、これら二つの「変態」が、変態性欲論や変態心理学という、この時代の先端を担うと目された学問に深く関わる用語だったことに起因する。[2] 変態性欲論や変態心理学がいかなる学問だったかについては、このあと本章で詳しく論じてゆくが、ここではまず、当時の「変態」が現在の卑俗さを帯びたそれとは対照的に、当時の先端的な知と密接に結びついた〈高尚〉なものとして流布していた事実を押さえておこう。

「変態」概念をめぐる研究史

こうした「変態」という言葉の歴史的変遷と差異を踏まえるのならば、近代の「変態」は、現在の「変態」の強いイメージに引きずられるかたちで、いらぬ誤解を受け続けてきたということがみえてくる。そして、そのような誤解が常識となっていたのは、アカデミズムの世界も同様であった。実際、近代日本の「変態」概念が学問的な研究の対象として注目されるようになったのは、一九九〇年代のセクソロジー研究の隆盛を経たのちだった。[3] この「性欲」をめぐる一連の研究は、それまでアカデミズムではほとんど顧みられてこなかった、日本におけるセクシュアリティの歴史を明らかにしようとするものだったが、その過程で「変態性欲」をはじめとする「変態」概念の流行にも、新たに光が当てられることになったのである。しかしその反面、この立場から「変態」を研究することには、一定の限界があったことも否めない。そこで論じられる「変態」は、どうしても「変態性欲」に偏りがちで、当時の「変態」概念の持ち得た、性欲学に収まらない領域の広さがおのずと見過ごされてしまっていたのだ。のちに論じるように、かなり巨大な領域を含み込んだ「変態」概念を提示していた雑誌『変態心理』を、「性欲学の普及を目指した性雑誌」の「先駆的なもの」[4] と位置づけて済ましてしまったのも、その視野の偏りゆえであろう。

これが二〇〇〇年代に入ると、この時代の「変態」をもう少し色々な角度から検討しようとする動きがあらわれてくる。雑誌『変態心理』の復刻事業にあわせて編まれた論集『『変態心理』と中村古峡』(二〇〇一)などは、その典型であった。[5] この論集では、『変態心理』の誌上にあらわれた精神医学や心理学、さらには心霊学といった多岐にわたる学問領域に焦点が当てられ、それらが「変態心理」の名の下に集ったことの意味が考察されている。「変態」概念そのものを論じようとしたわけではないにせよ、この論集によって大正期の「変態」概念が、性欲学などにとどまらず、同時代の多様な知と複雑に結び付いたものだったことが明らかにされたのである。

その後に登場した、菅野聡美『〈変態〉の時代』(講談社 二〇〇五)もまた、変態心理学やエロ・グロ・ナンセンスといったトピックを含む広い視点から、「変態」概念を捉えてゆこうとしている。ここで菅野が、先行論の成果をまとめあげながら、近代の「変態」概念の全体像というものを意識的に描き出そうとしたことは、研究史的にも新しい試みとして高く評価すべきであろう。それは、『変態心理』という雑誌の研究を主とする論集だった『『変態心理』と中村古峡』では、十分展開できていなかった部分であった。

だが一方で、菅野が「私の意図は、「変態」という誰もが知っているけれども学問対象とはならない概念を手がかりとして、大正期の性をめぐる知的状況の一端を明らかにすること」(二〇―二一頁)にあると述べていることからもわかるように、この研究の議論の軸は〈「変態」イコール変態性欲」という道〉[6] に据えられている。変態心理学やエロ・グロ・ナンセンスといった様々な材料を扱いながらも、結局は以前のセクソロジー研究と同様に、「変態性欲」に収斂されてゆく「変態」という単線的ともいえる構図が、ここでも前提化されてしまっているといえるだろう。

果たして、このような終点から逆算するような方法で、近代の多様な知が絡み合うなかで生み出された「変態」概念を捉えきれるのだろうか。少なくとも結末を知り得ない同時代からみれば、「変態」という概念は、どこに収斂するのかもわからない乱脈さと、それゆえの多面的な意味とに満ちたものだったのではないか。この仮定が正しいか否かを確かめるためにも、近代日本の「変態」概念を考察するにあたっては、現代の印象をいったん括弧に入れておかなければならない。その上で、この概念が構築されてゆくまさにその場で何が起っていたのかを、その混乱ぶりも含めて、精緻にみてゆく必要があるのではないか。

そこで着目してみたいのは、変態性欲論と変態心理学という二つの理論と、この両者のあいだにあった齟齬という問題である。

「変態性欲」と「変態心理」

すでに述べたように、「変態」という概念の成立に決定的な役割を果したのは、「変態性欲」と「変態心理」という二つの言葉であった。この二つの言葉が混ざり合うなかで、近代の「変態」概念が形作られていったという図式についていては、多くの論者の意見が一致しており、ほとんど定説化しているといってもよいだろう。ただ、気をつけなければならないのは、こういったわかりやすい図式は、そのわかりやすさゆえに、しばしば実際の歴史がもっていた複雑さを捨象してしまいがちであるという点だ。

大正期の「変態」概念形成における中心的人物たちの講義録を集めた『変態心理学講義録　第一冊』（日本変態心理学会　一九二二）を例に、この定説化した図式が何を見落としてしまっているのかを確認してみることにしよう。この講義録には、中村古峡をはじめとする総勢七名によって、「変態心理講義」（中村古峡述）、「心霊学講義」（小熊虎之助述）、「精神療法講義」（森田正馬述）、「犯罪心理講義」（寺田精一述）、「臨床催眠術講義」（向井章述）、「群衆心理講義」（葛西又次郎述）、「変態性欲講義」（北野博美述）が論じられている。そのうちの「変態心理講義」をみ

- 變態心理學
  - 個人變態心理學
    - （一）缺陷又は例外的心理　白痴、低能兒、變質者、犯罪者、天才者等の心理研究＝（犯罪心理學は其の一）
    - （二）一時的變態　各種精神作用の變態、竝に睡眠、夢、夢遊、催眠、自働、人格変換等の研究＝（狭義の變態心理學）
    - （三）永續的變態　神經衰弱、精神薄弱、ヒステリー、早發性痴呆、其の他各種の精神病研究＝（精神病理學）
    - （四）心靈的現象　精神感應、交靈現象、千里眼的能力、心靈物理現象等の研究＝（心靈學）
    - （五）治療的方面　催眠術、臨床催眠術、精神分析法、其他各種の變態心理治療法の研究＝（精神療法學）
  - 團體變態心理學　一揆、暴動、恐慌、革命等の心理研究＝群集心理學

図表 1-1　変態心理学分類図（『変態心理学講義録第一冊』17 頁）

れば、古峡による次のような変態心理学の分類が提示されているのを確認することができる。（図表1－1参照）

古峡によると、この分類は、ヴィルヘルム・ヴント直系の弟子であった心理学者エドワード・ティチナーによる変態心理学の分類をもとに、古峡自身が改良を施したものであるという[7]。それは大きくみて、「個人変態心理学」と「団体変態心理学」の二つに分けられる。前者の「個人変態心理学」においては、現在では心理学、精神分析学、精神医学に分類されるものから、アカデミズムではまともに研究されないような、超心理学

や心霊学といったものまでを含む、巨大な対象領域が設定されている。また、後者の「団体変態心理学」をみれば、当時社会的に問題化していた「暴動」や「革命」というような、政治的事項が並んでいるのが確認できる。この「変態」の分類からは、かなり広範で曖昧な「変態」概念が想定されていたことがうかがわれる。

ここで注目すべきは、二点ある。一つは、このような網羅的分類にもかかわらず、「変態性欲」に関わる項目が、この図では具体的に挙げられることがなかったという点。そしてもう一つは、それにもかかわらず、本編では「変態性欲講義」の一章がしっかりと論じられてしまっているという点である。このような現象からは、少なくとも理論的枠組みのレベルにおいては、「変態心理」と「変態性欲」の混合が、それほど順調に進んでいなかったことがうかがわれる。現在ではほとんど顧みられることもないが、この時期の両者の間には、円滑に混合が進むのを妨げるような、ぎこちなさが確かに存在していたのだ。

このぎこちなさをもたらしている原因は、一体何か。本章では、この問題に答えてゆくにあたって、「変態性欲」と「変態心理」、そしてそれを支えた変態性欲論と変態心理学の両理論を一旦切り離した上で、考察を加えてゆく。それぞれの思想的特性を比較し、両者の差異と連続を明確化することは、近代に「変態」概念が構築されるにあたって、どのような要素が求められ、また逆に切り捨てられていったかを明確化することにつながるだろう。また、こうした理論的な検討と同時に、それらが実践の場に持ち込まれたときに、どのように作用していくのかについても注目してゆく。

これら一連の分析は、大正期の「変態」概念がはらまざるを得なかった問題性とともに、この時代に「変態」をめぐる理論を打ち立てようとした人々の欲望をも、浮き彫りにしてゆくはずである。

2 「変態性欲」という概念

「変態性欲」という言葉の歴史をたどってみると、その単語の明確な起源というのはよく分かっていない。もちろんそれに近い概念は、「色情狂」という性的な逸脱者を言いあらわす言葉の登場が示すように、一九〇〇年前後にはすでに存在していた[8]。それが「変態性欲」という言葉へと転換してゆく背景には、性的逸脱という問題を、西洋同様に日本でも新たな学問領域として立ち上げてゆこうとする動きが関わっていたと考えられる。そうした動きが目に見えるかたちであらわれたのが、日本で最初に「変態性欲」を冠した書、『変態性欲心理』の発行であった。

日本において、「変態性欲」という言葉とイメージは、『変態性欲心理』（一九一三）と『変態性欲論』（一九一五）の二冊によって確立されたと考えて大過ない[9]。このうち『変態性欲心理』は、クラフト＝エビングの著作『Psychopathia Sexualis』（一八八六）の抄訳であり、黒沢良臣がその翻訳にあたったものである[10]。注目すべきは、この『変態性欲心理』の出版元が、大日本文明協会であったという点である。大日本文明協会は、一九〇八年に大隈重信によって設立された「啓蒙的学術文化団体」であり、主には欧米最新の学術書の翻訳・刊行をその事業の中心としていた。その出版物は、今でいうところの予約出版形式をとり、会員にのみ分与する非売品ではあったが、事業開始時にはすでに会員数が五千人を超えていたともいい[11]、この団体の出版事業が、大正期を通じて大きな権威と影響力をもっていたことが知れる。こうした背景からは、『変態性欲心理』は、現在の「変態性欲」のイメージとは対照をなすような、真面目な書として刊行され、流通していたことがうかがえるだろう。また、大日本文明協会が、なぜこの『Psychopathia Sexualis』を翻訳の対象に選んだかという理由にも関わるが、著者であるクラフト＝エビングは、グラーツ大学、ウィーン大学教授を歴任した、当時の精神病学の第一人者であった。日本においても、榊俶によって帝国大学医科大学に日本初の精神病学講座が開かれた際（一八八六）に、クラフト＝エビングの教科書が主に使われていたこともあり、[12] 彼はドイツ医学を基礎として発展を始めた日本医学界において、明治期からすでに権威を認められた人物であった。

『変態性欲心理』は、このような原著者と出版元の権威性を背景としながら、以後日本の「変態性欲」言説のアウトラインを決定づけた。またそれは、「変態性欲」言説内において、クラフト＝エビングの論述を以後の「研究の伝統をつくるモデル」[13] とする、言わばクラフト＝エビング・パラダイム（以下、K＝E・パラダイムと略）とでもいえるものを形成してゆくこととなる。

では、具体的にK＝E・パラダイムとは、どのような枠組みを提示していたのだろうか。『変態性欲心理』では、「変態性欲」の原因とは何かという、この学問の根幹に関わる問題について「是れは一は生殖機《ママ》の乱用に基因するものなりと雖、一は斯くの如き機能異常は屡々中枢神経系の遺伝的病的素因の徴候として現るゝに因るものとす」（五三頁）と論じている。ここでは、生殖器濫用と、脳や脊椎といった「中枢神経系」の遺伝的障害の二つが、性的異常の原因として挙げられているが、後の部分では、それに加えて卒中や頭部外傷、または梅毒等による脳皮質の慢性炎症などの、後天的な器質的ダメージに由来する場合の指摘もなされている。これらの記述から考えれば、K＝E・パラダイムでは、「変態者」の異常さの起源を①神経や脳といった部位の器質的異常に求め、②それは、過剰な刺激（生殖器濫用など）や外傷、または遺伝的異常を原因としていることがわかる。このような思考方法は、別にクラフト＝エビング独自のものというわけではない。そこには、当時社会的に広く影響力を持っていた、「精神病学」と「変質論（退化論）」という二つの思想的潮流が関係していた。

「精神病学」とは、現在の精神医学、もしくは精神病理学の当時の呼称であるが、その違いは呼び方だけにとどまらず、扱う対象の範囲や視点にもまた、この時期特有の傾向がみうけられる。小俣和一郎によれば、一九世紀末から後、ドイツ語圏における精神医学は、神経学を中心とした身体主義的なものであり、心因論的精神医学は「十九世紀初頭のロマン主義的精神医学に逆戻りするものとして敬遠され」ていたという[14]。つまり、グラーツ大学やウィーン大学精神病学教授であったクラフト＝エビングは、まさにこのドイツ語圏精神医学の系譜上にあり、彼の器質中心主義的な精神の捉え方は、当時の精神病学の枠組みに沿ったものであった。

もう一方の「変質論」(これは、「退化論」とも訳される)は、一九世紀半ば、フランスの精神科医ベネディクト・モレルから始まり、それを引き継いだヴァレンティン・マニャンによって〈発展〉し、その後ヨーロッパを中心に根強い支持を集めていった理論である。モレルの主著『変質概論』(一八六五)によると、現代人は酒精・麻薬などの中毒や、劣悪な社会環境によって「変質」しつつあり、それは遺伝的に拡散しうるために、最終的には、人間という種の絶滅へと進行してゆくという。マニャンは、このモレルによって提示された概念をもとに、変質論の体系化と拡大化を押し進めるとともに、「変質者の基盤に解剖学的あるいは機能的な内奥のメカニズムの不均等[15]」な発達を置き、その異常性の根拠と考えた。

また、この「変質論」とほぼ同時期には、チャールズ・ダーウィンの「進化論」が発表され、世の反響を呼んでいる(『種の起源』は一八五九年刊行)。「変質論(退化論)」は、「進化論」の流行と平行しながら、〈人はどこから来て、どこへ行くのか〉という問いに答える最新の科学的成果の一つとして、人々の心をとらえていったと考えられる。

日本の場合でいえば、二〇世紀初頭には「変質論(退化論)」と「進化論」を混交させたような発想が、いわゆる「通俗」医学・科学言説上において登場するのを、しばしば確認することができる。例えば、杉江董『通俗精神病講話』では、種族保存・国民精神の保護のために、精神病者の結婚、血族結婚、異人種間の結婚を忌避すべしと論じている[16]。このことからは、「退化(変質)」や「進化」という問題が、優生学的な枠組みのなかで解釈されると同時に、それが良い結婚や子孫を得る方法といった、人々の日常生活に直接的に関わり得る、身近で実際的なものとして展開されていたことがみてとれる。

このように、K＝E・パラダイムのうち、①の器質異常原因論はドイツ系精神医学、②の「変質」とその遺伝への注目は「変質論（退化論）」という理論的裏付けを有した。K＝E・パラダイムは、決してうさんくさい似非《えせ》科学であったわけではない。それはまさに、当時新興の西洋医学・科学思想を色濃く反映したものであり、広く社会に認められ得る素地を備え持ったものであったのである。

そして、そうした先端的な知の体系を基盤とする「変態性欲」は、そのイメージを決定づけることになるもう一つの書、『変態性欲論』による通俗化を経て、実社会へと深く浸潤してゆくこととなる。

3　通俗的変態性欲論の恣意性

『変態性欲心理』と並んで日本の「変態性欲」イメージの起点となった書、『変態性欲論』でポイントとなるのは、羽太鋭治と澤田順次郎による共著であるという点だ。二人は、その後の大正期通俗性欲学の中心人物であり、その著作は書かれた数も多いが、売れた数も多く、彼らの発言は、世間一般にかなりの影響力を持っていた[17]。

『変態性欲論』の内容は、その大部分をクラフト＝エビングの議論に拠っている。クラフト＝エビングが、変態性欲の研究の意義を「社会の安寧上より観て、又殊に裁判上より観て、十分科学的に検査せらるるを要す」（『変態性欲心理』三頁）ものだと定義すれば、『変態性欲論』では、「法医学上より、変態性欲の全般を竭すに於ては、此の方面［＝刑事政策］に関する人々の参考となるべしと信じたる故なり」（四頁）というように、その法医学的価値の提唱をそのまま踏襲している。さらに、「クラフト・エービング氏に依れば、中枢器官の異常にして、氏は之を精神的性欲素質に帰したり。而して氏の説の如く、仮令ひ其の素質の、解剖的及び生理的根柢は、現今尚ほ、不明なるところなりとしても、其の原因の先天にありて、遺伝的に変質し来たれるものなることは、許さゞるべからざるところなり」（九六-九七頁）という記述からは、羽太・澤田が変態性欲論を構築するにあたって、いかにK＝E・パラダイムを直接的に導入しているかが、よくわかる。

しかしその一方で、羽太・澤田の記述には、K＝E・パラダイムを独自に応用しようと試みる部分も、ところどころでみることができる。例えば、「準色情狂」という節では、「姦通」や「駆落」、さらには「性的自殺（情死）」といった項目を論じており、変態性欲論を日本の文化的・社会的コンテクストに適応させようという考えもうかがえる。

複数みられるこれらのずれのなかでも、特に重要となるのが、「中間性精神障碍」の項目である。『変態性欲論』のなかでは、一章を割いて論じられる「中間性精神障碍」だが、『変態性欲心理』では、特に項目としてはとりあげられていない。羽太・澤田は『変態性欲論』において、変態性欲論の「便宜上の分類」を掲げているので、それを参考としてみれば、この「中間性精神障碍」は、「色情狂」の三つのタイプ、「先天性色情狂」「後天性色情狂」「中間性色情狂」のうち、最後の「中間性色情狂」を説明するものとして位置づけられている。

斯くの如く一半は健的にして、一半は病的なるが故に、中間性精神障碍は健康と疾患と混合したるものと謂ふべく、全く其の中間に位するに依り、精神病学上此の種の者を名付けて、所謂はゆる中間者（Grenz-zustände）と称するなり。純粋の精神病者には、概ね著名なる徴候ありて、一見其の異常を知ること容易なれども、中間者には、普通の人の如くにして、特徴なきもの多きが故に、之れを発見すること困難なり。しかのみならず中間者は、之れを精神病者に比すれば、其の数甚だ多く、且つ幾多の種類あるが故に、之れを精神病者と、常人とより区別することは、愈々困難なり。（四二八-四二九頁）

この引用からもわかるように、「中間者」という概念自体は、精神病学のなかですでに論じられていたものであった。その「中間者」の特徴として、ここで強調されているのは、彼等は一見しただけでは発見できず、さらに多くの型があるために、それが精神的な異常かどうか分かりにくいという点である。この極めて恣意性の高い曖昧な定義には、精神病学が設定したカテゴリーにうまく当てはまらないものを、どうにか一つの枠組みにまとめてしまおうという、学問的な思惑が露呈しているといえるだろう。しかし問題なのは、このように「中間者」を定義した場合、「中間者に属するものは、一　不良少年、二　猥褻行為者、三　浮浪者、四　乞食、五　売淫婦、等の類にして、古来普く人に知られたるところなり」（四二九頁）という認識が当然のように現れてくることである。この記述が示す通り、先の定義でいえば、社会通念によって逸脱的存在とみなされていた人々は、すべてこの「中間者」という精神病者として囲い込まれる可能性が与えられてしまうだろう。さらに羽太・澤田は、この「中間者」の典型的な存在として「変質者」を位置付けてゆく。彼らによれば「変質者」とは「変質（Entartung.《ママ》）を有するもの、即ち精神的遺伝に関係ありて、先天的に精神の、常人と異なれるもの」であり、「身体的変質徴候」や「精神的変質徴候」を有し、特に「身体的変質徴候は、ロンブロゾー Lombroso. 氏の謂《ママ》はゆる、犯罪定型 Criminal Type.《ママ》に相当」（四三〇頁）するという。ここでは、彼らが「変質者」論と連続して、チェーザレ・ロンブローゾの生来性犯罪人説も、そのまま自論に組み込んでいる点に注意を払う必要がある。

生来性犯罪人説では犯罪者を、先祖帰りによって原始人や下等生物の徴候を発現させたものであり、生まれながらに犯罪の素質を帯びている特殊な人間たちであるとみなす。また、彼ら犯罪者には、先天的な身体的変質（巨大な顎、高い頬骨、発達した眼窩、左右非対称の顔など）が確認でき、それによって判別が可能であるとしている。

羽太・澤田が、「中間者」の典型例として、この「変質者」のイメージを導入したことは、実は大きな意味を持ちうる。生来性犯罪人説に典型的にみられるように、ここでの「変質者」とは、つまるところ異常が〈身体化〉された存在であり、それはいいかえれば、異常が〈可視化〉された存在でもあった。この考え方を適用すれば、「中間者」は、そのかなり恣意的に判断できる身体的特徴によって、科学的に測定可能な存在へと転換することができる。結果、ほとんど悪意ある印象論のレベルで〈おかしなやつら〉とみなされてきた「不良少年」「浮浪者」「淫売婦」といった人々を、科学的に確固たる証拠を持った精神病者、すなわち「中間者」として、語ることが可能になってしまうだろう。さらに、この理論が「変質」を、変更不可能な遺伝的・器質的原因に由来すると規定したことで、理論上、彼ら「中間者」と名指された人々は、「正常」な〈われわれ〉とは、根本部分において一線を画す存在として位置づけられてゆくのである。

ここまでは、変態性欲論が日本でどのように展開してきたかを追ってきた。では、日本の「変態」概念のもう一つの極をなしていた変態心理学は、どのような経緯によって日本に導入され、また展開していったのだろうか。

4　変態心理学の導入と展開

変態心理学という学問領域の起源および語源となったのは、西洋での abnormal psychology である。前掲の図表1-1に典型的にみられるように、中村古峡ら日本の変態心理学者の変態心理学の説明をみてみると、ジョセフ・ジャストロウやティチナーによる abnormal psychology の定義が、ほぼそのまま引用されることも多い。彼らにとっては abnormal psychology と、自らの専門としている変態心理学とは、まったく同一のものとして考えられていた様子がうかがえる。そのジャストロウの定義によれば、変態心理学とは、心理学のうちで、「正常（normal）や通常（usual）とみなされるもの」から多かれ少なかれ「逸脱（deviate）」しているような心理的作用とその現れを扱う一派であるとされている。[18] 具体的にその対象として挙げられたものをみてみれば、催眠術、自動作用、神懸かり、アルコールや薬物の精神的影響、テレパシー、（精神的）発達障害、さらには精神病までを含み、図表1-1と同様に、非常に広い領域と、雑多な方向性によって構成されていることがわかる。ただし、基本的枠組を共有しているといっても、彼らの認識通り abnormal psychology と変態心理学が全く同じものであったのかは、西洋における abnormal psychology の展開との詳細な比較検討をする必要があり、現段階ではまだ不明な点が多い。

その abnormal psychology が変態心理学として日本に導入されたのは、一九〇〇年前後であり、当初はあくまで心理学の一分野としてであった。心理学からの「変態」への言及は、日本初の心理学者とされる帝国大学教授・元良勇次郎が一八九七年に著した『心理学十回講義』に「変体《ママ》の観察」としてすでにみられる。その後一九〇六年には、言及にとどまらず、東京帝国大学講師を委託された元良の弟子・福来友吉が「変態心理学」の講座を開いていた。

こうして、ようやく学問領域として立ち上がりつつあった変態心理学であったが、その前途は多難であった。日本の変態心理学を背負って立つはずであった福来が、世にいう千里眼事件に巻き込まれてしまったのである。一九一〇年四月、福来は「千里眼」と呼ばれる透視能力で注目を浴びていた三船千鶴子に、錫箔で密封したカードの文字を読み取らせるという実験を行い、その良好な結果から、彼女の能力を肯定するに至った。その後、長尾郁子という新たな能力者を得たこともあり、福来は「千里眼」の科学的研究へと邁進し、次々と公開実験などを行ってゆく。だが、そうした実験の過程で、透視するカードの封に開けられた跡がみつかるなどの様々な怪しい点がみられたことから、他の学者たちからの疑義や非難の声は日増しに高まり、最終的には「千里眼」はペテンとの烙印を押されてしまうこととなった。[19]

最終的にこの千里眼事件は、福来友吉の東京帝大助教授職からの追放（一九一三年一〇月に休職、二年後の一九一五年に自動退職)によって、ひとまず終結する。事件自体はこれで終ったものの、変態心理学は、その後の方向性に大きな変更を迫られた。福来追放後の東京帝大心理学の中心人物であった松本亦太郎が、失われた心理学教室の信頼を回復するために、正常の現象を正常の方法で研究することを奨励したこともあり、変態心理学は、正統アカデミズムから追放されてしまったのである。結果、変態心理学という学問は、半アカデミズム、半通俗という境界領域へ移行を余儀なくされたのだった。[20]

このような変態心理学の曖昧な立ち位置での発展を象徴するのが、高いアカデミズム志向をもつ商業誌であった『変態心理』と、それを主幹として率いた中村古峡という人物だったといえるだろう。大正期「変態」概念の代表的イデオローグである中村古峡(一八八一―一九五二 本名:蓊《しげる》)は、東京帝国大学英文科卒の文学士であり、当初は夏目漱石門下の小説家として活動していた。ところが、実弟の発狂を題材とした『殻』(一九一三)を出版した後、大きくその方針を転換し、一九一七年五月には日本精神医学会の設立に至っている。そして、同年一〇月にその日本精神医学会の機関月刊誌として創刊されたのが、『変態心理』であった。その後『変態心理』は、一九二六年までのおよそ一〇年間にわたって、全一〇三冊が発行されている。この期間の長さと発行号数の多さが示す通り、この雑誌は大正期の「変態」概念の中心的な発信媒体の一つであった。この雑誌には心理学にとどまらず、心霊学、文学、医学、生物学、教育学、社会学等々の多様な研究者たちが寄稿している。また内容としても「欧米の心理学・精神医学の新しい動向の紹介・摂取、透視・念写の実験報告、二重人格の報告・分析、精神衰弱・催眠術・精神療法の研究、大本教の科学的批判、震災直後の流言調査報告、青少年問題や売春婦についての事例報告など、多彩なトピックス[21]」を含むものであった。

ただ古峡自身は、そのような超領域的な学問交流それ自体を目的として、この雑誌を創刊したわけではなかった。古峡は、『変態心理』創刊号の最後に載せた「日本精神医学会設立趣意」のなかで、次のように述べている。

私は此所［＝弟の精神病院への入院と死］に於て、益々今日の物質医学だけでは、人間の疾病、特に精神的疾患を治癒するに不完全であることを深く悟りまして、烏滸がましい話かは知れませんが、茲に新に精神医学と云ふ一科を建設して見たいと云ふ決心を起こしました。爾来数年、私は専ら心を精神病学並に催眠心理学の学理的実際的両方面の研究に潜め、更に東西先哲の遺篇に精神療法の蹟を繹ね、［中略］今後此の精神医学が、単に所謂精神疾患の治療に裨益あるのみならず、又一般医学の各分科に対しても、其の基礎学とならねばならぬことを固く信ずるに至りました。其処で私は斯学の健全なる発達を図るために、日本精神医学会なる一学会を組織いたし、先づ其の事業の手始めとして、今年十月から『変態心理』と云ふ月刊雑誌を発刊することに致しました。[22]

「私は専ら心を精神病学並に催眠心理学の学理的実際的両方面の研究に潜め」とあるように、弟の死の後、古峡は「狐憑き」研究の第一人者であった医学者、門脇真枝を尋ねて精神医学の教授を請い、一方では、大学講師であると同時に催眠術研究家でもあった、村上辰午郎に催眠術を学んでいる。[23] そうした過程のなかで構想された雑誌『変態心理』の最終目的は、この引用で古峡が言うように、現在の「物質」の医学の不備を補うことの出来るような「精神」の医学の建設であった。曾根博義は、古峡が当時一般的であった、「精神病学」ではなく、あえて「精神医学」という言葉を造語していることを強調して論じているが、[24] 的確な指摘であろう。古峡が対象としようとしたのは、「精神病」の学ではなく、もっと広い「精神」全般を扱い得る学であったと考えられる。また、この趣意文には、「今後此の精神医学が［中略］一般医学の各分科に対しても、其の基礎学とならねばならぬ」とも書かれている。ここでの「基礎学」という「精神」医学への定義からうかがえるように、この新しい学問は「肉体」に偏向した医学に、新たなパラダイムの導入を要請するものであった。

実のところ、これに類似した発想は、井上円了『心理療法』（南江堂書店 一九〇四）などですでに議論されていた。井上は、肉体と精神は表裏一体とする「身心二面論」を基礎とし、「然らば人の病患を医するにも、身部より療するものと、心部より治するもの、二方なかるべからず、然るに古来医家の療法は独り身部よりの療法にして、未だ世に心部よりの療法あるを聞かざるは、却て怪しむべきことなり」（二二頁）と論じる。井上もまた、近代化とともに発達した日本の医学が、あまりに「肉体」の問題のみを対象としてきたことを批判し、その欠落を補うものとして、「心理療法」を確立すべきなのだと主張する。井上は、古峡の主催した日本精神医学会の賛助員の一人であり、古峡が井上から直接的な思想的影響を受けていた可能性も十分ある。だが、ここで重視すべきは、現在の医学が本当は不完全な状態であり、それは心理・精神をめぐる知の補完を受けて初めて完全なものとなるという信念の系譜が、近代医学の発展のかたわらで常に存在していたという事実である。

では、この「精神」医学と変態心理学との関係は、古峡のなかでどのように位置づけられているのか。彼は、雑誌『変態心理』の「発刊の辞」において、この雑誌の発刊は「精神医学の建設と大成とに礎石を据ゑ」ることを目的とすると述べている。その実現のための具体的方法は、「精神上故障もしくは精神疾病の根本的研究」であり、それは「変態心理学の領域に属して居り、しかも其領域の内の最も大なる部分を占めて居るもの」とされる[25]。

以上、古峡によって挙げられた「一般」医学、「精神」医学、変態心理学という三項目のそれぞれの関係をまとめてみれば、「一般」医学を頂点とするかたちで、その下に「精神」医学、そのさらに下には変態心理学が土台として位置づけられるといったピラミッド型の構造が想定されていることがわかる。古峡による、変態心理学は土台の学問であるという位置づけは、この学問が取り扱う範疇の定義にも反映されていた。例えば古峡は、同じく「発刊の辞」において「変態心理学に所謂変態は、正常心理学に所謂正常と相対して用ひられてゐる言葉ながら、強ち病的を意味すべきものではありません」といい、ゆえに「天才者大偉人」といった「正常以上に望ましき種々なる変態の心理」も、忘れずに変態心理学の範疇で扱ってゆくべきだとも論じている（一頁）。先に確認した、図表1-1の多様な分類とは、まさにこのような理念を具象化したものであったといえる。

もちろん、こうした変態心理学の広範化という現象は、古峡独自のものではなく、西洋でのabnormal psychologyにおいてもみられるものであった。しかしながら、同時代の学問を取り巻く状況を脇に置いてみると、こうした広範化志向が特異なものであったことがわかる。この時期、正統アカデミズムはそれぞれの専門領域の確定へと向かっており、それは古峡の変態心理学がターゲットとする医学分野においても同様であった。医学の専門化を示す指標の一つとして、日本における専門学会の成立状況をみてみれば、一八九三年の日本解剖学会・日本耳鼻咽喉学会以降、一九一七年までに一四学会が設立されている[26]。

そうした状況にもかかわらず、古峡の定義する変態心理学が広範化へと向かっていった一つの理由は、古峡が変態心理学を新たな医学を支える土台として捉えていたためであろう。だからこそ、そこには価値のプラス・マイナスを基準とせずに、とかく広い範囲の要素を猟渉してゆく必然が生じていたのである。しかしより重要なのは、あえて広範化を志向するという方法が、この状況下においては、既存の医学体制へのカウンターとしての意味を持ち得るという側面であろう。いわば、雑多にあらゆるものを対象として包含すること自体が、変態心理学の独自性と存在意義を保証するのであり、雑誌『変態心理』の知的多様性とは、このような古峡の変態心理学の位置づけによって生み出された、副産物であったとも考えられる[27]。

5　潜在意識論のラディカルさ

「一般」医学や「精神」医学の土台として、広範な領域を引き受けることさえいとわなかった変態心理学であったが、それゆえに、自らの学問的アイデンティティの確立には、それなりの困難が伴っていた。古峡は、「変態心理学とは、果たしてどんなことを研究する学問であるか」という問に対して、「一言にして答へるのは、甚だ容易なことではない」といい、また「常態とか変態とか云ふ言葉は単に程度の上の差に過ぎないのでありますから、従つて変態心理学を常態心理学から引離して、其の研究範囲を定めると云ふことは、決して容易な業ではないのであります(28)」と答えている。要するに、「変態」と「常態」との差異は、あやふやなもので、ただ「程度の上の差」にすぎないというわけである。この発言は、見方によっては「変態心理」そのものの、定義不可能性を露呈したとみることもできるが、ここで重要なのは、「変態」と「常態」との連続が指摘されている点だ。別の場所では、古峡は次のようにもいう。

だから、如何に聖人君子として尊ばれてゐる人でも、場合によつては犯罪者となり得る素因を持つてゐるものであり、又如何に精神状態の円満に発達した人と雖も、事情によつては精神病者となり得る萌芽は持つてゐるのであります。只其の素因なり萌芽なりが、未だ著しく現はれないため、他人の目には無論のこと、本人自身さへも其れに気付かないと云ふだけなのであります。だから、今若し此の素因なり萌芽なりを、何層倍かに拡大して見せるものがあつたなら、独り本人自身が利益を受けるのみならず、一般に普通心理の研究上にも大なる効果を齎すことは明白なことであります。変態心理学の研究が、即ち其の拡大機に相当するのであります(29)。

誰もが「変態」の萌芽を有するが、それは人からも、そしてまた自分自身ですら気付かない、見ることのできないものである。しかし、変態心理学という「拡大機」を利用すれば、それを見ること、いいかえれば〈監視すること〉もできると説明する。変態心理学は、こうしたロジックを通じ、あらゆる人々にとって必要な道具として、その有用性を主張してゆく。このような見方は、変態心理学は逸脱者を研究する学問であるという固定的な枠組みから解放すると同時に、〈普通なわれわれ〉の問題としても浮かび上がらせる可能性を含んでいたといえるだろう。

そして古峡は、この「変態」者と「常態」者の連続性を保証するために、万人がみな「変態」の源泉たる共通基盤を所有すると規定する。それが「潜在意識」であった。古峡によれば、潜在意識論は、自動書記／夢遊現象／催眠現象／人格変換／憑霊現象／ヒステリイ／神経衰弱／精神薄弱、そして「諸種の精神病に現はるゝ珍奇な変態現象に至るまでも、すべて其の説明上に幾多の光明と便宜とを与ふるもの」であるといい、さらには、「やがて今日の変態心理学は、すべて吾々の潜在意識に基く各種の精神現象を研究する学問であるとまで云ひ得る」（七九頁　傍点本文）とまで断言する。こうした発言からは、いかに古峡が潜在意識論に頼り切ったかたちで、変態心理学を立ち上げていこうとしていたかがよくわかる。

ただし、潜在意識論への依存は、古峡だけにみられることではない。他の変態心理学者たちにとっても、この新しい概念は、自らの学問的独自性のよりどころとして機能してゆく。

小熊虎之助は、東京帝国大学哲学科で心理学を専修。元良勇次郎、福来友吉、松本亦太郎の指導を受けた心理学者であり、その後、明治大学予科教授・憲兵練習所嘱託教授・日本女子大学嘱託教授・明治大学教授などを歴任した人物である。[30] 小熊は、雑誌『変態心理』の主要な論客のひとりとして活躍していたが、その頃に出版された『変態心理学講話』（東京刊行社　一九二〇）では、変態心理学の発達史を次のようにまとめている。[31]

小熊によると、変態心理学の発達史は、時間を軸とした「立体的発達」と、対象領域を軸とした「平面的発達」の二つに分けて考えることができるという。

「立体的発達」とは、変態心理の解釈の変遷を、時系列にみたものである。小熊は、この変化を六つの段階に分けて考察している。それによると「変態心理」の解釈は、「変態者」の言葉をそのまま事実として受け入れる「信頼的解釈」から始まり、「変態者」を神や悪魔に関わるものとしてみる「宗教的解釈」、陰陽説や罪業説によって「変態者」の原因を措定する「哲学的解釈」へと展開していった。そして近代に入り、科学の勃興とともに現れてきたのが、「変態者」を「生理解剖学的に、医学的に」脳髄の疾患として説明しようとする「生理解剖学的解釈」と、変態現象を生理学的にではなく、意識の分裂という心理的原因によって説明しようとする「心理学的解釈」であるという。近年では、この「心理学的解釈」をさらに一歩進めた「生物学的解釈」が起ってきており、これは変態現象を「人間の情意や本能の発現とみようとする」ものである。この代表的な一派として小熊が重視するのが、性欲という本能によって、一切の変態現象を説明しようとする精神分析学であった。このように、小熊は時代の順序にそって解釈を並べているが、彼は「これは単に概括的に言つたまでのこと」だといい、実際にはそれぞれの解釈が、重なり合うよう現代社会のなかに併存していることを強調している。

この小熊の説明には、当時の変態心理学者がどのような心理学史像を描いていたかがかいまみえ、興味深いものだといえる。しかし本章で問題となっている、変態心理学と潜在意識論との関わりを考えるうえで注目すべきなのは、小熊が変態心理学の「平面的発達」を、「精神病学への侵略」「正態心理学への侵略」として捉えている点だ。

小熊にとって、「平面的発達」とはすなわち、「正態心理学と精神病学との中間の狭い領地に、変態心理研究といふ新しい国が生れで丶、それが勢力をえてくるに従つて、この両側の隣国の領地を次第に蚕食して行つたといふこと」(四五頁)であった。この図式が、ある必然性を帯びていたことを証明するため、小熊は「精神病学」と「正態心理学」による変態心理的現象の解釈法を手厳しく批判する。

「精神病学」の場合、生理学的な「脳髄の錯乱」などによって、変態心理的現象を説明してきた。しかし、小熊は「或る種類の変態現象には生理学的な説明を下すことが不可能の場合が多いといふことが、心理学者によつて発見されてきた」ため、この理論はほとんど破綻していると指摘する。心理学者である小熊にとっては、「生理学者や医学者達」が「かの二重人格やこれに似た変態現象を説明するに困つて、これは吾々の脳髄が両半球に分かれてをるためだなど丶説明した」（三五頁）ことは、批判されてしかるべきものであった。

小熊はまた、「正態心理学」への物言いも忘れない。「正態心理学」においては、一般人の常識と同様に「変態心理といふものを正態心理とは全く懸け離れた一種特別の世界のやうに考へ易」く、「変態現象を較やともすると怪奇化したり、神秘化したりする」ような「僻見」がまかり通っている。これに対して近年来の変態心理学は、「正態心理と変態心理とには決して判然とした区劃や区別がないものであること」、錯乱や人格変換といった「変態」も「すべて皆吾々常人にその類型が備つて」いて、「結局この両者の間の相違は程度の差異にすぎない」（四八–四九頁）ことを発見していったという。ここで挙げられている定義は、さきほど古峡が変態心理学を説明する際にもみられたもので、変態心理学者たちが共有する見解であったとも考えられる。

そして小熊は、精神分析学を、「一方では精神病学、他方では正態心理学、といふ二つの方面に向つて自分の領土を拡張してきた」変態心理学の「先鋒」と位置づけ、次のようにいう。

> この新らしい学派は、［中略］一方では精神病学の領分侵□して、従来全く無意味な錯乱として蔑視されてをつた精神病者の心理現象□うちにも、欲望や本能の象徴化や体現を発見してくるし、他方では正態心理学へも侵入してそこにまたこれと同じものを拾ひだしてきたのである。（五〇頁　□は欠字）

小熊がこのように論じた一九二〇年という時代は、ジークムント・フロイトが『精神分析入門』（一九一五―一九一七）の刊行も終え、ちょうど精神分析学が大枠で完成し、世界各国でその受容・研究が進展していた時期であった。[32]日本においても、久保良英『精神分析法』（一九一七）によって体系的な精神分析学の紹介がなされ、その導入が活発化していた。久保は、フロイト学説の要点を「心理的事実に対して厳密なる決定論的見地に立つた」こととし、それが「勿論哲学的の意味でなく、寧ろ科学的意味の決定論」（三六七頁）であると結論している。[33]つまりは、この時期の日本における精神分析学には、最先端の科学という価値がみいだされ、付与されようとしていたのである。小熊の発言からは、そうした精神分析学の有した威力に、自らの変態心理学を便乗させていった様がうかがえよう。

ただし、この引用部分で本当に興味深いのは、精神分析学が批判対象である精神病学や正態心理学のなかに「侵入」し、新たな価値を「発見し」「拾ひだして」くると表現されている点である。つまり、小熊の主張する変態心理学による隣接学への「侵略」とは、単純に既存の学問を一方的に駆逐してゆくというよりは、内側からそれら学問のもつ枠組み自体を改編していこうとする動きであったといえるだろう。

以上のような精神分析学とその潜在意識論をめぐる小熊の議論からわかるのは、変態心理学にとって、こうした潜在意識論を導入したことは、自らの学問の独自性や優越を保証するに止まらないものであったということだ。そこからは、既存の逸脱をめぐる知の枠組みそのものに揺さぶりをかけ得るようなラディカルな可能性もまた、みいだされていたのである。

6　中村古峡の理論的矛盾

変態心理学が、潜在意識論に依拠したことによって生じてくる可能性に目をやると、一見、既存の知によって構築されてきた「変態者」と正常人との隔絶を無化してゆく志向があるかのようにみえてくる。菅野聡美は、雑誌『変態心理』には、「コロニアリズム的なまなざし」・精神病者への「見世物見物」的まなざし・知の多彩さによる公権力的まなざしの混入といった問題点があるとしながら、一方で、社会問題を変態心理によって説明したことで、①「世人一般にある種の納得と安堵を与え」、②「変態を誰にでもあること、正常とは程度の差にすぎないとすることによって、排除につながらない異常なる物へのまなざしを提示しえた」と評価している[34]。

菅野による、『変態心理』への批判は、大枠では正しいものであると思われる。ただ、ここで問題としたいのは、菅野が評価した①②の部分についてである。①と②は、本当に菅野のいうようなかたちで、両立し得ていたのだろうか。議論を先取りしていってしまえば、変態心理学は、〈普通〉の人々に、「変態」的なものに関する説明と、それによる安心感を与えるかもしれないが、それは〈われわれ〉とは異なっているとされた者を、いったん〈われわれ〉と連続するものとして囲い込んだ上で、より巧妙に「排除」、もしくは監理することによって達成されていると考えられるのである。

そのような、変態心理学の特性は、イデオローグたちがその理論を実践へと移していく場面で、顕著にみてとることができる。その例の一つとして挙げることができるのが、中村古峡「二重人格の少年」「再び二重人格の少年について」[35]という、彼の催眠術による治療実践の記録である。まずは、その内容を確認してみたい。

古峡は、ある中学校の生徒監某氏から、盗癖を持つ中学二年生を、催眠術によって矯正してほしいとの依頼を受け、さっそく治療を開始する。その治療の過程で、悪癖の原因を少年の二重人格にあると悟った古峡は、第二人格に暗示による拷問をかけ、それを封じ込めた。しかし、うまくいったのも束の間、母親の不注意な甘やかしによって、少年は悪癖を再発させてしまう。古峡は、彼を取り巻く家族が「既に頽乱してゐる」状態である上に、「山田の此の悪癖が或は先天的にして且つ遺伝に基いてゐるかも知れない」（二二〇頁）のでは、矯正が失敗しても当然だといって、匙を投げた（以上「二重人格の少年」）。

しかしその数ヶ月後、母親の懇願によって、古峡はこの中学生の治療を再開する。そこで古峡の治療は、新たな難問に突き当たることとなった。少年は、二重人格どころか、多重人格者であったのだ。新たに出現した第三人格によれば、潜在人格たちには元締めの親分がおり、それを説得しない限りは、少年が治癒することはないという。古峡はこの第三人格に掛け合った結果「柳の下の親分」と名乗る人格を呼び出す事ができ、「親分」への談判によって、少年の多重人格を抑制することに成功した。古峡は「柳の下」という親分の名から、少年が幼少時に柳の下で、朝鮮馬賊の死体を見たという出来事を語っていたのを思い出す。古峡は、その恐ろしい体験が、少年のなかに「柳の下の親分」という潜在人格を生み出してしまったのではと推察するのだった（以上「再び二重人格の少年について」）。

この実験記は、少年の変態心理に対し、変態心理学が想定可能な原因というのが二種類あることを示している。一つは、「山田の此の悪癖が或は先天的にして且つ遺伝に基いてゐるかも知れない」という古峡の発言からわかるように、先天的・遺伝的な心理的異常に端を発するもの、そして、もう一つは幼少時に体験した強烈なトラウマ的体験である。この二つの想定からは、古峡自身の、「変態者」に対する判断基準の二重性がかいまみえる。ここで古峡は、同じ人物に同じ催眠術という手法で治療に当たっているにも関わらず、成功した場合には、トラウマ的体験という精神分析学的な解釈をその「変態」の説明に採用し、失敗に終ったならば、それは先天的・遺伝的で変更不可能な「変態」であったせいだとするのである。後者について考えてみれば、これは精神病学や変質論とほぼ同じロジックだといってよい。これでは、いくら古峡が潜在意識論を援用し、「変態」と「常態」の非断絶を強調していたとしても、彼が生まれながらに「変態者」となってしまう人間と、それ以外の人間という断絶を想定している以上、その論理が整合性を保つのは困難だといえる。このような矛盾を、古峡の場当たり的な御都合主義や、学問に対する不誠実さの表れとして批判することはたやすい。だが、古峡の残した多くの仕事からみる限り、彼が変態心理学に対して非常に真摯であったことは間違いない。したがって、この判断基準の二重化の原因とは、古峡個人の過失というよりも、彼のこうした考え方の根本にある、変態心理学そのものが持っている問題性に、結びついているものなのではないか。

変態心理学は、精神分析学を筆頭に、貪欲なまでに様々な科学をその理論体系に取り込んでゆく。しかしそれゆえに、変態心理学には明らかな理論の不整合もまた、抱え込まれてしまっていたのである。

7 変態心理学と変態性欲論の帰結点

それでは本章の最後に、これまでの議論を振り返りながら、日本の変態心理学と変態性欲論がどのような社会的、または文化的な意味を持つものであったかをまとめておこう。

多くの先行研究においては、あまり区別されることなく取り扱われてきた「変態性欲」と「変態心理」だが、理論的側面から比較したならば、それぞれが別個の理論的系譜の上に位置づけられるものであった。本章の冒頭で指摘した、両理論の間にあるぎこちなさとは、つまりはこの根本部分の断層に起因すると考えられる。

「変態性欲」及び変態性欲論は、ドイツ系精神医学と「変質論（退化論）」をその背景に持ち、その器質中心主義的な発想もまた、当時の新興西洋医学・科学思想の言説の流れを継ぐものだった。日本の「変態性欲」概念のオリジナリティを挙げるとすれば、そこに羽太鋭治・澤田順次郎という二人のイデオローグによる通俗化がなされたという点だろう。羽太・澤田が「通俗」的だという指摘は、これまでも多くなされてきた。赤川学は、彼らの「性欲学」言説が、西洋精神医学・教育学言説を彼らなりに咀嚼した産物であると同時に、当時の医学アカデミズム言説を、医学界では非主流派に属した二人が、一般向けに語り直したものである、という「二重の通俗

性」を持つと指摘している。(36)

『変態性欲論』もまた赤川の定義するところの通俗性を多分に持った書物であることは間違いないが、それ以上に『変態性欲論』において問題とされるべき通俗性とは、理論（K＝E・パラダイム）の持ち得る可能性や方向性が、単純化／先鋭化されていることである。つまり、羽太・澤田が「変質者」概念を強調して論じたのは、何の理由もなしにではない。K＝E・パラダイムの持つ可能性を、彼らの持つ通俗的視点によって突き詰めた地点、まさにそれがこのロンブローゾ的「変質者」、すなわち目で見て分かる〈別人種〉としての「変態者」というイメージであったと考えられる。この『変態性欲論』の持つわかりやすさは、その後のこの書の売れ行きから推測するに、「変態性欲」という言葉の普及に大きく貢献したであろう。しかしそれは同時に、社会通念によって逸脱しているとみなされてきた人々を、可視化することを通じて、簡単に区別し排除する論理をも人々に伝えるものであったとも推測できる。

『変態性欲論』では、変態性欲者への具体的対策として、「隔離法」の実施や「梅毒の予防」といったものと並んで、「結婚の制限及び禁止」「去勢法」の実施といった優生学の要素を取り入れ始めていた。優生学の名に基づいて執行される、社会的制裁の対象とされていることからもわかるように、変態性欲論からみた変態性欲者とは、〈われわれ〉と同じ種類の人間ではなかった。『変態性欲心理』から始まり、羽太・澤田を通じて通俗化しつつも拡大していった日本の「変態性欲」概念が行き着いたのは、〈科学〉と社会通念が手を組んで、「変態者」という〈別人種〉を作り出してゆく社会的なシステムの構築であったのではなかろうか。

こうした、既存の社会通念を強化するような要素を色濃く持つ変態性欲論と比べれば、変態心理学は一見すると、よりラディカルな変革を求める理論であるようにもみえる。古峡は『変態心理』創刊の頃から、現在の「物質」医学の「精神的疾患を治癒するに不完全である」ことを批判し、変態心理学は、それを補完することのできる「精神」医学をうち立てることを目的とするのだと繰り返し述べていた。この発言に加えて、精神分析学の潜在意識論を積極的に導入している姿をみれば、古峡にとって変態心理学とは、器質中心主義的な当時の医学に対するアンチテーゼであり、新たな医学体系の確立のための戦略的な第一歩として位置づけられていたと考えられる。しかし、古峡が実際に行った治療や実験の報告などをみる限り、それ自体が、既存の知の枠組みを本当の意味で乗り越えてゆくようなものではなかった。

古峡は、「二重人格の少年」の実験記のなかで、「盗癖」という逸脱的な習慣をもつ少年を、催眠術と変態心理学の知見を利用しながら分析し、二重人格という原因を析出することに成功した。だが、それは見方を変えれば、既存の「物質」医学が根拠とする器質中心主義では扱いきれないタイプの逸脱者を、「精神」という側面から照らし出すことで、治療すべき〈患者〉に仕立て上げてゆく過程としてもみることができる。ここで興味深いのは、「盗癖」を有する不良少年という、精神病学や変態性欲論においては「中間者」という項目でくくられるであろう対象を、変態心理学がフォローしている点である。つまり、利用する理論や手法こそ違ってはいるものの、社会通念によって逸脱者と見なされてきた人々を、科学的に説明し、治療が必要な〈患者〉という枠組みのなかに囲い込んでゆこうとする志向には、「物質」医学の領分にある精神病学や変態性欲論であろうが、「精神」医学の基礎とされる変態心理学であろうが、何も違いはなかったのだといえる。

こうしてみてくると、古峡の理論的矛盾が、彼にとってさほど重要な問題でなかった事も、ある程度納得がゆく。理論の上ではともかく、逸脱者を科学的に囲い込むという目的からすれば、実質的にどちらの理論も同様に機能し得るものであった。おそらく古峡にしてみれば、それら二つの理論を、少年の逸脱を解釈するという目標達成のために、ほとんど意識する事もなく、柔軟に組み合わせて運用していただけなのではなかったか。ここでみられるような欲望が、変態心理学全般に共有されている様子は、先ほど確認した小熊虎之助の変態心理学論からも、十分うかがうことができる。小熊は、変態心理学の根本に精神分析学を据え、その隣接学（精神病学・正態心理学）に対して、痛烈な批判を繰り広げていた。しかし、そこで批判の焦点となっていたのは、それら隣接学が「変態」を説明する際の方法的欠陥や、「変態」の説明そのものの放棄といった部分であった。つまり、小熊が隣接学を批判しているのは、あくまで〈逸脱〉を扱う学としての性能の低さに対してであって、その批判の矛先が、「変態者」という枠組みで人を分類してゆくこと自体へ向かっていくことは、決してなかったのである。

変態心理学において、精神分析学が導入されたことの意味は、この学問の以上のような限界を踏まえた上で、考えていかなければならない。古峡にしろ、小熊にしろ、変態心理学のイデオローグたちは、精神分析学的な潜在意識論を強調することよって、「変態」と「常態」には「判然とした区画や区別がない」し、その「相違は程度の差異にすぎない」のだと何度も主張していた。しかし実際には、それが「変態」という枠組みを無化する方向に作用することは、まずなかったといってよい。反対に、変態心理学は、〈身体（器質）〉というかたちあるものから、〈精神（潜在意識）〉という曖昧模糊として目に見えないものに、「変態」の原因となる器を移し替えたことで、より広い範囲の人々を柔軟かつ執拗に、「変態」という枠組みのなかに囲い込むシステムを構築していったのである。

このように、変態性欲論と変態心理学とは、理論的には多くの対立点や矛盾点をはらみつつも、「変態」概念総体としては、〈身体（器質）〉と〈精神（潜在意識）〉の両面から「変態者」を析出できる論理の枠組みを構築していった。それは、既存の医学・科学の扱いきれなかった領域さえも補完したことで、人の正常と異常を診断する技術としては完成され、理論上ではあるが、ほぼ万能であったといってよい。しかし、それが帰結する先は、社会通念上、逸脱しているとされる人々への差別を、科学的に裏付け再生産してゆくことであり、また、あらゆる人々を逸脱の予備軍として、医学的・社会的監理の対象とみなすまなざしを正当化することであったと考えられる。

ただし、ここまで本章で対象としたのは、あくまで「変態」概念のイデオローグたちの議論のみである。そこで形成された「変態」をめぐる諸理論が、実社会でどのように機能し、人々の思考や行動に影響を与え得たのかを知るためには、理論を〈消費〉する側の人間、例えば雑誌『変態心理』や「変態」を冠する種々の書籍の読者たちや、理論の対象とされた「変態者」たち自身が、いかにそれらを受容していたかを分析する必要があるだろう。次章からは、理論としての「変態」概念が、どのように〈消費〉され展開していったのかを追ってゆくことにしよう。

【注】

（1）Metamorphose は当初、「変形」といった訳語が当てられていた（岩川友太郎『生物学語彙』（集英堂　一八八四））。それが一八九〇年に刊行された星野慎『昆虫植物金石採集法』（女学雑誌社）では、「昆虫変態《むしのかはりかた》」といった表現がみられるようになり、一九〇〇年代の生物学の教科書では「変態」という訳語が一般的に使用されるようになっている（岩川友太郎・藤堂忠次郎『普通生物学』（吉川半七　一九〇一）、佐々木豊三郎・溝口鹿次郎『生物学　女学校用』（東洋社　一九〇二））。

（2）本書では、「変態性欲」に関わる理論と学問を変態性欲論、「変態心理」に関わるそれを変態心理学と呼称する。なぜ、「変態性欲」が「論」で、「変態心理」が「学」なのかといえば、同時代の史料等をみる限り、変態心理学という単語は用例も多くその定着が確認できるが、変態性欲学という単語については、そうした用例がほとんどみられないためである。よって「変態性欲」に関わるものについては、当時流行した羽太鋭治・澤田順次郎の著作『変態性欲論』（春陽堂　一九一五）の表現を採用し、変態性欲論と呼ぶこととした。

(3) 序章注11参照。ただ、大きな潮流とはならなかったものの、これらセクソロジー研究の前にも「変態」概念に触れた先駆的な研究は存在した。曽根博義「フロイト受容の地層」(『遡河』一九、二〇、二一　一九八六・三、七、一二)では、フロイト受容史の文脈で雑誌『変態心理』が言及されており、また坂本要「変態と風俗研究」(『日本民俗の伝統と創造』弘文堂　一九八八)では、民俗学史の文脈で「変態」という言葉の流行が捉えられている。

(4) 赤川学『セクシュアリティの歴史社会学』(勁草書房　一九九九)一六五頁

(5) 小田晋＋栗原彬＋佐藤達哉＋曾根博義＋中村民男『『変態心理』と中村古峡』(不二出版　二〇〇一)

(6) 菅野聡美『〈変態〉の時代』(講談社　二〇〇五)、第六章タイトルより。

(7) この分類において、古峡が参照したのは、Tichener, E. B. 1915.『A beginner's psychology』New York, Macmillan. であると考えられる。ティチナーは、そこで psychology of the normal mind と psychology of the abnormal mind に含まれる各項目を挙げ、両者の特徴を論じている。管見の限り、この著書以外でティチナーが、abnormal psychology を体系化して論じたものはない。

(8) 「色情狂」という言葉は、クラフト＝エビングの著書『Psychopathia Sexualis』(一八八六)を翻訳した『色情狂編』(法医学会訳述　一八九四)によって初めて使われた(斎藤光「「色情狂」観念の発生」(『創文』三八四　一九九七・一))。その後、例えば序章でもとりあげた「出歯亀」事件では、犯人とされた池田亀太郎は「色情狂と云ふ一種の病」であったとする言説がみられ(『万朝報』一九〇八・四・六)、一般にも通用する言葉となっていったことがわかる。

(9) クラフト＝エビング(黒沢良臣訳)『変態性欲心理』(大日本文明協会　一九一三)および、羽太鋭治・澤田順次郎『変態性欲論』(春陽堂　一九一五)。この指摘については、川村邦光「日常性／異常性の文化と科学――脳病・変態・猟奇をめぐって――」(『編成されるナショナリズム』岩波書店　二〇〇二)と、斎藤光前掲論文(一九九七)に拠る。

(10) 原書となった『Psychopathia Sexualis』が、日本で翻訳されたのは、これが初めてではない。すでに注8で触れた、抄訳『色情狂編』が春陽堂から出版されており、『変態性欲心理』はより内容を充実させた上での、二度目の翻訳であった。

(11) 佐藤能丸「大日本文明協会史試論」(『早稲田大学史記要』二一　一九八九・三)

(12) 小俣和一郎『近代精神医学の成立――「鎖解放」からナチズムへ』(人文書院　二〇〇二)

(13) クーン、T.(中山茂訳)『科学革命の構造』(みすず書房　一九七一)

(14) 小俣前掲書　一四一頁

(15) 保崎秀夫・高橋徹(編)『近代精神病理学の思想』(金剛出版　一九八三)三四頁

(16) 杉江董『通俗精神病講話』(吐鳳堂　一九一二)

(17) 正確な総数等は不明だが、筆者の所収する『変態性欲論』の奥付は「大正十年三月十五日十二版」となっており、発売以降順調に増刷されていたことがわかる。また、後の章でも論じるが、川端康成の中学生時代の日記には、『変態性欲論』とロンブローゾの『天才論』を同時に読んで、非常に感銘を受けたとの記述がみられ(川端康成「大正六年 自由日記」(『川端康成全集』補巻一　新潮社　一九八四))、この本が次代を担う若者たちにも、強い印象を与えていたことがうかがわれる。

(18) Jastrow, J. 1902.『Abnormal Psychology. Dictionary of Philosophy and Psychology』New York, Macmillan, p.2

(19) 一柳廣孝『〈こっくりさん〉と〈千里眼〉』(講談社　一九九四)

(20) 佐藤達哉「心理学と「変態――大正期『変態心理』をとりまく文脈――」(『『変態心理』と中村古峡』不二出版　二〇〇一)

(21) 小田(他)前掲書　一頁

(22) 中村古峡「日本精神医学会設立趣意」(『変態心理』一(一)　一九一七・一〇)七九頁

(23) 曾根博義「中村古峡年譜」(『『変態心理』と中村古峡』不二出版　二〇〇一)

(24) 曾根博義「解説　心の闇をひらく――中村古峡と『変態心理』」(『変態心理 解説・総目次・索引』不二出版　一九九九)

(25) 中村古峡「発刊の辞」(『変態心理』一(一)　一九一七・一〇)一頁

(26) 医学関係の専門学会設立状況の詳細は、以下の通り。日本解剖学会・日本耳鼻咽喉学会(一八九三)、日本小

児科学会（一八九六）、日本眼科学会（一八九七）、日本外科学会・日本消化機《ママ》病学会（一八九八）、日本皮膚学会（一九〇一）、日本精神神経学会・日本産婦人科学会（一九〇二）、日本内科学会（一九〇三）、日本衛生学会（一九〇四）、日本病理学会（一九一一）、日本泌尿器学会（一九一二）、日本微生物学会（一九一五）。

(27) 『変態心理』の知的多様性には、本章で指摘したような、理論に内在されていた要因の他に、いくつかの外在的な要因が関わっていたと考えられる。一例を挙げれば、曾根博義「中村古峡と『新仏教』――『変態心理』へのもう一つの道」（『『変態心理』と中村古峡』不二出版　二〇〇一）は、上京して間もない頃の古峡が関わった雑誌『新仏教』を通じて形成された人的ネットワークが、その後の『変態心理』の執筆者・賛助者を提供し、雑誌運営をバックアップするものとして機能していたことを指摘している。

(28) 中村前掲文（「発刊の辞」一九一七・一〇）一頁

(29) 中村古峡「変態心理学概論」（『変態心理学講話集第一編』日本精神医学会　一九一八）二〇頁

(30) 安齋順子「日本の「変態心理」と小熊虎之助――ユング著作の翻訳と開業心理療法活動の紹介――」（『心理学史・心理学論』三　二〇〇一・一二）

(31) 一九二〇年に至るまで（一九一七―一九一九）に雑誌『変態心理』に掲載された記事数を確認してみると、中村古峡は二六本、小熊虎之助は二一本となっている。なお、小熊の心理学史的意義についての詳細については、安齋前掲論文を参照のこと。

(32) 小此木啓吾『フロイト』（講談社　一九八九）

(33) 精神分析学を科学として位置づける考え方は、フロイト自身に非常に強くみられるものであった。その傾向は後の『続精神分析入門』（一九三二）で、精神分析は「科学的世界観」に基づく学問であるという定義へと結実した。

(34) 菅野聡美「変態研究序説――大正日本の性と政治――」（『「性」と政治（年報政治学）』岩波書店　二〇〇三）

(35) 中村古峡『変態心理の研究』（大同館書店　一九一八）に収録。これは古峡が以前に書いた「不良少年と二重人格」（『心理研究』一一（五）　一九一七・五）と「二重人格の少年」（『変態心理』一（一）、（二）　一九一七・一〇、一一）をそのまま転載したものであった。引用文は単行本所収版に拠る。

(36) 赤川前掲書(一九九九)

第2章

「変態」に懸《か》ける——『変態心理』読者とそのモチベーション——

1　『変態心理』と読者たち

前章では、羽太鋭治・澤田順次郎や中村古峡をはじめとする、「変態」理論のイデオローグたちの思想を確認してきた。しかし注意すべきは、彼らが伝え広めようとしたその思想は、「変態」概念の基礎をなしているにせよ、決してそのすべてではないということだ。伝達されるあらゆる情報がそうであるように、そこには受容や解釈といった問題が常に介在してくることは忘れてはならない。「変態」概念の展開を考える際には、イデオローグたちが作り上げてきた「変態」理論が、どのように人々に受け止められたのかを問う必要があるだろう。

本章では、雑誌『変態心理』の読者寄稿の分析を通じて、この問いに答えてゆく。ただ先に述べておけば、本章で明らかにしたいのは、読者たちが理論を正しく理解できているか否かといった点ではない。それよりも重要なのは、彼らが「変態」理論を何のために摂取しようと考えたのか、そしてそのような発想のもとでこの理論を扱ったことが、「変態」概念にどのような意味を付与してしまったのか、である。

では、これらの点を踏まえつつ、実際に『変態心理』と読者たちの関係に注目して誌面を追ってみることにしよう。まず気付くのが、この雑誌では創刊当初から、読者への積極的な呼びかけがなされていることである。創刊号（一九一七・一〇）の奥付には、早速次のような告知（「投書歓迎」）が掲げられている。

左の諸項につき普く投書を歓迎します。但しあくまで事実に忠実な報道を願ひます。想像や空想で作り上げたのは取りません。
一、諸種の霊的現象（予覚、感応、念伝等をも含む）及び奇夢、霊夢等。
二、精神病者の奇抜なる言動又は手記（但し手記は成るべく肉筆のままを望みます。）

三、不良少年や犯罪者の閲歴。
四、奇人、変人、金貸、吝嗇坊、欲張婆さんなど、総て変態心理所有者の実伝

ここでは、変態心理学に関わるとされる事象の「報道」が要求されているが、同じく奥付に掲げられた「応問欄設置」という記事には、「次号より応問欄を設けて広く読者の質疑に応じ」る旨が書かれ、読者からの「質疑」も募集されている。

様々な機会を捉えての読者への呼びかけは、時に「読者からの実験や見聞の投書があると、大変光彩を添へると思ふので、之も何卒よろしくと願つて置きます(1)」といった編集後記での挨拶として、またある時は「今回一般から変態的な事実や伝説の原稿を広く募集したい。その内容は、事実及びその物語りの記述であれば望ましいが、またそれらに関する研究でも結構である(2)」といった、投書内容への具体的指示を含みながら、雑誌の終盤までほぼ毎号あらわれ、継続されてゆく。

読者の側の反応も悪くない。創刊の次の号からは「読者欄」が設置され、神の声が聞こえる「婆さん」といった「奇人」についてや(3)、自分の見た夢の話(4)などが続々と投書されてくる。今挙げた二つの投書が、「投書歓迎」が求めた「諸項」に適合していることがいい例だが、編集側の呼びかけとそれが指示する枠組みに対して、読者たちはしばしば従順ともみえるような応答を返してゆく。

このように書くと、読者は編集の指示に従って、情報を提供するだけといった一方的で固定的な関係であるようにもみえるが、実態としては一概にそうともいい切れない。投書がいかに扱われているかを、もう少し詳しくみてみよう。投書が掲載されていたのは、読者欄だけではなかった。例えば「人間的證券」といった欄がそうだ。この欄は、投書欄のような小さな活字の三段組みではなく、通常の記事と同様の二段組みであるが、そこでは記

者の原稿と同様に、読者の書いたものが頻繁にとりあげられている。ここで重要なのは、読者の書いたものが、「読者欄」のような専用にあてがわれた枠を超えて、一般の誌面に混ざり登場しているという点であろう。つまり、読者の書いた原稿と編集側が用意した原稿のあいだには、誌面においてそれほど絶対的な壁があるわけではない。

それゆえに、投書の言葉にも重みがある。一読者である前田未央は、先々月に掲載された妖怪談の記事（天野忠義「墓下の泣き声」（八（六）一九二二・一二））に対し、「創作様に書くなら架空談でもかまはぬが、事実談の様に書くなら必ず事実の事にして貰ひたい」と難詰する文章を投書している（「読者の声」（九（二）一九二二・二）二六七頁）。こうした「架空談」の価値を認めず排斥してゆく姿勢は、『変態心理』の編集側がことあるごとに述べてきた主張と一致するものであり、前田の批判はその原則を繰り返したものにすぎない。だが、その後の『変態心理』に書かれた、「化物話などでもあつたら、ご遠慮なく御投稿下さい。ただ従来寄せられたものの多くが、兎角創作擬ひに書流してあるため、何処まで事実の報告として見ていいか分からずために掲載の出来ぬものが大分溜まつてゐます」（九（六）一九二二・六　八一一頁）といった編集後記をみる限り、編集側が投書の批判を重く受け止め、雑誌の本来の方針を再度確認している様子がうかがわれよう。

『変態心理』では、初期にも心霊研究者の投書に対する批判が読者欄を中心に盛り上がりをみせ、結果的にこの雑誌の脱心霊主義という方針を決定したことがあった[5]。雑誌の方向性が、投書とそれを採用する編集側の相互作用のなかで逐次決定されてゆくことは、しばしばみられる現象であり、編集側の過敏ともみえるような反応の良さを含め、この雑誌の一つの特性を成しているともいえる。

また、読者の参加は、誌面だけにとどまらない。雑誌の母体である日本精神医学会が主催する「変態心理学講習会」「変態心理談話会」といった講演・実演会には、多くの読者たちが集まった。そこで彼らは、『変態心理』

上で活躍する論者たちの講義を直接その耳で聞き、また他の読者たちの存在をその目で確認したはずである。また、地理的な条件ゆえに、それらの会にはそうそう参加することができない読者たちは、有志を募り地方支部を設置していった。その数は確認できるだけでも、計一〇支部をかぞえる。『変態心理』の誌面、またはそこから派生した実地の活動における読者の役割に着目してみれば、そこに〈共に作り上げられてゆく雑誌と学問〉という姿勢が通底していることを読み取ることが可能であろう。

　こうした姿勢をこの雑誌が選択した背景には、おそらく主幹である中村古峡の信念が関係している。前章でも触れたが、古峡が『変態心理』を創刊するにあたり語っていた趣意を、ここで思い出しておこう。

> 私は此所［＝弟の精神病院への入院と死］に於て、益々今日の物質医学だけでは、人間の疾病、特に精神的疾患を治癒するに不完全であることを深く悟りまして、烏滸がましい話かは知れませんが、茲に新に精神医学と云ふ一科を建設して見たいと云ふ決心を起こしました。爾来数年、私は専ら心を精神病学並に催眠心理学の学理的実際的両方面の研究に潜め、［中略］今後此の精神医学が、単に所謂精神疾患の治療に裨益あるのみならず、又一般医学の各分科に対しても、其の基礎学とならねばならぬことを固く信ずるに至りました。(6)

　弟の精神病と、それに対する医学の無力を目の当たりにした古峡は、現在の「物質医学」に対して、新たな「一科」すなわち「精神医学」を打ち立てようとする。なお、「基礎学」という言葉が象徴するように、それが既存の医学体制を根底から組み替えるような思考として想定されていることには、注意を払わなければならないだろう。新しい学問体系をこれから築き上げてゆくためには、一方的な啓蒙によって知識を広めるだけでは十分ではない。それ以上に、自ら新たな知識を生み出し組み立ててゆくような、能動的な研究主体の形成が不可欠なのだ。

『変態心理』は投書を重視し、そこで取り扱われる変態心理学を〈われわれの学問〉として設定することで、編集側・読者側といった垣根を越えた共同体意識を構築してゆこうとする。では、そのような雑誌からの呼びかけを、読者たちはどのように受け止め、応答していったのであろうか。読者たちの思考と欲望のあり方をより深く理解するために、彼らの残した寄稿群の具体的な分析へと進んでいこう。

2　寄稿読者たちのモチベーション

「寄書　変態心理の研究に興味を持つた動機」は、雑誌『変態心理』八巻四、五号（一九二一・一〇、一一）の二回に分けて連載された寄稿特集である。この特集は、日本変態心理学会（日本精神医学会の別称）が会員に配布していた『変態心理学講義録』上において先に行われた、懸賞付きの寄稿募集の当選作を掲載したものであった。掲載数は全一六篇あり、連載二回目の最後には「一記者」の署名で「選後の言葉」が載せられている。それによれば、選考にあたっては「研究に着手してからの経過よりも着手前の心的経過を述べたのを取り、理屈よりも事実の叙述を取り、簡単な者よりは詳しく面白いのを取つた」といい、また「投稿としてはいかにも不十分なので、止むを得ず割愛したものも沢山あつた」（五八六頁）とも記されている。

この「選後の言葉」で興味深いのは、寄稿全体に関する分析を行っている点だ。そこでは寄稿文にあらわれる「変態心理の研究に興味を持つた動機」を、三つに大きく分ける事ができるとし、①病気による煩悶、②宗教的の煩悶又は懐疑、③環境からの刺激（突発的偶然的な事件に依る刺激・周囲の研究熱の刺激）の三項目を挙げている。確かに、記事全体の方向を大枠で捉えた場合、「一記者」のこの考察はそれほど誤ってはいない。（当然、前もって決められた枠組みに適したものが選ばれた可能性は当然あるが。）しかし、問題なのは「一記者」の分析では、肝心の部分の分析がなされていないことなのだ。

「一記者」は、自らの分析を踏まえて、寄稿者たちを次のように評価する。

［迷信的療法の］迷路に停滞してゐないで、変態心理といふ方面へ切り開いて来るところに、本誌読者としての勇猛精進の尊さを見ることが出来る。宗教的の煩悶懐疑についても同じことがいへる。若い人々が、存外多く此種の疑ひを抱ひてゐることを知つて、私は心強く感じさせられた。（五八六頁）

ここでは、「迷信」や宗教から変態心理学へという移行が当然視されてしまっている。つまり、上記①②③のような原因を持つ人間が、なぜ外でもない変態心理学へと流れて来たのかという部分には考察が及んでいないのだ。寄稿者たちの「動機」を分析するのならば、まずはこの部分にこそ、注目してゆくべきではなかろうか。

したがって、寄稿者たちの「動機」を研究する場合、「一記者」の提示した分析結果を検証するためにも、もう少し実証的に寄稿者たちの文章を解析する必要がある。そこで、実際の寄稿文に書かれた「動機」に合わせて、新たな分類項目を設定し直すこととした。寄稿者の多様な「動機」を拾い上げるために、「一記者」の分類よりも項目を細かくし、さらにそれらの項目は、興味を抱く契機となった出来事などではなく、彼らが変態心理の何、に興味をもったのかに注目して設定した。これによって、寄稿者たちがどのような欲望を抱き、引きつけられていったのかが浮き彫りになってゆくだろう。また、寄稿文が自由記述式である以上、寄稿文中にはそれらの項目に当てはまる要素が複数含まれることも少なくないが、該当する要素がある場合には、すべてにチェックをつけた。

図表 2-1　「変態心理の研究に興味を持った動機」分析シート

掲載順・題名・投稿者 ＼ 動機		A 精神病者への興味	B 変質者への興味	C 催眠術への興味	D 精神医学・療法への興味	E 心霊現象への興味	F 宗教（迷信）への興味	G 妖怪への興味	H 心理学への興味	I 社会・群衆心理への興味	J 性欲学への興味
1 神様と気違ひ	伊藤義博	●									
2 死の予告を経験して	伊藤重平					●					
3 蕃界の迷信と変質者の家庭	荒井仁三郎		●				●				
4 幼時に見た芝居の怨霊	森　徳太郎							●			
5 永世への門戸の不可思議	聖狂生						●		●	●	
6 病者の救済を志して	佐藤秋溪			●	●						
7 難吃の煩悶生活より	安藤泰二郎			●	●		●				
8 性から神秘の問題へ	中村俊夫										●
9 病中の妻の不思議能力	前田未央生	●		●	●					●	
10 堕落の心的体験を経て	野崎吉郎		●				●		●		
11 心霊の解決を求めて	小林有造			●		●					
12 心理学の興味	小林　恒			●		●			●		●
13 妻の死後の煩悶から	寺島光三			●	●	●	●				
14 社会の一員としての必要	山口儀正									●	
15 催眠術の実験を見て	松井呆亨			●		●	●				
16 霊怪、妖術の解決を求めて	石不老山			●	●	●	●	●			
合　計		2	2	8	5	6	7	2	3	3	2

※「変態心理の研究に興味を持った動機」（『変態心理』8巻4・5号（1921.10、11））を参照し、作成。

このような条件に基づいて、「精神病者への興味」「変質者への興味」「催眠術への興味」「精神医学・療法への興味」「心霊現象への興味」「宗教（迷信）への興味」「妖怪への興味」「心理学への興味」「社会・群衆心理への興味」「性欲学への興味」の一〇項目をチェックした結果をまとめたものが、図表2-1である。各項目に付けられたチェック数の合計が示すように、この図表からは画然とした「動機」の偏りをみてとることができよう。全体的に言えば、「催眠術への興味」「精神医学・療法への興味」「心霊現象への興味」「宗教（迷信）への興味」が頭一つ飛び出ており、その他の項目は、低いカウント数で横並びとなっている。興味深いのは、変態心理学と隣接していると思われる「心理学」や「性欲学」への興味が、両者ともに低いカウントにとどまっていることだ。ここから推測できるのは、寄稿者たちにとって変態心理学とは、他の隣接学とは区別され、その独自の価値を持つものとして認識されているということである。厳密には、それぞれの項目について考察する必要があるだろうが、ここでは変態心理学を志す動機として、代表的な理由であると考えられる「催眠術」「精神医学・療法」「心霊」「宗教（迷信）」を中心として考察を進めていきたい。

3　変態心理学による「医学」への裏口的参入

「催眠術への興味」を抱く寄稿者たちの文章の傾向を調べてみると、催眠術を「心霊」研究の手段とみなす見方と、「精神療法」のテクニックとみなす見方に二分される。前者の基礎にあるであろう「心霊」への興味については、また後ほど考察するとして、まず注目したいのは後者の見方についてである。

「催眠術」を「精神医学・療法」の文脈のなかでとらえてゆく考え方は、『変態心理』が主張するところと一致する。すでに確認したように、古峡は「精神医学」という新たな「一科」を、医学の「基礎学」に位置づけることで、医学全体の改革及び発展に寄与するものとしていた。そして、その「精神医学」の理論と実践の両面を文える技術として古峡が重視したのが、催眠術だったのである。古峡らが、『変態心理』で特集号（「催眠術革新号」六（四）一九二〇・一〇）を組んだり、または「催眠心理学実技講習会」を毎月開催したり（一九一九・一―?）[7]と、その普及には常に力を入れていたことを考えれば、寄稿者たちがそのドグマに乗るかたちで論じているのも、当然といえば当然であろう。

しかし、投稿者たちの催眠術に関する文言の端々には、古峡の提示した医学の「基礎学」という位置づけからはみ出す部分がしばしばあらわれる。そこからは、彼らの抱く「精神医学」や催眠術への、より実利的とでもいえるような思惑がみてとれるのだ。

佐藤秋溪は、寄稿「病者の救済を志して」のなかで、催眠術・心霊術に興味を持っていた著者が、催眠術講習会を受講したのち、その術で難病患者や不良・悪癖児童の治療を行ってきたという経歴を報告している。そこで佐藤は、われわれ変態心理学研究者の使命は、催眠術による精神療法を「益真面目に攻究研鑽修養して、之を教育上にも参考資益し、日常生活上にも適用し、殊に主として治療矯癖にも応用」してゆくことだと述べ、また「此精神療法心理治療なるものは、正しく学術的で合理的で、又道徳的に立脚して応用施行すべきもので、医業と対立して立派な一科として社会に認められるべく努めねばならぬ」（四六七頁）ものだとも強調する。彼は、「殊に」新たな医療技術としての催眠術の確立を求めてゆく。そしてそれは、決して「医業」の補助などではなく「対立」、つまりは同等の権威を有するものとして認められなければならないものであった。

こうした、催眠術に代表される変態心理学の医学的側面への注目と、その実利性への期待は、寄稿者たちに広く共通している。例えば伊藤義博の寄稿には、「私は何うかして寂しい人々を慰めてやりたい、人間に立ち返へるものは人間にしてやりたい、［中略］無知な私は彼等の世界がよく分りませんし、今から医専へ入るにも家の事情が許しませんから貴会［＝日本精神医学会］へ入つたのでございます」（四五八頁）といった記述がみられるが、この発言からは、寄稿者たちの医学への欲望をかき立てる背景がかいまみえる。彼らの前には、近代医学体制の確立という現実が立ちふさがっていたのである。

日本における近代医学体制のはじまりは、一八七四年の「医制」施行と、それに伴う医術開業試験の実施であった。これを起点として、西洋医学の正統化とそれ以外の医術の追い落としが着々と進行してゆくことになる。それが、一九〇〇年代に入ると、医学制度はさらに確固としたものへと整備が進められてゆく。一九〇六年には、それまでの医師生産の仕組みを大きく変える「医師法」が施行された。これにより、医師になるまでの多様な経歴を許容していた医術開業試験制度が、一九一六年には完全に廃止され、医師となるためには医学専門学校卒業以上であることが必要となったのである。さらに一九一八年の「大学令」公布によって、医学教育は総合大学、単科大学、医学専門学校の三本に限定され、ここに戦後まで続く医学教育体制が確立されたのだった[8]。この近代的な医学体制確立への流れは、医療手法とその対象範囲の限定に加え、医療に関与できる人間の絞り込みと、それに伴う医学の権力化をもたらすだろう。伊藤の「医専」の代わりに「変態心理学」という選択が示すのは、変態心理学が、その確固とした体制にいわば裏口的参入の可能性を持つ手段として期待され、消費されていたという事実である。

4 〈霊的なもの〉と科学の共存

寄稿者たちの、変態心理学を志す動機のなかで、「催眠術（精神療法）」とともに中心をなしているのが、「心霊」と「宗教（迷信）」への興味である。「選後の言葉」をみてみると、そこではこの寄稿者たちの「心霊」「宗教（迷信）」への関心の高さは、「変態心理といふ方面へ切り開いて来る」ことで、超克されてゆくものとして捉えられてしまう。こうした「選後の言葉」による、一方的ともとれる見方には、やはりこの時期の『変態心理』

の戦略というものが、大きく関わってきているのである。

すでに先行研究によって指摘されているように、変態心理学という領域は、科学であることを自認しながらも、催眠術を一つの媒介としながら、「心霊」・「宗教」といった〈霊的なもの〉と常に近接する立場にあった。[9]寄稿からも確認できるが、当時人々と催眠術との出会いは、大抵が学術的な場においてではない。その多くは「霊術家」か、在野の自称「催眠術研究家」の講演や著書によるものであった。催眠術は、霊術などと同質の不可思議な術の一つとして、受け止められていたのである。

このような状況に対して、変態心理学はそれらを迷信にすぎないとし、痛烈な批判を開始してゆく。それを反映するように、雑誌『変態心理』では、〈霊的なもの〉との差異化を図ろうとする言説が繰り返し現れてくる。一九二〇年一二月の「大本教追撃号」や翌年六月の「大本教撲滅号」といった『変態心理』による一連の大本教批判のキャンペーンも、まさにこのような文脈のもとになされたものであった。曾根博義は、古峡の大本教に対する執拗な攻撃を「そこには近親憎悪に近いものが感じられる」と評しているが、[10]これは正鵠を得ているといえよう。〈霊的なもの〉と変態心理学とは、その対象とする領域に加え、それに興味をもつ人間もまた重なり合う関係にある。変態心理学にとって〈霊的なもの〉を排除することと、自らの存在意義や学問的地位を確立することとは、まさに表裏一体の懸案であったのだ。

しかし、ここで問題となるのは、そのような事情を裏に抱えた「選後の言葉」の解釈の妥当性である。本当に寄稿者たちは、〈霊的なもの〉を変態心理学によって超克していったのだろうか。確かに、寄稿者のなかには、荒井仁三郎のように、「無神無霊の主張者の一人」として、〈霊的なもの〉を変態心理学によって、全否定する人物もいる。だが、そのような主張とは立場を異にする寄稿者たちが多くいたのも、また事実である。例えば、聖狂生は〈霊的なもの〉に関して、次のように論じる。

私は不可思議現象を全然否定し得る者でもない。又其原因が科学的に研究されたからとて、宗祖の偉大や、宗教の権威やを、少しも瑕つくる事はない。返つて其れ等の偉大を増す事と信じて疑わない。実際科学的研究に依つてさへ瑕つけられる程の宗教及び信仰ならば、現代の私共の信じ得る宗教、持ちうる信念では、あり得ないのだ。（四六五頁）

聖狂生は、宗教や「不可思議現象」を全否定するわけではない。ただ、それらは科学によって審査された後でなければ、認むるに足りないのだという。一見すると、科学絶対視の立場からの〈霊的なもの〉への一方的裁断にすぎないようであるが、少し視点を変えてみるならば、そのような批判にも関わらず、彼は〈霊的なもの〉を捨てきれてはいないともいえるのではないか。聖狂生は、この引用に続く部分で、科学により「世の迷信を打破し、真実のものをして益々光りあらしめたい」とも述べている。彼は、科学を信頼すると同時に、あくまで〈真なる宗教〉を求めているのである。

寄稿のなかには、このような科学的観点の重視を掲げながら、結果として〈霊的なもの〉を捨てられない、もしくは逆に近似してゆく例がいくつかみられる。より複雑で深刻化する現代生活の煩悶に対しては、「昔日の宗教などは単にその一部の悟得をなさしむるに過ぎない」（四六八頁）ゆえに、変態心理学にその補完を求める安藤泰二郎や、「心霊と言ふものの趣味を深く味はつて行くにつれ、無意識状態などから表現される不可思議や、宗教によつて伝統的につゞいて来た迷信現象等より、其の真理を発見する為には何うしても時代より超越した科学を求めなければならなくなつた」（五八〇頁）という小林有造の寄稿からは、すでに科学が〈霊的なもの〉を補完するものとして機能していることが読み取れるだろう。

これらの例からわかるように、彼ら寄稿者のなかでは、科学への信頼と〈霊的なもの〉への希求が混交し、新たに〈科学的な宗教〉や〈宗教的な科学〉のイメージが生成され始めている。結局、「選後の言葉」が提示した、科学による〈霊的なもの〉の一方的乗り越えというような単線的な図式には、寄稿者たちは収まりきらない。そこでは、単純に〈霊的なもの〉への興味が超克されたわけではなく、彼らが希求する「時代より超越した」力を、より合理的に説明し得るものとして変態心理学が選択され、利用されているのである。

5　地方知識人としての寄稿読者

ここまでは、寄稿読者の投書の文中から、彼らの変態心理学に対する錯綜した欲望を読み解いてきた。では、寄稿読者たちはなぜこのような欲望を抱くに至ったのであろうか。実は、この問題を解く鍵は、彼らの置かれていた社会的位置にこそある。

図表2‐2は、寄稿者たちの所在地と、職業・学歴といった社会的地位に関わる情報をまとめたものである。それぞれの項目について、まずはみてみよう。

彼らの所在地を一覧にしてみると、そこにはある傾向があらわれてくる。所在地が「朝鮮」を含め、きれいに〈日本全国〉に分散しているのである。あまりにうまい工合に分散していることから、例えばこの雑誌が全国津々浦々に広まっていることを装うといったような、雑誌『変態心理』側の意図が介在している可能性も否定できない。また、彼らの職業・学歴を見てみると、ばらばらではあるが、教職や中間管理職といった新中間層に分類されるものや、それに準じる歯医者など、頭脳労働者が多いことがわかる。学歴ははっきりとしない者も少なくないが、職業に伴って比較的高い者が多いと推測できるだろう。

この特集は、所在地の情報だけをみれば、かなり恣意性が鼻につくものではある。しかし、それと寄稿者たちの職業・学歴などの情報と併せて考えてみれば、この特集が実は地方知識人たちの声を集めた、貴重な資料で

図表 2–2　寄稿者の所在地及び職業・学歴

掲載順	投稿者	所在地	職業・学歴等
1	伊藤義博	長崎	不明
2	伊藤重平	愛知	小学校教員
3	荒井仁三郎	横浜	台湾蕃地駐在所勤務
4	森　徳太郎	大阪	学生？・國學院国文科
5	聖狂生	佐世保	不明
6	佐藤秋溪	淡路	小学校校長
7	安藤泰二郎	伊豆	不明（職業・家庭は有）
8	中村俊夫	米沢	中学校卒業
9	前田未央生	福岡	鉱山、炭坑の中間管理職
10	野崎吉郎	朝鮮	歯科医
11	小林有造	札幌	不明
12	小林　恒	広島	師範学校卒業
13	寺島光三	亀戸	理髪業組合職員
14	山口儀正	高知	不明
15	松井呆享	長野市	不明
16	石不老山	呉市	鉱山主代理

※「変態心理の研究に興味を持つた動機」（『変態心理』8巻4・5号 1921.10、11）参照。
※所在地は、投書冒頭に投稿者名と共に記載されたものを利用。「職業・学歴等」は、本文中から筆者が抽出。

あったことに気付かされるだろう。ここまで論じてきたのは、『変態心理』読者の問題であると同時に、地方知識人たちの問題でもあったのだ。

この時期の地方知識人階級に関しては、一九二三年六月の『中央公論』に「地方に於て父祖の業を継ぐ中学卒業生は郷党の知識階級」という興味深い特集が組まれているのでそれを参照してみよう。そこでは、安部磯雄・三宅雪嶺・近衛文麿をはじめ著名な面々によって、中学卒業以上の学歴を有しながら、地方で生活を営む知識階層が何をすべきなのかが諄々と説かれている。(11) 論者たちの意見は、ほとんど同じ傾向を帯びており、それはおおよそ三つの項目にわけることができるだろう。まとめてみれば、①「その知識を生かして、地域のために尽くせ」、②「大学を志しても成功する者はごく少数であるから、下手な野心は起こすべきではない」、③「都会に憧れる気持ちはわかるが、ろくなことはないから止すべきだ」となる。穿った見方をしてみれば、この意見は教授や政治家といった、都会の成功者たる一流知識人たちから、二流でしかない地方知識人たちへのあきらめのすすめとも読めるものだ。内ヶ崎作三郎は、その論文（「地方文化運動の指導者たれ／地方文化史の研究者たれ」）のなかで当時の地方知識人の典型例として「中学以上の学歴を有」し、「東京で大学生活までやつて、長男なるが故に、否応なく地方にかへりて、父祖の業に従つてゐる青年」を挙げている。その彼らは「同級生の彼是れが、官吏となったり、会社員となつて、時めいて出世するのが羨ましくも思はれ」、結果として「地方生活に対してやうやく呪詛をするやうな破目に陥ゐる」（二五七頁）のだという。この例からもわかるように、この時代において、都会（東京）以外で生活する知識人は、それだけですでに栄達への道から脱落を余儀なくされた人々であった。この特集の論者たちは、そのことを十分に理解した上で、地方知識人たちにその欲望のベクトルを、都会での大成から地方における貢献へと転換するように忠告するのである。多少でも道を外れたら、まず一流にはなれない。いいかえれば、それほどにエリートの生産システムが、この時期には確たるものになってきていたことが推察できる。

もちろん、このような啓蒙的特集が組まれるということは、逆にいえば、それだけあきらめの悪い地方知識人が多かったことの証拠でもある。林癸未夫の論文（「彼等への一警告」）によれば、当時の地方では衒学的講演でお茶を濁す一流知識人と「此種の講演者を都会から地方へ招聘して彼等の理論を謹聴するに熱心なる人々」（二五四－二五五頁）が多くみられたという。『変態心理』の寄稿者たちもまた、ある時は催眠術の講演に出かけ、ある時は講義録を熟読玩味し、それに応答して寄稿までしてしまう人々であった。まさに彼らは、あがき続ける地方知識人たちの、一つの典型例だったのではないだろうか。

寄稿読者のひとり、佐藤秋溪（成義）[12]のその後の投書（「弟子が先生か先生が弟子か」（『変態心理』一五（一）一九二五・一）を見る限り、変態心理学の知識はうまく使えば、確かに社会的地位の上昇に有効であった。佐藤が校長として新任地へ出向くと、その地域ではひとりの催眠術治療家が話題となっていた。治療家は多くの患者を治療し、また深刻な精神病で苦しむ娘でさえあっさりと治したが、ある時その娘をつれて駆落ちしてしまったという。その行状を聞いた佐藤は、かつて自分が催眠術を教えた門弟であることを確信し、そのことを人々に告げるが、皆は「あの大先生は［中略］小学校の先生位の弟子ではない」。「校長さんが真に彼の先生の弟子であるならば、土地の人もあの大先生の代りを得た訳で、皆々喜ぶ事と思ふ」といって、佐藤を「嘲弄」するのみであった（七八頁）。その後、かの治療家から佐藤へはがきが来たことで、人々もこの事実を諒解してくれたというところで、この話には落ちがつく。わざわざ書かれていないにせよ、その後の人々の佐藤へのまなざしは、〈ただの小学校校長〉から〈大先生〉に対するものへと変わったことは想像に難くない。変態心理学に基づく催眠術というスキルを持っていたことによって、実際の身分は変わらないにせよ、日常世界における彼の地位は一気に上昇し得たのである。

6　ポスト〈講義録の時代〉と変態心理学

ここまでの議論から明らかなように、『変態心理』および変態心理学をめぐっては、それを発信しようとする側の当初の意図を超え、受容者各人の欲望に沿うかたちでの消費が展開されていた。寄稿読者たちは、変態心理学に医学への裏口的参入の可能性をみいだし、またあるいは、〈霊的なもの〉への信仰を、科学的まなざしによる合理化を経た上で保持しようとしていた。いうなれば、そこにはアカデミズムや医学といった社会権威化したシステムと真正面に衝突することは避けつつも、それらの持つヘゲモニーをしたたかに侵犯してゆこうとする、当時の一流からはこぼれ落ちた知識階級の処世の術がみてとれるのではないか。

彼らが生きる時代は、教育や学問をめぐる領域でいえば、〈講義録の時代〉が終焉を迎えた時期であった。明治二〇年前後にはじまった、東京専門学校及び法学系私学による講義録発行ブームは、高等教育機関の不備状況を補完し、「文明開化」の中心である東京から地方への知識伝達を担っていた。そしてなにより、会員（校外生）には、修了後に校内生になりうる制度的保証が存在しており、受講者にはその後のステップアップが、まずは約束されていたのである。しかし、明治三〇年代以降となると、講義録は廃止・縮小期へと向かう。専門学校令（一九〇三）、大学令（一九一八）を経るなかで、教育課程の整備と専門化や、それに伴う社会的評価の安定が進み、講義録発行の必要性は低下してゆく。そして講義録の意義の低下を決定的なものとしたのが、校外生から校内生へ移行を許す制度的保証の消失であった。[13] 社会的エリートに至るためには、規格化された学歴の階梯を登るほかない時代が到来していたのだ。

変態心理学とは、このようなポスト〈講義録の時代〉を生きる在野の知識階級にとっては、その鬱憤や反感、または知識欲や向上心といったものの、オルタナティヴな受け皿であったと考えられる。大正期に新たに現れたこの学知は、確立の進む近代社会システムから疎外され、不安定化した〈自己〉を回復するための可能性として、人々に求められ〈消費〉されていたのである。

本章では、脱落したエリートとしての『変態心理』読者たちの欲望を追ってきた。では逆に、一定の社会的地位を確保している人々にとって、「変態」概念とはどのようなものとしてみえていたのだろうか。次章では、文化的なレベルにおいては特権的存在となりえていた、文壇人たちによる「変態」概念の〈消費〉の様相をみてゆくことにしよう。

【注】

(1) 無記名「編集室」(『変態心理』一四(五) 一九二四・一一) 六五八頁

(2) 無記名「変態的事実及び伝説の原稿募集」(『変態心理』一六(三) 一九二五・九) 三三〇頁

(3) NR生「神の御声の聞える婆さん」(『変態心理』一(二) 一九一七・一一) 一五五頁

(4) B・U生「死んだ夢」(『変態心理』一(五) 一九一八・二) 四八九頁

(5) 一柳廣孝「大正期・心霊シーンのなかの『変態心理』」(前掲『『変態心理』と中村古峡』)

(6) 中村古峡「日本精神医学会設立趣意」(『変態心理』創刊号 一九一七・一〇) 七九頁

(7) 「日本精神医学会設立趣意及略史(復刻)」(前掲『『変態心理』と中村古峡』)

(8) 酒井シヅ『日本の医療史』東京書籍 一九八二

(9) 一柳廣孝『〈こっくりさん〉と〈千里眼〉』(講談社 一九九四)、栗原彬「「科学」的言説による霊的次元の解体構築——大本教へのまなざし——」(前掲『『変態心理』と中村古峡』)

(10) 曽根博義「フロイト受容の地層」(『遡河』一九 一九八六) 六四頁

(11) この特集の論者は、安部磯雄、三宅雪嶺、堀江帰一、山崎延吉、柳沢政太郎、林癸未夫、内ヶ崎作三郎、近衛文麿の計八名。

(12) 森洋介「『変態心理』執筆者別総目次」(前掲『『変態心理』と中村古峡』) によると、「『変態心理学講義録 第六冊』巻末発表の懸賞課題入選者発表では本名なので、佐藤秋溪=成義と同定できる」(四一頁) という。なお、投書(「弟子が先生か先生が弟子か」) は、成義名義。

(13) 早稲田の講義録のみは編入制度を維持するも、条件を厳格化しており、少なくとも校内生への移行を「保証」するものはなくなったといえる。講義録の歴史については、天野郁夫『教育と近代化』(玉川大学出版部 一九九七) を参照した。

第3章

「民衆」からの〈逸脱〉

——「変態」概念および天才論の流行と文壇人——

1 アンケート「私の変態心理」

俺は、生まれながらにして、変態心理者だ。だから、そんな事で、滅びては堪らないと思ふから、熱心に変態心理を研究してゐるんだ。幼少年時代は病弱児。妄想幻想に苦しめらる。十七歳より十九歳までは、意思弱行の漂浪狂。二十一歳より今日まで波状の神経衰弱。が、今力強い生活をしてゐるんで、神経衰弱なんか恐れ入つてゐる。性的には異状の事三四年つゞいたが、今はいゝ方。但し女と見るとどうかして見たくなるのは色情狂か。いゝ事だと思つてる。

で、読者よ。本物の変態心理者を見たければ、見せてやるから北蒲田へやつて来い。

自らが「変態」であることを高らかに宣言するこの文章[1]は、大正から昭和にかけてプロレタリア作家、そして雑誌『変態心理』の記者として活躍した井東憲によるものである。

一九二三年、雑誌『変態心理』は一月号から三月号（一一巻一―三号）までの三回にわたって「私の変態心理」と題する特集記事を連載している。それは「「自己の持つて居る変態的心理と思はるる事実ありや」とかいふやうな問に対する文壇諸家からの答を集めたもの[2]」を到着順に掲載したものであった。その総回答数は七九名。ただし「回答数」がこの数なのであって、実際どれくらいの人数に質問を送ったのかは明らかではない。アンケートの対象者は、「文壇諸家」となっており、小説家、詩人、歌人、評論家、その他学者や記者などが幅広く含まれている。したがって、ここでの「文壇諸家」とは明確な規定があるわけではなく、文筆活動に携わり、多少なりとも名が知れている人々の総称といった意味であるらしい。

文学と「変態」という概念の関わりについては、すでにいくつかの先行研究によって言及がなされてきた。そこでは、個別の作家や作品に対して「変態」概念がどのような影響を与えていたのかが明らかとされてきている(3)。しかし、「変態」概念の流行という現象は、イデオローグ達からの発信と、作家たちによるその受容といった一方通行的な図式によって捉えきれるのだろうか。前章では、『変態心理』の読者たちによる、「変態」概念の自分本位な受け止め方と、それによって概念のもつ意味がすり替えられてゆく様子をみてきた。だが、先のような図式では、「変態」概念に対する受容側のこのような能動的な関わり方を、ただの誤解として否定的に捉えざるを得ない。そこで本章では、アンケートに表れた文壇人たちによる「変態」概念の〈消費〉過程を、「変態」をめぐる多様なイメージがぶつかり合い、再構築されてゆく〈場〉とみなす。こうした見方は、受容側における概念の〈誤解〉を、単なる錯誤ではなく、より能動的な生産行為とみることを可能にするだろう。新たに生み出されてゆく「変態」概念の特徴や変容の分析を端緒として、当時の「変態」概念をめぐる文壇人たちの欲望はいかなるものであったのか、そしてその背景について明らかにしてゆきたい。

2 通俗化する「変態」概念

今回、「私の変態心理」の分析にあたっては、まず全体の傾向を明確にするために、アンケート回答(全七九例)のなかでよくみられる言説パターンを筆者が一〇項目挙げ、そこに当てはまる要素が各回答中にどのように含まれているかをチェックしていった。ただし、自由記述形式のアンケートであるため、一人の回答が一つの項目だけに収まるということは少ない。「私には変態の心理がないと思つてゐます。だが、こういふのが既に変態心理なのでせう(4)」(山崎紫紅)のように錯綜的な回答も多くみられ、こうした言説は複数のチェックを付けることであらわすこととした。それを一覧としたのが、図表3-1(章末に掲載)である。この図表の示す結果から、文壇人たちが「変態」概念をどう捉えているかを大まかに確認してみよう。

まず指摘できるのが「A変態心理概念を知らず」の少なさ、「K具体例を挙げられる」の多さである。前者が六例なのに対して、後者は五四例となっており、その差は明らかだ。知らないとはっきり答える人数の少なさは、「変態心理」という概念の認知度の高さと、またどんな形であれ、各々のなかで「変態心理」のイメージが成立していることをうかがわせるだろう。

「具体例」を確認してみれば、夜眠ろうとすると「変な錯覚が起つて来て、自分の体が豆粒のやうに小さくなつたり、また無限大に大きくなつたりするやうな気がする」[5]という南部修太郎の回答のように、強迫観念や神経衰弱について述べた、いわゆる「変態心理」の範疇内のものが多くみられる。しかしその一方で、若月紫蘭の「然しザヂスチツシユ[＝サディスティック]な点は可成に沢山にあるやうに思ひます」[6]というような「変態性欲」に分類されるべき内容も、しばしば確認することができる。

次に、文壇人たちが、「変態」に対して自らをどう位置づけているかをみてみよう。すると大きく分けて、自分はとりあえず「変態」ではないという否認者のグループと、いいにしろ悪いにしろ自分には「変態」的要素があるとする自認者のグループ、それに加え「変態」かどうか分からない不明者のグループの三つに分けられる。変態否認者（C＋D）と変態自認者（E＋F）を比較すると、[否認]二三例に対して[自認]四二例（両方にまたがる山崎紫紅を除外）となり、自認者のほうが明らかに多数派であるといえる。

自認者がここまで多い理由の一つとしては、先にみたように、「変態心理」の枠組みが文壇人たちのなかでは、深刻な神経衰弱のような精神の「変態」から、「変態性欲」に関わる問題までの、曖昧で大きな領域を包括するものとして立ち上がり始めていたことが挙げられるだろう。そこでは、クモ恐怖症、果てには若山牧水の「一升からさきはだん〴〵あやしくなるやうです」[7]といった冗談めいたようなものまでが「変態」の名の下に語られてしまうのである。このように「変態心理」という言葉が一人歩きを始めたことによって、「変態」概念はそれまで持っていた学問としての深刻さを振り払いつつあるようだ。ここからは、「変態心理」という概念が、アク抜きされ、通俗化していく過程がみてとれるだろう。

3 「天才」としての「変態」

通俗化傾向の著しい文壇人たちの「変態」概念であったが、そのなかでも見過ごせないのは、変態自認者のなかには、本章の冒頭で挙げた井東憲の回答のように、さらに積極的に「変態」に価値をみいだし、「変態」を自称するグループが出現していることだ。一歩間違えれば、否定的なラベルを自ら貼ることになりかねないこうした発言が、なぜいくつもみられるのだろうか。

佐藤惣之助は、「詩作商売柄といふのでもありますまいが、まづ貴誌から見られたら僕等は変態心理の巣窟でしよう」と自らの「変態心理」を認め、「どうも芸術と狂気とは近づいて来てロンブロゾー的研究のやつかい物に進んでなりさうです[8]」と自嘲気味に語っている。この一文からは、佐藤の芸術家＝変態心理者という認識と、それが「ロンブロゾー」、今で言うところのロンブローゾの研究を参照することによって支えられていたことを読み取ることができる。第一章で軽く紹介したが、イタリアの精神病学者・法医学者であったロンブローゾによる「生来性犯罪人説」や「天才論」といった議論は、その理論的後継者ともいえる批評家マックス・ノルダウの「退化論」とともに、明治末から大正にかけての日本で広く受容された思想であった。

彼らの議論における「天才」のイメージを一言でまとめれば、悪性の遺伝や堕落した環境によって生み出された「変質」者ということになろう。そこには「芸術家」・「天才」・「変態（変質）」という三項を、等号で結びつけるような認識もすでにみることができる。ただしこの際、彼らの理論があくまで「天才」批判のためのものであった点を看過してはならない。そして「遺伝」や「変質」といった先天的／不可逆的な要因によって「天才」

とその「変態」性を説明する方法は、〈かれら〉「天才」と〈われわれ〉普通人との分断を絶対化してしまう。ところが、こうした「天才」に対する差別的な距離感は、井東ら変態自称者たちの回答をみる限り、元来の否定的意味から肯定的意味へと明らかに〈誤読〉されてしまっているのである。

このような転倒したロンブローゾ天才論の広まりは、大正前期を文学青年として過ごした人々に静かに、だが確実に影響を与えていた。一例を挙げれば、一九一七年、当時中学生であった川端康成は日記のなかに「沢田氏［＝澤田順次郎］の変態性欲論を読んでゐる。ロンブロゾフの天才論を読んでゐる。そして各々に可成りの共鳴を見出す。私自身に存在する、それ等の性質を幾分承認せねばならぬ(9)」と記している。山本芳明は、この記述に対して「川端は当時最新の科学の知見に依りながら、自らの文学者としてのアイデンティティを確実なものにしようとした(10)」と指摘しているが、まさにそのような文学者、もしくは文学者を志望する者たちの欲望が、ロンブローゾの理論を己に都合の良い方向へと読み替えていった動因の一つであったといえよう。

ただし、〈逸脱〉や「変態」を自己の文学的アイデンティティ構築のために援用する行為は、大正前期の文学志望者たちが独自に紡ぎ出した経験だったわけではない。文学史を振り返れば、新浪漫主義が台頭してきた明治末以降、そのデカダンス趣味の一つとして、のちに「変態」概念に繰り込まれてくるような諸要素が、文学作品のなかに散見されるようになってゆく。この潮流の新鋭であった谷崎潤一郎は、その自伝的小説「饒太郎」（一九一四）のなかで「ふとした機会から」この時期の精神病学の泰斗であった「クラフトヱビング［クラフト＝エビング］の著書を繙いた」大学一年生の饒太郎が、「自分と同じMasochism［マゾヒズム］の煩悩に囚はれた多くの天才者のある事を知」り、「文学者として世に立つのに、自分の性癖が少しも妨げにならないばかりか、自分はMasochistenの芸術家として立つより外、此の世に生きる術のない事を悟」る場面を描いた(11)。ここでの饒太郎の経験は、川端の経験とほぼ同様のものであるといってよいだろう。さらに興味深いことに、こうした科学に裏打ちされた〈逸脱〉や「変態」の文学における主題化という傾向に対して、同時代の批評もまた、その背中を押す役割を担った。赤木桁平は谷崎作品における「変態的心理の描写」は、「その内容が氏自身の宗とする芸術的境地とも吻合するために、「詩」と「真」とがぴつたり一致して、意外な芸術的完成を示してゐる(12)」と賞賛する。つまり大正期初頭にはすでに、作家／批評家の共犯関係のなかで、「変態」を芸術的見地から評価する枠組みが構築されていたのである。

アンケートが行われた一九二三年の文壇人らは皆、以上のように文学的に価値づけられた「変態」をめぐる枠組みを通り抜けてきた人々であった。そうした彼等にとって、「変態」を自認すること、さらには声高に自称することもまた、十分に意義のある行為として認知できるものだったのである。

しかし、なぜこの時期の文壇人たちは、こうまで〈逸脱者〉であることにこだわらなければならなかったのか。これは、文壇における天才論の流行、そしてそれと並行して起った「変態」概念の隆盛という現象を考える上で、避けては通れない問題である。

4　「民衆」と対峙する「文壇人」たち

萩原朔太郎は、アンケートに次のような回答を寄せている。

私の詩集「月に吠える」を変態心理の代表作品の如く言ふ人があるが、そんなことからの御問合せならば少しく不愉快です。私自身では別に常人と変つた心理は持つて居ないと思つてゐます。しかし解しやうによつては、すべての芸術家は皆一種の変態心理者でせう。我々は千里眼や狐ツキでこそないが、物事を直覚する点では遥かに常人にすぐれてゐます。何かさういふ意味の変態はあるでせう(13)。［傍線引用者］

この回答の前半部、朔太郎は自らの詩集を変態心理の代表作品と呼ばれることを「不愉快」と評し、自分は常人と違う心理は持っていないと主張する。それにも関わらず、最終的には、芸術家はみんな変態心理者であるというロンブローゾ的解釈を持ち出し、自分にも変態はあると結論する。釈然としない一文ではあるが、着目すべきは、朔太郎が自らの「変態」性を認めるに至るロジックである。傍線で示したように、彼にしてみれば自分たち芸術家が「変態」であるのは「物事を直覚する点では遥かに常人にすぐれてゐ」るがゆえであるという。実は、このような朔太郎の「変態」観は、彼の抱く「天才」観と呼応する。雑誌『日本詩人』(一九二六)の「質疑問答」欄をみれば、朔太郎の「物の「真理」といふべき普遍の本質をつかむことはむづかしく、その智慧を有する人だけが恵まれた芸術の天才なのだ」という発言が確認できる。[14]つまりは、彼にとっては「変態」も「天才」も、芸術家のみに与えられた才能を保障する概念として把握されていたといえよう。そしてその才能こそが「物事を直覚」し、「普遍の本質」をつかむ力なのである。

朔太郎はこの「質疑問答」上で、「天才」と「普遍性」の密接な関係を何度も強調する。彼によれば「芸術の本質は人類的の普遍性にある」が、「天才の無い人の書いたものは、自分一人だけのつもりになつて他人には解らないものになる」[15]しかないという。芸術の本質である「普遍性」は、あくまで「人類的」である。しかし、それをつかみ出す能力は、結局「天才」だけに認められる。つまり朔太郎の議論において、「普遍性」とは、全ての人々に開かれていながら、同時に「天才」によって実質的に占有されている概念なのだ。

こうした「普遍性」の理解は、明らかに我田引水的であるといえよう。[16]だが、ここで問うべきは、どうして彼が「普遍性」という概念にこれだけの執着をみせ、また、このような解釈を施す必要があったのかだ。この点に関して、彼は興味深い記述を「質疑問答」の末尾に残している。

但し最後に注目すべきは、普遍性と通俗性とは、似て非なるものだと言ふことである。民衆派詩人たちの芸術論は、いつもこの点で誤解があるやうに思はれる[17]。

この文章が、「民衆派詩人」への批判で締めくくられていることが暗示するように、朔太郎が「天才」にこだわり「普遍性」を重視する背後には、この時期に大きな議論となっていた〈民衆と文学〉という問題が横たわっていたのだ。

大正時代は、「民衆」という存在が社会的台頭を果たした時代であった。その大きな動因となったのは、第一次世界大戦を契機とした既存の世界秩序の動揺だったといえよう。第一次世界大戦における列強の戦時動員は、各国における「民衆」の政治参加に対する欲求、植民地民族の自立要求を触発していた[18]。帝国日本やその周囲においてもまた、内地のデモクラシー運動と並行するように三・一独立運動、五・四運動といった「民衆」による示威行動が立ち表れてくる。

この「民衆」の台頭という新たな事態は、政治的領域に止まらず、文学・芸術の領域にもその影響を拡大してゆく。そうした流れのなかで現れたのが、一九一六年前後にはじまる民衆芸術論と呼ばれる議論であった。その議論の内容は、デモクラシー的立場や社会主義的立場などが乱立し、決してまとまりの良いものではなかった。それら議論については、同時代の大杉栄が「新しき世界のための新しき芸術」という一文で、すでに次のような端的なまとめを試みているので、それを参照してみよう。

大杉は、これまでの民衆芸術論の論点は結局「民衆という文字と芸術という文字との間に入るべき前置詞についての問題[19]」であったと分析する。この観点からすれば、民衆芸術論とは、

①　Art *by* the people ―― 民衆〈から出た〉芸術
②　Art *for* the people ―― 民衆〈のための〉芸術
③　Art *of* the people ―― 民衆〈の所有する〉芸術

という三種類に分類が可能であり、①には中村星湖、②には本間久雄、③には富田砕花といった人物がそれぞれの代表的論者として挙げることができるという。大杉のこうした解釈図式は、民衆芸術論の持つ一面を的確に捉えている。しかし同時に、この図式では民衆芸術論における、もう一つ重要な「芸術家」という要素が欠落してしまっているのではないか。

①の中村星湖においては、真の民衆芸術とは「民衆の内部から或物を作り出して、［中略］民衆以外の紳士閥、貴族閥を是正し、人生全体を活動せしめようとする芸術である[20]」と定義する。この立場では、芸術は「民衆」自身によって生み出されるものであり、その威力によって社会変革すら計りうるものとして認識されている。それに対して、②の本間久雄は、「民衆芸術なるもの、意義」を「一般平民乃至労働階級の教化運動の機関、乃至様式[21]」として認知しており、あくまでも芸術家の作る芸術による「民衆」指導が主眼に置かれていた。また、③に当る富田砕花では、「凡ゆる芸術の被創造物」は「新しい時代、新しい世界にあつては悉く民衆のものであらねばならない[22]」といい、芸術が「民衆」のものであることが強調される。これは一見すると①と同様の議論のようであるが、その芸術を生み出す主体の位置づけについては、少々認識を異にする。砕花は「光栄ある新精神の使徒である詩人諸君」に対し、「諸君の労作は［中略］諸君と同じ時代に生き、働き、思考し、懊悩し、歓喜する人々のものであることを知らねばならない[23]」と語りかける。この記述からは、「芸術」を与える「詩人」＝「芸術家」と、受け取る「人々」＝「民衆」との区別が暗に前提化されているのがみてとれるだろう。

三者の議論からみえてくるのは、民衆芸術論とは「民衆」と「芸術」をいかに結びつけるかという議論であると同時に、「民衆」に対して「芸術家」をどのように位置づけるかという議論でもあったということだ。見方によっては、このような議論の方向性は、「芸術家」、そして文壇人たち自身の特権的な社会／文化的地位への不断の問い直しを迫るものであるはずである。実際、民衆芸術論の初期には「君は貴族か平民か[24]」のように、論者のポジショナリティを意識的に問題化しようとする視点が、確かに存在していたのだ。ところが現実には、この問題をうまく回避する方向へと民衆芸術論は展開して行く。そうした流れを最も顕著にみることができるのが、先に萩原朔太郎が批判していた民衆詩派における議論であった。

加藤一夫は、民衆芸術を論じたものは多いが「肝心のその民衆そのものに就いて語つたものはない」とし、次のように「民衆」を定義する。

上流階級者も知識階級者も、ほんとに自分の位置をさとつて、自分の今の生活の不合理を感じて、そして、ほんとの人間にならうとする時に、又、なるために生活革命をなした時に、彼は最早貴族ではない、富豪でない、彼は民衆の一人である。

民衆とは即ちヒュウマニティーを遺憾なく生き得るもの、少くともヒュウマニティーに生きようと努力するもの、全人類をヒュウマニティーの自由なる活動とせんとする者の謂である。[25]

この引用からは、「民衆」がそれまでの民衆芸術論で想定されてきた一般平民・労働階級といったある程度実体的なものから、「全人類をヒュウマニティーの自由なる活動とせんとする者」という定義にみられるような、非常に抽象的なレベルへとすり替えられてしまったことに気づかされる。「民衆」を、皆がなるべき理想像として位置づけたことで、民衆芸術論の中心的論点であったはずの階級の問題はうやむやなまま放棄されてしまった。同時に、「芸術家」と「民衆」をめぐるポジショナリティの問題もまた、「ヒュウマニティー」といった〈呪文《マジックワード》〉のなかに、ごく自然に隠蔽され、忘却されてゆくのである。

だが、民衆詩派に批判的な朔太郎もまた、「民衆」の台頭がもたらした「芸術家」のポジショナリティをめぐる難題に対しては、非常に抽象的な議論しか用意していない。朔太郎の文章「質疑問答」では、「天才の書いた芸術は、［中略］動機は「自分のために」書いた物であつても、結果は科学上の真理と同じく、人類一般に理解され得る普遍性を有してゐる」(26)という主張が展開されている。この文章において朔太郎は、「天才」という概念に基づくことで、「芸術家」とその「芸術」を「普遍」化するが、その際に使われる「科学上の真理」という比喩が正しく示すように、「天才」や「普遍」という概念自体はすでに疑う余地すらないものとして語られてしまう。それはまさに「芸術家」の特権的地位を絶対化する〈呪文〉として機能しているのである。

このような、朔太郎の楽天的なまでの「天才」概念への信頼と多用は何ゆえだろうか。確かに天才論は、大正期文壇人たちに大きな影響を与え続けた理論であったが、それに対しては賛意ばかりが示されたわけではない。大山郁夫は一九二二年、『中央公論』上において一連の「天才論」批判を開始している。この議論のなかで大山は、近代科学の知識を流用する形で現れた、「新しき形式に於ける神秘的夢幻的世界観」、つまりは「近代式迷信」がもてはやされている現状を指摘する。そして「『天才主義』といふものも、実はさうしたものゝ一つ」であり、「『科学の時代』とか『民衆の時代』とかいはれてゐる現代に於ても、尚ほ、民衆間に一般に流布されて活きてゐる」(27)のだという。そして、このような傾向がはらむ問題について、大山は次のよう糾弾する。

実際問題としての所謂『天才主義』といふものは、先づその出発点に於て、人間の素質の上に於て、所謂智愚賢不肖と言つたやうな先天的差別を認めて掛かつて、そして少数の優秀者を大多数の凡庸——若しくは『衆愚』——の上に標置して、［中略］彼等を社会的崇拝の対照《ママ》たるに相応はしく装飾しようとするのである。[28]

つまり大山にしてみれば、「社会的崇拝の対象」となるような「天才」を想定することが、大きな問題であった。なぜならば、それは「最早、如何なる意味に於けるデモクラシーとも、丸切り反りが合はなくなつて」いるからである。

大山の天才論批判は、それ自体は的確なものだ。しかし、彼がこのような批判をしなければならなかったという事実は、逆にそうした「天才」崇拝を希求する「民衆」が数多く存在したことを証拠付ける。「民衆の時代」とはいっても、その主体は、決して一枚岩の集団とはいえなかったのである。そこには、雑多な欲望が混在し渦巻いていたとみる必要があるだろう。そして、その欲望の渦のなかには、デモクラティックな平等がもたらす〈弊害〉——人間の脱神秘化・均質化・平板化——に抗するようなベクトルもまた、確かに底流していたことがうかがえる。

ここで思い起こすべきは、朔太郎の「天才」、そしてそれと表裏をなす「普遍」占有への志向であろう。それはまさに、こうした「民衆」のなかにある、超越的なものへの希求、または反均質への欲望の潮流と軌を一にする。まさにこの一致こそが、彼が「天才」を、「芸術家」とその「芸術」を普遍化すると同時に絶対化する〈呪文〉として濫用し得た背景であったと考えられる。一見すると、ただのアナクロニズムでしかないような朔太郎の議論は、実のところ、「民衆の時代」のある一側面を鋭敏に反映したものだったのではなかったか。

そして「変態」概念こそが、こうした反均質志向を強力に後援し得る理論であったことは、ここで指摘しておかねばならない。「俺は、生まれながらにして、変態心理者だ」と宣言すること、または「ロンブロゾー的研究のやつかい物」として自らを位置づけること、それらは大山が天才論のなかにみいだし忌避した「先天的差別」を、「近代的科学」の保証の上で生み出してゆく行為そのものであった。

結局、大正期に並列的に現れた「変態」概念と天才論の流行という事態は、両概念の相互の依存・補完関係によってもたらされたともいえるだろう。それらは、均質志向を基調とする「民衆の時代」のなかで、明らかに逆方向を志向している。しかしだからこそ、そうした時代潮流からこぼれ落ちた民衆の欲望と共鳴しつつ、決して揺らぐことのない権威性を持った「芸術家」や「芸術」というイマジネーションを、社会のなかで紡ぎ続ける機能を担うことが可能となっていたのである。

5 自己卓越化のための「変態」

アンケート記事の分析が示すように、大正後期の文壇において「変態」概念は、肯定・否定の両方を含む多様な立場を包括するなかで、曖昧さとある種の軽さを手に入れつつあった。しかし一方では、それは天才論と結びつくなかで、文壇人の社会的・文化的ヘゲモニーを確保し、強化するものへと流用されてゆく。つまり、彼らにとって「変態」概念とは、単に作品の題材や演出のレベルにとどまらず、自己卓越化のための〈装飾具〉として〈消費〉されるものだったのである。こうした状況と、「民衆」の台頭という時代潮流を重ねて考えれば、文壇人たちが「変態」を自認・自称することの持つ二重の意味がみえてくるだろう。それは最新の流行概念の受容であると同時に、揺らぐ「芸術家」や「芸術」の特権的地位の保障を求める行動でもあったのだ。そこには彼らが文壇人たろうとするがゆえにとらわれていた、先端への希求と自らの保守性の葛藤が、明瞭に映し出されている。

山本芳明によれば、一九一九年を起点とした、〈文学〉をめぐる経済状況の大きな転換[29]が、文壇人の経済力を強化したことで、彼らは「文化的な価値を担う存在へと変貌し、また社会的にそのような存在であることを承認された」[30]のだという。しかし、本章が確認してきた、大正期文壇人たちの「変態」概念や天才論をめぐる言説の錯綜状況をみる限り、そう単純に事は進まなかったようだ。たとえ、下部構造（経済）が好転したとしても、文壇人の社会・文化的ヘゲモニーは、常に揺らぎを伴うものであったといえる。そうした揺らぎに対して、大正期の「文壇人」たちがどのように足掻き、そのヘゲモニーの確立を試みてきたのか。その象徴的闘争のあり方の一端が、この「変態」概念と天才論をめぐる彼らの諸言説からみてとれるのではないだろうか。

ここまで、文壇人がいかに「変態」概念を〈消費〉していたのかに焦点を当て議論を進めてきたが、そうした〈消費〉が生じていたのは、当然ながらアンケートやエッセイといったものの上だけではなかった。それは、彼らの本領が発揮されるべき文学作品のテクスト内でも、変わらず繰り広げられていたのである。次章ではこの問題について、日本近代文学の代表的「変態」作家である谷崎潤一郎の作品を例としながら、考察を進めてゆく。

【注】

（1）井東憲「私の変態心理」（『変態心理』一一（三）一九二三・三）二七四頁
（2）森田生馬（形外）「形外漫筆（八）」（『変態心理』一一（六）一九二三・六）六四二頁
（3）黒岩裕市「「男色」と「変態性欲」の間――『悪魔の弟子』と『孤島の鬼』における男性同性愛の表象」（『一橋論叢』一三四（三）二〇〇五）、生方智子「谷崎潤一郎『二人の芸術家の話』における〈天才〉の位相」（『国語と国文学』八三（一）二〇〇六）、西元康雅「〈感覚の錯乱〉への経路――谷崎潤一郎『柳湯の事件』における神経衰弱」(『国文学研究』一五〇 二〇〇六)など。
(4) 山崎紫紅「私の変態心理」(『変態心理』一一(一) 一九二三・一)三九頁
(5) 南部修太郎「私の変態心理」(『変態心理』一一(三) 一九二三・三)二七〇頁
(6) 若月紫蘭「私の変態心理」(『変態心理』一一(一) 一九二三・一)四一-四二頁
(7) 若山牧水「私の変態心理」(『変態心理』一一(一) 一九二三・一)四一頁。ちなみに、ここで牧水がいっているのは、酒を一升も飲むと酔っぱらって正常な状態ではなくなるといった意味であろう。当然ながら、一般的な飲酒による酩酊状態は、変態心理学や変態性欲論の議論の対象ではない。
(8) 佐藤惣之助「私の変態心理」(『変態心理』一一(二) 一九二三・二)一五五頁
(9) 川端康成「大正六年 自由日記」(『川端康成全集』補巻一 新潮社 一九八四)四四五頁
(10) 山本芳明『文学者はつくられる』(ひつじ書房 二〇〇〇)一四〇頁
(11) 谷崎潤一郎「饒太郎」(『谷崎潤一郎全集』第二巻 中央公論社 一九六六)四〇六頁
(12) 赤木桁平「谷崎潤一郎氏に就いて」(『中央公論』三一(四) 一九一六・四)八八頁
(13) 萩原朔太郎「私の変態心理」(『変態心理』一一(二) 一九二三・二)一六〇頁
(14) 萩原朔太郎「質疑問答」(『日本詩人』大正十五年四月号 一九二六・四)九七頁
(15) 萩原朔太郎 前掲文(一九二六)九六頁
(16) 山田俊治(「「作者」と天才——「白樺」的主体の生成」(『国語と国文学』七七(五) 二〇〇〇))は、明治三〇年前後に展開された高山樗牛の天才論においては、「天才が「無邪気」な直感力によって、これまでになかった世界を創造し、その創造された小宇宙は普遍的なものの具象化となるという理解」がみられるが、そこには「カントの認識論を基礎として芸術創造の理論を構築したロマン主義の美学理論が示されている」のだと指摘する。朔太郎もまた、「質疑問答」の文中で、「カントの真理そのものは依然として普遍的であり、人類文化の上に公共的の意義を持っている」との評価を与えており、彼の「普遍性」理解および解釈に、カント/樗牛的な天才論もまた影響していたことが推察される。
(17) 萩原朔太郎 前掲文(一九二六)九七頁

(18) 米谷匡史「戦間期知識人の帝国改造論」(『日本史講座9 近代の転換』東京大学出版会 二〇〇五)
(19) 大杉栄「新しき世界のための新しき芸術」(『早稲田文学』一四三 一九一七・一〇)二三五頁
(20) 中村星湖「民衆芸術としての小説」(『早稲田文学』一三五 一九一七・二)五四頁
(21) 本間久雄「民衆芸術の意義及び価値」(『早稲田文学』一二九 一九一六・八)一七五頁
(22) 富田砕花「民衆芸術としての詩歌」(『早稲田文学』一三五 一九一七・二)五〇頁
(23) 富田前掲論文 五一頁
(24) 安成貞雄「君は貴族か平民か」(『読売新聞』一九一六・八・一七―一九)
(25) 加藤一夫「民衆は何処に在りや」(『新潮』二八(一) 一九一八・一)一四―一五頁
(26) 萩原前掲論文(一九二六)九七頁
(27) 大山郁夫「現代文化生活に於ける天才主義」(『中央公論』三七(一) 一九二二・一)一六四頁
(28) 大山郁夫「天才主義と現代の政治及び社会生活」(『中央公論』三七(四) 一九二二・四)三五頁
(29) 山本前掲書では、この転換の主な原因として、『改造』『解放』創刊を契機とした原稿料の高騰および作品需要の高まりと、出版物の新しい販売制度の整備という二つを挙げている。
(30) 山本前掲書 二三八頁

F 変態心理を持っている（持っていた）	G 変態と常態の差はない（区分自体への不満を含む）	H 他人からそう見られる	I 他人の変態心理の例を知っている	J 回答不能	K 具体例を挙げられる	具体例
●					●	鋲の密集をみると全身に痒み。
		●				
●					●	強迫観念
	●					
	●					
●					●	一升飲んだら
	●					
●					●	サディズム
●					●	歌舞伎の「悪」に同調、飲酒時誇大妄想
					●	直感的な予感
●					●	不完全なものが好き
	●					
●					●	三つの感情の不統一
		●				
					●	以前に神経衰弱
					●	半覚醒状態で作品のモチーフを着想
					●	臆病、内気、犬嫌い
	●				●	整頓癖、淫猥の肯定
					●	脅迫観念
●					●	反社会的心理
					●	現実感の曖昧化
					●	強迫観念
●					●	変態心理を歌った万葉短歌への共鳴
				●		
					●	幻想
●					●	変態心理の巣窟
●						
●					●	神経衰弱、詮索癖、完全癖
●					●	抑圧された潜在意識
	●					
●					●	著作で変態心理を扱う
●					●	強迫観念、妖怪の夢
●					●	クモ恐怖症

図表 3–1　「私の変態心理」分析シート

掲載順	回答者	職業等	A 変態心理概念自体を知らず	B 変態かどうか判断不能	C 自分には変態心理はない	D 変態心理者ではないが、要素はある可能性	E 変態心理者の可能性はあり
1	山崎紫紅	劇作家			●		●
2	上司小剣	小説家		●			
3	佐々木味津三	小説家			●		
4	三上於菟吉	小説家					
5	宮原晃一郎	児童文学者		●			
6	西宮藤朝	文芸評論家		●			
7	若山牧水	歌人					
8	堀木克三	文芸評論家		●	●		
9	若月紫蘭	劇作家					
10	高須梅溪	評論家					
11	安成二郎	歌人・小説家	●	●	●		
12	正富汪洋	詩人・歌人	●				●
13	木村恒	新聞記者・小説家					
14	日夏耿之介	詩人・英文学者			●		
15	牧野信一	小説家					
16	福士幸次郎	詩人・評論家			●		
17	藤森成吉	プロレタリア作家				●	
18	有島生馬	洋画家・小説家				●	
19	石坂養平	文芸評論家				●	
20	川路柳虹	詩人・美術評論家		●			●
21	江原小彌太	小説家・宗教文学者				●	
22	福田正夫	詩人					
23	西村陽吉	歌人・東雲堂書店専務				●	
24	島田青峯	俳人・国民新聞学芸部長				●	
25	加藤武雄	小説家				●	
26	前田林外	詩人					
27	三田村鳶魚	江戸文化研究家					
28	柴田勝衛	文芸評論家・読売新聞部長					●
29	河井酔茗	詩人					●
30	佐藤惣之助	詩人					
31	杉村楚人冠	評論家・東京朝日新聞編集長					
32	新居格	評論家・アナキズム思想家					
33	藤井真澄	劇作家・評論家					
34	白石實三	小説家・博文館記者		●			●
35	江見水蔭	小説家					
36	溝口白羊	詩人					
37	人見東明	詩人・日本女子高等学院設立者			●		
38	畑耕一	劇作家・評論家					

F	G	H	I	J	K	
					●	焚き火好き、飲酒癖
●					●	音への過敏
			●		●	妖怪に出会う
					●	風への恐怖
	●				●	芸術家は皆天才
					●	自己暗示
				●		
●					●	苦しみを喜んで耐える
●					●	心霊体験
	●					
●					●	神経衰弱
					●	吊革への嫌悪
					●	追い詰められると創作衝動
●					●	徹頭徹尾変態
					●	生と死を考えると焦燥感
●					●	強迫観念、サディズム
			●			
					●	静まった群衆内で感動
				●		
●					●	生まれながらの変態心理者
					●	自分の芸術の変態性
●					●	虐げられることに快感
●					●	性交無能力者
●					●	感激性
●					●	幻想癖
					●	感情の突発・一時性、嘘への嫌悪
					●	神経衰弱性
●					●	幻想に蝕まれる
	●				●	性的倒錯
●					●	海に飛び込みたくなる
	●				●	幽霊の錯覚
	●				●	強迫観念
●					●	飛び込み願望、殺意
					●	変態的心理への興味、虫の知らせ体験
				●		
30	11	2	2	4	54	

			A	B	C	D	E
39	大谷繞石	俳人		●	●		
40	小林愛雄	詩人・訳詩家					
41	太田水穂	歌人・国文学者			●		
42	松村英一	歌人				●	
43	萩原朔太郎	詩人				●	
44	後藤宙外	小説家	●				
45	渡邊霞亭	小説家・新聞記者		●		●	
46	小栗風葉	小説家					
47	仲木貞一	劇作家・新国劇座付作者					
48	水守亀之助	小説家・『新潮』記者		●			●
49	多田不二	詩人・『船』主宰					
50	中島清	独文学者					
51	南部修太郎	小説家					
52	茅野蕭々	独文学者		●			●
53	橋田東聲	歌人・『覇王樹』主宰		●			
54	伊藤銀月	評論、随筆家					
55	中村吉蔵	劇作家・演劇研究家		●		●	
56	山本露葉	小説家					
57	尾山篤二郎	歌人・国文学者	●	●			
58	尾瀬敬止	『露西亜芸術』主宰		●			
59	三井甲之	歌人・国文学者・評論家	●				
60	原田謙次	歌人・小説家			●		
61	小杉天外	小説家					
62	長谷川天溪	文芸評論家	●				
63	井東憲	小説家					
64	十菱愛彦	劇作家・小説家					●
65	細井和喜蔵	プロレタリア作家					
66	尾崎士郎	小説家					
67	津田光造	小説家					
68	星野潤一	「スネク芸術社」主催					
69	渡平民	劇作家・社会主義者		●		●	
70	田中宇一郎	小説家					●
71	橋本憲三	文筆業					
72	中西伊之助	小説家・社会主義運動家					●
73	佐近江外	報知新聞学芸部主任					
74	伊藤松雄	劇作家			●		
75	井上康文	詩人		●			●
76	勝田香月	詩人					
77	花岡謙二	詩人・歌人			●		
78	並樹秋人	歌人					●
79	濱田廣介	童話作家					
		合　計	6	17	12	12	13

※「私の変態心理」(『変態心理』11(1–3)1923.1–3)を参照し作成。
※「職業等」の欄は、森洋介(編)「『変態心理』執筆者別総目次」(『『変態心理』と中村古峡』)・『日本近代文学大事典』・『大正の読売新聞』を参照。

第4章　「変態」の「流動」

――谷崎潤一郎「鮫人」の逸脱者たち――

1 「変態」概念と谷崎潤一郎

「刺青」(『新思潮』明治四三年一一月号 一九一〇・一一)で文壇デビューを果たした谷崎潤一郎の名を一挙に高めたのは、永井荷風による絶賛であった。荷風は谷崎を「明治現代の文壇に於て今日まで誰一人手を下す事の出来なかつた、或は手を下さうともしなかつた芸術の一方面を開拓した成功者」であるといい、彼が「肉体上の残忍」や「如何に戦慄すべき事件」をも「美しい詩情」へと昇華させてゆく才をもっている点を高く買っている。[1] この一文は、谷崎の作品中に横溢するサディズムやマゾヒズムといった「変態」的な欲望と快楽に、〈芸術〉のお墨付きを与えることになった。結果、谷崎の「変態的心理の描写」を、「「詩」と「真」とがぴつたり一致して、意外な芸術的完成を示」[2] すものとして評価する見方が、その後の文壇に根付いてゆく。こうして谷崎は、いわば日本の文壇を代表する「変態」作家として、その地歩を固めることに成功したわけである。[3]

実際のところ、その看板に偽りはなく、日本近代文学の歴史の中で、谷崎より「変態」的な要素を取り込んだ小説を書き続けてきた作家は見当たらない。彼が、当時の文壇における「変態」受容の第一人者であることは間違いなく、文学作品における「変態」概念の〈消費〉という問題を考える際には、これ以上の適任者はいないだろう。

谷崎の作品は数多くあるが、そのなかで今回分析対象とするのは「鮫人」である。これは一九二〇年一－一〇月にかけて『中央公論』に連載された長編小説であったが、七回をもってそれは中断され、結局は未完のまま終了している。確かに、「変態」概念を導入した谷崎のテクストは別に「鮫人」に限定されないし、わざわざ中断された半端な作品を取扱わなくてもよいとも考えられよう。しかし、この「鮫人」が注目に値するのは、彼の諸作品に頻出するサディズムやマゾヒズムの欲望に支配される人間はもちろんのこと、それ以外にも多様な「変態」性を付与された人間たちが続々と登場してくる点である。しかも、そうした雑多な逸脱者たちこそが、この物語を紡ぎだす中心的役割を担ってゆく。後に書かれる「春琴抄」（一九三三）などの代表作にみられる洗練された境地とは対極にあるにせよ、見方によっては、「鮫人」とは谷崎の全作品のなかで最も貪欲なかたちで、「変態」概念を利用しようとした作品だとみることもできるのだ。

なお、先に確認しておけば、本章で「鮫人」の分析を通じて明らかにしたいのは、「変態」概念の文学への影響だけではない。それ以上に重視されるのは、文学が「変態」概念を援用し〈消費〉してゆくことが、この概念にいかなる変容をもたらしてゆく可能性をはらんでいたのかである。「鮫人」に登場する「変態」的な人物たちの造型に影を落とす、逸脱者を監理するための様々な近代的知がどのようなものだったのか。そして、それが物語のなかでいかに組み替えられてしまってゆくのかを確認しながら、以上の問題を明らかにしてゆきたい。

2　「鮫人」とその逸脱者たち

「鮫人」が舞台とするのは、第一次世界大戦を背景とした好景気に沸く、一九一八年の浅草界隈である。関東大震災以前の浅草といえば、東京一の盛り場であり、近代日本を代表する先端的な都市空間の一つであった。ただし、この物語にあらわれるのは、懶惰な生活を送る洋画家・服部をはじめ、新劇運動の成れの果てである歌劇団、ルネサンス協会の劇団員たちといった、そうした浅草に「落ち込み」、「堕落」してしまった人々の群れである。

そして、この「堕落」した彼らは、様々な異常性を兼備する人物たちでもあった。服部は自らの「病的」に強い食欲に苦悩する一方で、その欲望のなかに「醜悪な快感」をみいだし、あえて執着し続ける。また、劇団員でいえば、三枚目を演じる金公は「一種の変態性欲から俳優生活に這入つた」（一六三頁）[4]マゾヒストであり、皆にあごで使われることに喜びを感じている。

彼らの有する〈異常さ〉は、程度・方向ともに多様であり、それぞれの人物によって異なっている。だが、そこにはある共通点をみいだすことも可能である。彼らの〈異常さ〉は、しばしば視覚的に確認し得るものとして描かれるのだ。服部の数少ない友人である南は、久々に会った服部の「太つたと云ふよりは肉の重みで皮が弛んで居るやうなのつぺりした面長の顔、髯だらけな、寸の伸びた頤と一緒に少し前の方へ飛び出た口」といった容貌から、服部の「精神の堕落」を読み取る（六四頁）。見てわかるのは、〈異常さ〉だけではない。反対に、ある人間に潜在する有益な能力も、視覚的に判断可能である。例えば、南の「顱頂骨」は、「地球儀の形を想はせる立派な球」であるが、それは「生一本で潔白な人格、明晰な頭脳、さうして而も幸福に穏かに生きられるお坊つちやん育ちの象徴」（五四–五五頁）とされる。つまりここには、ある人間に内在する本質といったものが、直接的に外見上の特徴と結びつく発想の回路が形成されていることが読み取れよう。

この発想からすれば、精密な外面描写は、その人間の本質をより深く抉りだすことにつながる。おそらく、ルネサンス協会の座長・梧桐の顔をめぐる冗長なまでの記述の羅列は、「鮫人」のもつ、こうした論理のなかで捉えるべきものだと考えられる。

この物語では、〈作者〉とおぼしき、第三者的な語り手が頻繁に介入してくるが、梧桐についての紹介がなされる場面でもまた、それがみられる。語り手は、梧桐の部屋と彼の容貌をざっと説明した後に、「以上で大凡そ、読者は此の劇壇の怪物たる梧桐寛治の風采を想像されたことであらうが、しかし出来るだけ其の人相や骨格の工合を明瞭に記載して置く必要がある」（一五三頁）と述べ、そこから延々と続く、梧桐の外見描写を開始する。指摘される特徴は、体つきに関わるものから、顔に関わるものにまで及び、それが饒舌な語りとともに説明されてゆく。試しに、顔の特徴のみを、語りの部分を排して抜き出してみれば、二等辺三角形の頂点を下にした輪郭／

眼窩や、蟀谷や、頬骨の下や、顎骨の左右やに数箇所の陥没／「はりねずみの毛の如く強い」、「漆の如き真黒な」「逆立つて居る」頭髪／「上せ性らしく紅潮を呈して居て、桜色に燃え上」がっている皮膚／「ブラシのやうにこんもりとした」「グロテスクな」太い眉／「剥製の大蝙蝠」「河馬」「掏摸の親分のやうな」眼玉／「微に右の方に捩れて居」る鼻、といった具合である。しかし語り手は、それでもなお「此れほど紙数を費しても梧桐の顔に就いてはまだ云ひ足りないところが多いやうに思はれる」（一六〇頁）と述べ、それが不十分であることを強調する。一体何のために、この過剰なまでの外見描写は、行われなければならなかったのか。

小林秀雄は、この梧桐の描写を引いて「肉眼が物のかたちを余す所なく舐め尽す不屈な執拗性の裡に陶酔しようとする、氏の本能的情熱を示す好例」とし、谷崎の「官能上の鮮やかなかたちを握らなければ何物も想像（創造に通ず）する事が出来ない」という作家の特性に結びつける。[5] しかし、この谷崎の作家性の分析を主とした解釈では、語り手が他でもない「人相や骨格の工合」にここまで執着して語らねばならなかった理由を、十分に説明できていない。

身体的特徴にこだわる語り手の思惑を理解しようとするならば、まずは同時代の変質論（退化論）という枠組みを確認しておく必要があると考えられる。

3 〈本質の視覚化〉と身体のパーツ化

本書ですでに何度かとりあげているように、変質論とは、現代人は酒精・麻薬などの中毒や、劣悪な社会環境によって「変質」しつつあり、それは遺伝的に拡散しうるために、最終的には、人間という種の絶滅へと進行してゆくという理論であった。

こうした発想は、ロンブローゾなどの議論を経由しながら、日本でも次第に広く受容されてゆくこととなる。

そのロンブローゾが主張した諸説のなかでも、本章の議論に特に関わるのが、生来性犯罪人説である。この説によると、犯罪者の身体の各部位には、先天的な形質異常が確認できるが、それは彼らが動物への先祖帰りをしてしまっている証拠であるという。つまり、犯罪者とは生まれながらに退化した人間であるがゆえに、罪を犯さざるを得ない存在とされる。第一章で論じたのは、そうした遺伝によって決定づけられた本質的な異常が、身体的特徴などを通じて視覚的に確認可能なものとされてしまうことの危険性であった。身体という確実にみえて、実際には非常に曖昧な対象を理論の根拠とするがゆえに、いくらでも恣意的な運用ができてしまう。羽太鋭治と澤田順次郎が『変態性欲論』で展開した「変質者」の議論などをみれば、それは「不良少年」「浮浪者」「淫売婦」といった人々を、科学的に確固たる証拠を持った精神病者へとカテゴライズするための理論として応用されていたのが確認できるだろう。

ただ、本章で注目したいのは、羽太と澤田が展開した「変質者」の議論のなかにあらわれた、偏執的ともいえるような「身体的変質徴候」に対するこだわりである。この書では「変質者」の「身体的変質徴候」の事例が各部位ごとに列挙されてゆくが、それは「頭部」から「骨盤」に至るまでの二三ヶ所に及び[6]、さらにそれぞれに具体的な症例が付されているため、全体として九三項目もの「変質徴候」が挙げられている。一例として、「顔面部」についての記述を確認しておこう。

第二　顔面部

一　下顎突出　下顎突出して、口を閉づれば、上唇が下唇に掩はるゝ観あり。

二　兎唇　上唇の中央分裂して、兎唇の如くなれるもの。

三　顴骨突出　頬骨の大にして、著しく突出せるもの。此の種のものは、本邦人に多く見るところなり。

四　顔面左右不同　顔面の左右不整なるものにして、後天的に来ることあり。そは触の手術に依りて、顎を傷つくる等の場合に生ず。
五　三角顔　顔面の三角形をなせるものにして、犯罪者に多し。
六　方形顔　方形をなせる顔面にして、これ又犯罪定型の一種と認めらる。（四三一頁）

実は、この「顔面部」についての記述と、梧桐の顔の描写には、重なる点が少なくない。梧桐の「二等辺三角形の頂点を下にした輪郭」は、『変態性欲論』で「犯罪者に多し」とされた「三角顔」である。また、「微に右の方に捩れて居」る鼻と、それによって生じている右半面と左半面の不揃いという特徴は、「顔面左右不同」の項目に当てはまる。語り手は「一体歪んだ顔と云ふものは、不具者か、精神病者か、でなければ天才を連想させるものである」（一六〇頁）とも述べており、こうした形態の一致が単なる偶然ではなく、そこに「変質」をめぐる議論が参照されていることは明らかであろう。「変質徴候」が幾重にも重ねられることで、梧桐には〈重症〉な「変質者」というイメージが付与されているのだ。

前章で紹介した、自伝的小説「饒太郎」からもうかがえるように、谷崎は羽太らの『変態性欲論』の種本でもあった、クラフト＝エビングの『Psychopathia Sexualis』（一八八六）を、早い時期から読み込んでいた。そこから推察するに、彼は「鮫人」執筆の段階で、すでに「身体的変質徴候」というアイディアを仕入れており、梧桐の設定にはそれが応用されているのであろう。

ただ、そういった作家レベルにおける、直接的な影響関係の有無は、それほど重要な問題ではない。それより、『変態性欲論』と「鮫人」の二つのテクストがともに、「身体的変質徴候」という前提を自然に受け入れていること自体に、より多くの考えるべき問題が含まれている。『変態性欲論』の議論と「鮫人」の梧桐の描写を、今度は内容よりも形式に着目して、比較してみよう。

前者を特徴づけているのは、「変質」的とみなされる様々な身体的形態（「畸形」）の列挙であった。そして後者もまた、饒舌な語りを伴いながら、「研究に値するところの［中略］頸から上の部分」を細部に至るまで書き立て、そこに現れた「さまざまな怪異」を列挙してゆく（傍点本文　一五六頁）。いうなれば、両者はともに、人間の身体を様々なパーツとして細目化し、そうして設定された個々の項目の正常／異常をチェックしてゆくようなまなざしを有している。そして、このチェック項目に引っかかった異常は、そのものはたとえ小さくとも、まさしく「徴候」として認識され、そのまま存在全体の異常を証拠だてる根拠とみなされるのである。この部分から全体を一挙に読み取ってしまうような、論理的には明らかな跳躍を含む発想を可能としたのが、人間の本質を目に見えるものとして想定する、〈本質の視覚化〉とでも呼ぶべき思考の枠組みであったことは疑いようがない。

分割された一部分を読み取ることで、ある人間がいかなる存在であるかを決定してゆくこと。同時代の言説空間に目をやれば、こうした発想は、医学や文学といった領域のみに限定されず、社会のより広範にわたっていたことがみてとれる。これは近代という時代に急速な発展をとげた、〈個人〉を識別する諸技術に共有された原理なのだ。

次節では、近代日本での個人識別法をめぐる議論を例に、「鮫人」的な眼差しが決して孤立したものではなかったことを確認してゆくことにしよう。

4　個人識別法という管理技術

司法省参事官であった大場茂馬は、『個人識別法』（忠文社　一九〇八）のなかで、近代社会において個人識別法が不可欠である理由を、次のように訴えている。

「人文ノ発達特ニ交通機関大ニ発達」した今の時代、「民事上及ビ商事上ノ取引」は、「各国ノ各所」で「未聞未見ノ各国人」同士で行われてゆく。ところが、そうした「未聞未見」の人間同士の取引の際には、「身分財産」の「詐称」や、責任を逃れるための「偽名」の使用がなされる危険が、常につきまとう。相手が一体何ものであるかという、個人識別を行う正確な技術の確立は、まさに「焦眉ノ急ニ迫レル」事案なのである(二頁)。

しかし、これまでなされてきた、戸籍簿などによる「形式的個人識別法」には、致命的な弱点がある。目の前にいる人間と、戸籍簿に記載された氏名・生年月日といった情報とを、結びつける絶対的な証拠が基本的に何もない以上、もしその人間が偽称でもしたならば、この方法では全く対応できないのだ。そこで大場が推奨するのが、身体的な特徴を利用する「実体的個人識別法」であった。ある人間の不可変な身体上の特徴を記録することによる、客観的かつ絶対的な個人識別。虚偽が入り込む隙間を排するこの技術こそが、現代社会の必要を満たす、個人識別法たりえるのである。

このような大場の発想は、刑事政策を学ぶために一九〇五年から留学したドイツでの経験や、途中シンガポールやエジプトといった寄港地で、裁判所や監獄をみてまわるなかで形作られたものであろう[7]。彼がいうところの「実体的個人識別法」を最も必用とし、発展させていったのは、刑事・司法の領域だった。訪問した各国の監獄ではすでに、ベルティヨン式の人体測定法および指紋法が採用され、実際の業務に利用されていたのである。

のちのパリ警察の鑑識課長で、人類学者でもあったアルフォンス・ベルティヨンが発明した人体測定法[8]は、大場がいう通り「個人識別法ノ新紀元」をもたらすものだった。この方法では、被験者の身長・頭骨・指の長さ・足の大きさといった身体各部のサイズを測定し、個人のデータとして記録してゆく。それはなによりも、累犯者の身元確認に大きな成果を挙げた。これまでは、偽名などで身元を偽られた場合、その人間の過去の犯罪歴を調べるのには、かなりの困難を伴った。犯罪者の顔写真を撮るなどの工夫はしていたようだが、名前のような手がかりも無しに、数万にのぼる膨大な写真のなかから、ひとりの人間を見つけ出すのは至難の業である。だが、人体測定法によって得られた各データを、大・中・小といったサイズごとに分類し、整理しておけば、より簡便に目的とする個人の記録へと到達が可能となる。(9) しかも、それは身体からとったデータである以上、偽称される恐れは基本的に無いといってよい。

個人識別法としては、革命的であったこの測定法だが、歴史的にみれば、それが世界の刑事・司法機関で利用された期間はそれほど長いものではない。一八八五年にフランス全土で採用されたのを皮切りに、世界中に広まっていったこの方法は、一八九〇年代に実用に堪え得る指紋法が各国で開発されはじめたことで、急激にその勢力を失ってゆく。測定時に生じてしまう誤差や、成長途中の若年者への適用困難といった、様々な難点をベルティヨン式が抱えていたのに対し、指紋法は、指紋のみを対象とするというシンプルさや、その生涯不変という特性によって、それらの問題を回避できていたのである。

しかし、だからといって、ベルティヨン式人体測定法の歴史的な意義を軽く見積もるのは、誤りであろう。橋本一径がいうように、「名前」ではなく、「身体を手掛かりに記録を見つけようとする点」では、人体測定法も指紋法も「同じ分類システム」の上にある。(10) 指紋法は、あくまでベルティヨン式による革命を引き継いだにすぎない。さらに同質性という点でいえば、どちらの技法も、身体をパーツとして捉えることを通じて、人間をデータ(数値/記号)化するものだったことは、指摘しておかなければなるまい。

これら近代的な個人識別法が、なによりも刑事・司法といった領域によって発展したことが象徴するように、こうした人間の捉え方は、社会管理のシステムと極めて相性が良い。そのままでは、あまりに複雑な人間という存在を、一つ、あるいは限られた数のパーツから析出されるデータへと単純化してしまうこと。それは大量の人間を、より効率的に管理することを可能とする。また、そのデータが、「名前」のような恣意的な指標ではなく、身体という自然で本質的とされる基盤に依拠したことの意味も大きい。それは科学の権威を借りながら、客観的に導きだされた〈本質〉として、社会的に受け入れられてゆくことになるだろう。

「鮫人」を分析するなかで、すでにみてきたように、変態性欲論にもまた、身体のパーツ化という発想が確認できるが、それは同時代のこうした文脈を共有したものだったと考えられる。個人識別法も変態性欲論も、〈お前は何者であるか〉を、外部から客観的に規定しようとする点では、同質のものである。両者は、ともに近代の社会管理システムを支える先端技術であったのだ。

ならば、変態性欲論のエッセンスを貪欲に取り込んだ「鮫人」にも、実は逸脱者たちを管理しようとするような、近代的な眼差しが密かに浸潤し、物語を支配しているのだろうか。再び「鮫人」のテクストに戻り、この問題についての考察を進めてみよう。

5 変態性欲論からの逸脱

「変態」(abnormal)を、本来の字義どおり普通(normal)から離れた(ab-)ものと捉えるならば、「鮫人」においてもっとも「変態」なのは、ルネサンス協会のスター女優・林真珠だといえよう。物語に登場した当初は、服部に悪戯半分で金を恵む「無邪気な情深い処女」(四七頁)でしかなかった真珠というキャラクターは、南がルネサンス協会の上海公演での出来事を語る場面あたりから、次第に謎を深め、正体不明の人物へと変貌してゆく。彼女を息子と呼ぶ老苦力《クーリー》の言葉を信じれば、日本人の女優であるはずの林真珠《はやししんじゅ》の正体は、八、九年前に誘拐された中国人の男の子、林真珠《リンチエンチユウ》であるという。

彼女にまつわる謎は、重層的に絡み合っているが、そこで最大の焦点となるのは、真珠が女か男かというセックス(生物学的性別)をめぐる問題であろう。この点を解決できれば、中国人/日本人、ハヤシ・シンジュ/リン・チェンチュウという国籍や名前の転換は、それほど不思議なものではない。服部もいうように、「戸籍なんぞはごまかさうと思へばごまかせる」（二四七―二四八頁）ものにすぎない。

つまり、真珠をめぐる謎とは、前節の議論でいえば、身体に関わる「実体的個人識別」の水準にあるといえよう。しかし、その「識別」は容易ではない。物語のなかでは、真珠が「まだ十分「女」になり切らない手足」と「丸味を持ち出した胸と腰以外は美少年のやうな優雅なすばしツこい体つき」（傍点本文　九五頁）を持っていることや、「まだあんなに胸や腰の周りが出て居なかつた」、「あの時分［＝去年］の彼女の体つきは男と女の中間にあつた」（一二七頁）ことが繰り返し語られる。すなわち、個人識別法などの近代の社会管理システムが、個人の同一性、あるいは本質を測定し得る場としてみいだしてきた〈身体〉に、真珠は女／男というゆらぎを残存させ、不安定なものとしてしまっているのである。

確かに、この不安定さは「鮫人」が未完であるがゆえに、仕方なくもたらされたと考えることもできる。それは、真珠の正体に関わる伏線が、張られたまま解決されずに取り残されているだけだと。だがこうした見方は、中断した作品を論じるにあたっては、全く生産的ではない。すべての問題を中断という事実に還元することで、読解の可能性を放棄しているにすぎない。さらには、真珠という人物の意味すら読み誤るものだともいえる。

この点を明確にするために、真珠の正体という、一見すると「鮫人」のテクストからでは、論証不可能ともみえる問題に踏み込んでみよう。実は、これまでの分析から導ける状況証拠と、真珠の身体描写を参照すれば、真珠の正体をおおよそ推測することが可能である。補助線となるのは、変態性欲論の同性愛者をめぐる議論だ。変態性欲論が「鮫人」に強い影響力をもっていたことは、梧桐の描写の分析ですでに明らかにしてきた。だとすれば、真珠にもまた、それが反映されていても不思議ではあるまい。

変態性欲論の泰斗クラフト＝エビングは、その著作『Psychopathia Sexualis』（以下引用は、邦訳書『変態性欲心理』（大

日本文明協会 一九一三）より）で、同性愛者を「発達」する存在として論じている。先天的に「精神的色情的中枢が薄弱なるもの」は、過剰な手淫による刺激や同性愛的体験によって、「先づ精神的に両性色情的となし、次いで顛倒的単性色情的となす」。そして、ついには「男性脱化（或は女性脱化）に達する」のだという（二八〇頁）。また、同性愛的特質をもった「脳性中枢は、精神的性的特質を仲介し、又恐らく間接に身体的性的特質をも仲介する」（二七九頁）とも述べており、クラフト＝エビングの議論における同性愛者の身体とは、男／女という固定的な枠組みに収まり切らない、一定の流動性を帯びたものとしてイメージされていたことがわかるだろう。そして彼は、男性同性愛者の「発達」の最終段階として、「女化」という現象を置いている。この段階では「性格及び全感情のみならず、又骨格形成、顔貌、音声等も異常色情と一致」し、具体的には「広き骨盤、多量の脂肪発達に因る丸み、［中略］女子的皮膚、高き音声等」（三〇〇頁）がみられるとされる(11)。

このクラフト＝エビングの同性愛の「発達」段階をめぐる議論を踏まえたならば、物語で語られる真珠の身体的な変化が、単なる少女の成長に止まらないことがみえてくるだろう。一年前の「男と女の中間にあつた」身体は、今では「美少年のやうな優雅」さと「丸味を持ち出した胸と腰」を兼ね備えている。この中性的存在から女性への接近という変化の起点に、彼女と同一人物ではないかと疑われている、リン・チェンチュウという「肌が真珠のやうに美し」い、「まるで女のやうな美少年」（一三四－一三五頁）を置いてみよう。すると、そこには先天的な〈素質〉をもって生まれた少年が、次第に「男性脱化」し、「女化」してゆく「発達」過程が描けるのだ。このように変態性欲論を援用すれば、真珠の身体をめぐる最も困難な謎は解消されると考えられる。

ところが、この解釈も物語の読解という観点からみるならば、完全なものとはいいきれない。ここまでの議論では、真珠が〈何者であるか〉を確定してきた。しかし、「鮫人」ではそれ以外のレベルの謎もまた、物語の進行に伴って次々と蓄積してゆく。真珠と梧桐・汪氏・垂水の三人の男性との関係は、本当はどのようなものなのか。そこには、性的関係があったのか。また彼女は、夜毎寝室からどうやって抜け出しているのか。

真珠という人物の造形には、「女化」という概念が利用されていることはおそらく間違いない。だが同時に、こうした科学的説明の枠に回収されきってしまうことを、常に逃れてゆくように真珠は語られてゆく。

6　「変態」と「流動」する都市イメージ

では、根強く残されるこの不安定さの意義を、どのように解釈するべきなのか。考えうるのは、真珠が不安定な存在であり続けなければならない、何らかの理由があるということだ。

不安定さという観点から、「鮫人」のテクストを振り返れば、それは真珠だけに限定される特性ではない。この物語が舞台とする浅草それ自体が、不安定さの塊なのだ。語り手によれば、浅草では「中にある何十何百種の要素が絶えず激しく流動し醗酵しつゝある」。そこで「流転しつゝある物」は「悉く俗悪な物、粗雑な物、低級な物、野卑な物」だが、「其等が目にも留まらぬ速さを以て盛んに流転するが故に、公園それ自身の空気は混濁の裏に清新を孕」むのだという（八二–八三頁　傍点本文）。

ここで注目すべきなのは、「流動」がもたらす不安定さが、既存の固定的秩序を転覆してゆく動力として捉えられている点である。「職人がカフェエへ這入つたり、ハイカラが縄暖簾をくぐつたり、娘が鮨の立ち食いをしたりする」（八四頁）ように、この「流動」は、階級やジェンダーごとに割り振られた、規範的なハビトゥスの枠組みを揺るがしてゆく。それは「とんちんかん」ではあるが、それゆえに「民衆」による「何か新しい文明の下地となるべき盲目な蠢動」（八五頁）を感じさせるものでもあった。

こうした思想を考え合わせるならば、この「鮫人」に「変態」的な登場人物たちが必要とされた理由が、自ずと明らかになってくるだろう。既存の社会規範からみれば、〈狂気〉を思わせる極端な性向を持つ服部や梧桐、男／女というあるべき枠組みを越境しつづける真珠などは、まさに「とんちんかん」な人々である。そして、彼らのような存在が物語のなかにちりばめられることで、「鮫人」で描かれる浅草という都市は、まさしく「俗悪な物、粗雑な物、低級な物、野卑な物」が「流動」する空間として演出されてゆくことになる。いうなれば、変態性欲論などに依拠しつつ造型された、「鮫人」の逸脱者たちとは、先端的な都市の「流動」性を表象するための舞台装置だったのだ。

真珠の謎が解消ではなく、反対にさらに輻輳化してゆくのも、その謎の数々が生み出す不安定さや「流動」性こそが、彼女の物語における存在価値であったからだといえよう。真珠を憧憬してやまない服部は、彼女の魅力を次のように評している。

僕は今のところあの児の秘密を何も知つて居る訳ぢやない、そんなに知りたいとも思はないし、いつ迄も知らずに居る方がいゝやうにも考へるんだが、しかし時々、どうも不思議でならない気がする。［中略］僕があの児に惚れたのは此の不思議な気持に引つ張られて行つた点が余程あるんだよ。（一四九頁）

彼の「いつ迄も知らずに居る方がいゝ」という言葉は象徴的である。正体を知ってしまえば、真珠のイメージは〈固定〉され、その「流動」を止めてしまうだろう。

「流動」というイメージに可能性をみいだしたがゆえに、「鮫人」は常に〈固定〉されることから逃れ続けようとする。だが、そのために途中々で利用してきた謎や伏線は、次々と積み重なり、解決されないまま雪だるま式に膨れ上がってゆく。結果、物語は収拾不可能となり、放棄せざるを得なくなっていった。「鮫人」が、作品として完結できなかった背後には、こうした構造が出来上がっていたのではなかったか。(12)

7 「とんちんかん」への欲望

ここまで、「鮫人」にあらわれる逸脱者たちの分析を中心として、変態性欲論や個人識別法といった近代的な知が、いかに文学作品に取り込まれてきたかを追ってきた。「鮫人」でいえば、それは「流動」的な都市、あるいは物語世界を描くための舞台装置として利用されていた。しかし、思いかえしてみれば、それら近代的な知は、不安定な「流動」状態をなんとか管理しようとするために発展を遂げてきたものだったはずだ。大場茂馬が個人識別法の必要を説いたのは、近代の「交通」の発達により、人々の交流や関係性が「流動」的になったからであろう。また、変態性欲論が〈本質の視覚化〉という発想を、その理論の基盤に据えていたのも、単純には割り切れない、いいかえれば「流動」的でとらえがたい人間の〈性〉を、より確実かつ効率的に把握するためだったと考えられる。つまり、この作品において「変態」という概念は、その本来の意味を転倒させられてしまっているのだ。

登場人物たちの造型にあたっては、逸脱を管理するための先端的な知が援用され、彼らは「変態」者として範疇化されてゆく。だが、この囲い込みは、完全に成功することはない。梧桐の顔を執拗なまでに描写した後、語り手は「此れほど紙数を費しても梧桐の顔に就いてはまだ云ひ足りないところが多いやうに思はれる」と述べたが、そこには〈本質の視覚化〉を追求しようとする語り手の欲望とともに、その達成がこの物語では、常に〈先延ばし〉にされてしまうことが示されている。重要なのは、ある個人を「変態」として完全に囲い込むことではなく、逆にそこに収まり切らないような、不可解さや得体の知れなさを愛でることなのだ。

語り手がその都市論のなかで強調していたように、「とんちんかん」、すなわち既存のルールから逸脱してしまっていることは、単に「俗悪」だったり「低級」なだけではない。そこには、固定化した権威や規範を揺さぶり、場合によっては組み替えてゆくような可能性が、しばしばみいだされてゆく。「鮫人」の逸脱者たちのあり方を規定しているのもまた、「とんちんかん」へのロマンティシズムとでも呼ぶべき、こうした欲望だったといえるだろう。勝手に援用された変態性欲論の側からみれば、それは文学的想像力によって引き起こされた「変態」概念の誤用や曲解でしかないのかもしれない。しかし、そうした〈消費〉こそが、「変態」概念が潜在的に保持していた、もう一つの方向性を暴きだしていったのであろう。

本書ではここまで、イデオローグたちが科学的理論として構築してきた「変態」概念を、読者・文壇人・文学作品が、どのように〈消費〉してきたかを追ってきた。しかし、同じく「変態」概念を〈消費〉するにしても、まったく異なった立場から向かい合わなければならなかった人々も、決して少なくなかったのである。続く第II部では、「変態」と名指された人々の「変態」概念の〈消費〉が、いかなるものだったかを確認してゆく。

【注】

（1）永井荷風「谷崎潤一郎氏の作品」（『三田文学』二（一一）一九一一・一一）一四八、一五二頁

（2）赤木桁平「谷崎潤一郎氏に就いて」（『中央公論』三一（四）一九一六・四）八八頁

（3）前章の議論ではあえてとりあげなかったが、『変態心理』誌がおこなった「私の変態心理」アンケートには、谷崎潤一郎の寄稿をみることができない。文壇人の変態心理というテーマであれば、いの一番に登場してもよいような彼の名がないというのは、どういうことなのか。資料が残されていないため、『変態心理』のアンケートが、全体としてどのような文壇人らに回答を依頼していたのかはわからない。だが、前章のアンケート

には、萩原朔太郎など『変態心理』という雑誌とそれほど近しい間柄ではなかったはずの文壇人も回答しており、とりあえず手当り次第に依頼したものと推測される。したがって、谷崎にもアンケートの依頼が送られていた可能性は決して低くない。ただし、このアンケートへの回答者たちの多くが現在ではその名をほとんど知られていない人物だったことを考えると、谷崎がアンケートに回答しなかったとしてもしかたがなかったといえるかもしれない。確かに、回答者のなかには先に挙げた朔太郎のような著名人も入っているが、回答した文壇人の多くはこの時期駆け出しの作家や文筆家たちであった。つまり、あのアンケートは、少しでも自らの名を売ろうとする新人たちの営業活動の場として機能するものだったとも考えられる。逆にいえば、すでに文壇で一定の地位と名声を得ていた谷崎には、規模としては中小雑誌にすぎなかった『変態心理』のアンケートに、わざわざ答える必要は感じられなかったはずだ。ここにもまた、「変態」を語ることの文化的な政治性の片鱗が顔をのぞかせているといえる。

（4）「鮫人」『谷崎潤一郎全集　第七巻』（中央公論社　一九六七）。以下本章の「鮫人」の引用はすべてここからとし、頁数のみ示す。

（5）小林秀雄「谷崎潤一郎」（『新訂　小林秀雄全集』第一巻　一九七八）二九五頁。なお、梧桐の顔の描写については、山口政幸（『鮫人』論」（『上智近代文学研究』四　一九八五））が、谷崎が深いレベルでバルザックを受容していたことを示すものだと指摘している。

（6）このうち六ヶ所は、「内部の変質徴候」であり、「心臓」は「肺臓」などの異常である。これらの「内部の変質徴候」は、「顔面部」のような「外部の変質徴候」のように、すぐに〈見てわかる〉ものではない。だとすれば、本論でいう〈本質の視覚化〉の枠組みとは、一致しないと考えられるかもしれない。しかし「内部」とはいえ、内蔵のような物質であり、いわゆる精神や心といった物理的に見えないものとは、質が異なっている。それは、機器の使用や解剖などによって、見ようと思えば見えるものである。したがって、「内部」であっても、そこにあらわれた目に見える「変質徴候」が、ある人間の本質を表象し得るとみなしている以上、それもまた〈本質の視覚化〉という枠組みによって、規定されていると考えられる。

（7）大場茂馬「自序」（『個人識別法』忠文舎　一九〇八）

（8）ベルティヨンの身体測定法については、渡辺公三『司法的同一性の誕生』（言叢社　二〇〇三）および、橋本一径『指紋論』（青土社　二〇一〇）を参考とした。

（9）ベルティヨン式による検索の仕組みは、簡単にいえば、次のようになる。まず、犯人Aの身体各所の数値を測定し、それぞれをある基準に従って大・中・小に分類する。そして、それを先に構築しておいた犯罪者のデータベースに当てはめてゆくのである。例えば、身長が中であれば、その時点で全体のおよそ三分の一に対象は絞られる。また、次に確認する頭骨の長さが小であれば、さらにそこから三分の一へと絞られてゆく。これを、頭骨の幅、指の長さといったように次々と新たな項目に当てはめてゆけば、最終的にかなり少数に限定された群まで、検索対象を絞り込むことができるだろう。手当たり次第検索するのに比べ、はるかに容易に、目的の犯人Aの個人記録にたどり着くことが可能なのである。こうした分類・検索のシステムとしての利便性の高さは、ベルティヨン式の身体測定法の大きな利点であった。

（10）橋本前掲書　一二九頁

（11）この認識は、現在のセクシュアリティ研究の水準からみれば、ジェンダーと性的指向の混同が生み出した錯誤として批判されるべきものだろう。全てのゲイ男性が、女性的なわけではないことを思い出せばよい。性的指向が同性である男性に向いているからといって、その人間のジェンダー・アイデンティティが女性である保証はないのだ。したがって、クラフト＝エビングのこの議論は、結局のところ、男／女という二元論を前提とし、同性を愛するのであれば、その本性は反対の性であるはずだという、思い込みによって支えられているものに過ぎないのだといえよう。

（12）「鮫人」で展開される都市イメージと真珠の表象の相似性については、すでに先行研究による指摘がある。坪井秀人「十二階の風景」（『物語』二　一九九二）は、真珠とは「東京の変容のエネルギー」を体現した「都市の化身」であるといい、その「読解を許さぬ」様を近代都市の捉えがたさの象徴として読み解いている。同様に、小森陽一「都市の中の身体／身体の中の都市」（『文学における都市』笠間書院　一九八八）もまた、都市（浅草）に着目してこの作品を分析している。小森は、「鮫人」が浅草という「物語の完結性そのものを拒む［中略］流動しつづける劇空間」を舞台にしたがゆえに、完結することができなかったのだと推察する。これらの論に共通する、都市の流動性を描こうとする欲望がこの作品の核となっており、それが作品の中断や真珠に象徴される解消不能な謎を生じさせてしまっているという見方は、おそらく適切な読解であると考えられる。ただ、これらの議論を踏まえた上で、さらに本章で考えたかったのは、都市の流動性というイメージを、この作品がいかなる材料の組み合せのなかで表象しようとしていたのか、そしてそこにどのような文化的な政治力学が作動してしまっていたのか、という問題である。

第Ⅱ部　「変態」と呼ばれた者たちの生

第5章　共同体への憧憬——小山内薫の芸術観と大本教信仰——

1　「変態」としての大本教

本章では、小山内薫の映画と大本教信仰を主な題材として、一九二〇年代初頭を生きる芸術家の欲望のあり方を探ってゆく。ここで取り扱う大本教とは、出口なおによって一八九二年に創唱された神道系の新宗教である。一九二一年と一九三五年の二回にわたって不敬罪に問われ、教団がほぼ壊滅状態に追い込まれた大本教弾圧事件は、戦前の国家による宗教弾圧を象徴する出来事として、現在でもよく知られている。では、なぜ大本教信仰のような問題が、「変態」概念や逸脱者を主題とする本書で論じられなければならないのか。

実は、大本教と「変態」概念には、根深い因縁が存在する。その発端となったのが、中村古峡による一連の大本教批判であった。古峡は一九一九年七月、自分の主幹する雑誌『変態心理』に「大本教の迷信を論ず」という評論を掲載したのを皮切りとして、『学理的厳正批判　大本教の解剖』（一九二〇）の出版、さらに『変態心理』では特集号として、「大本教追撃号」（一九二〇・一二）・「大本教撲滅号」（一九二一・六）を組むなど、間断なく大本教批判を繰り広げていた。これらの著作にあらわれた彼の主張を端的にまとめれば、教祖出口なおは宗教的色彩を帯びた「妄想性痴呆患者」であり、従って「大本教の正体」は「変態精神状態から編み出されたお筆先を基にして鎮魂帰神法などといふ極めて旧い拙劣な催眠術に依つて、強制的に信者にいろんなことを信じさせて居る者に過ぎない[1]」というものであった。

このような古峡の発言の影響は、同時代の言説に広く確認することができる。例えば、『改造』（二-八）一九二〇・八）の特集「大本教と迷信現象の批判」をみてみよう[2]。そこでは、「近頃は所謂変態心理学上から之を説明しやうとする傾向が多く行はれて居る様で、現に吾が国でも変態心理専門の文学士中村古峡氏は近く綾部に出掛けて行つて、親く実験を施すとの噂も聞いた」（谷本富「大本教と天理教」一二六頁）、「大本の人々は或心理学者が鎮魂は催眠術なりと云つたのをひどく気にして居る様である」（石神徳門「改造を要求さる可き皇道大本」一三三頁）といった記述が確認できる。これらの言説からは、この時期には大本教批判の際に、中村古峡と彼が代表する変態心理学という、新興の学問を無視できない状況が生じていたことがわかるだろう。つまり大本教とは、社会から変態心理の標本としてまなざされる対象でもあったのである[3]。

しかし、そのような否定的なイメージを付与されたにも関わらず、実際には多くの人々が大本教に惹かれ、信仰の道へと入っていった。しかも、そのなかに少なくない数の知識人が含まれていた点は、注目に値する。知識人の大本教への参加としてよく知られているのは、海軍機関学校教官で英文学者でもあった浅野和三郎の入信であったが、彼に限らず海軍上層部や医者などの入信は相次いでいた。また文壇人のなかにも、大本教へのシンパシーを表明するものが現れてきていた。有名なところでは武者小路実篤がおり、芥川龍之介や倉田百三なども、その教義には触れていたという[4]。

そして、本章がこれから論じてゆく小山内薫などは、大本教信仰に関わった知識人のなかでも最も有名な人物のひとりであった。社会から批判され抑圧される「変態」に、自らを投企すること。小山内という人物の試行錯誤を通じて、それがこの時代にどのような意味を持ち得る営為だったのかを考えてゆくことにしよう。

2　小山内薫の大本教映画

一九二〇年一一月中旬、小山内薫は田口櫻村ら撮影班を引き連れ、大本教の本拠地である丹波綾部へと入った。撮影されたフィルムは『丹波の綾部』（撮影監督・小山内薫）と題され、東京の明治座で同年一一月二四日より公開[5]。さらにはこれと全く同じフィルムかは定かではないが、翌年一月一〇日からは、大阪の弁天座でも『謎の綾部』という題名の映画が公開されている。現物が残されていないため、現在では実際の映像を確認することはできないが、『謎の綾部』を紹介した新聞記事には、各シーンが映画の冒頭から最後までの流れにそって記されているので、大まかな内容は知ることができる。少々長くなるが、史料的な価値を考慮して、ここに引用しておこう。

映画は先づ列車の綾部到着に始まり入信する人々の駅前を溢れ出でし光景、駅前の大本書籍販売店、綾部の縦貫せる整つた町構へ、和知川の清流、趣のある釣橋や並松から見た山紫水明の境が展開される、次いで愈よ黄金閣の偉観、教祖殿の浄域が表はれ、金龍殿と出口教主補が机に倚つて執筆中の光景から、五六七殿の祭儀神饌奉献の有様、鳥居型の大太鼓、信徒の風俗、天王平教祖の奥津城、同前に於ける二代様の拝跪と背後に居流れた信者の参拝、天王平から本宮山に臨んだ風景、出口家累代の墓地、開拓地と成つた神前川の蔬菜畑、同畑に於ける信者の献労振り、本宮神社造営作業、至誠殿の神々しさ、神前に於ける装束姿の出口教主補、金龍池を隔てた大八洲神社の島影、同出版部の活動状態、宿舎の光景等が順次映写され、参拝団の退綾と綾部駅出発の列車進行を以て終結を告げてゐる。(6)

このように『謎の綾部』は、記録映画でありながらも、列車による参綾・退綾という枠が設定され、人々が大本の名所を巡りそして帰ってゆくという、ストーリー性を有している。この映画が撮影された時期を考えると、大本教が一九一八年前後からの急速な教勢の拡大に成功し、一方で新たな社会問題としても人々の耳目を集め始めていた頃であった。つまり『謎の綾部』は、いま注目の宗教の本拠地への参拝を追体験できるような構成となっており、パノラマ館といった類の見世物に似た、アトラクション性を帯びた作品だったと推察される。(7)この作品が持つ娯楽的性格は、その公開が労働者階級を主な客層とし、娯楽作を上演していた弁天座(8)でなされたことからも裏付けられよう。

『謎の綾部』を撮った小山内薫は、現在では主に新劇運動の先駆者として、その名を残している。日本の新劇運動とは、小山内によれば、既存の歌舞伎や新派劇に「満足の出来ない人達が、別に新しい国劇の建設」[9]を目指したものだった。彼は、それを西洋の近代演劇の翻訳と模倣を試みることで、達成しようとしたのだ。理想の実現を求めた彼は、その演劇人生のなかでいくつかの革新的な劇団を立ち上げている。一九〇九年には、欧州への劇場視察から帰ってきた市川左団次とともに、自由劇場を設立し「日本の劇壇に、脚本に於いても演技に於いても、「真の翻訳時代」[10]」を確立することを目指した。この試みは結局、自然消滅の憂き目をみたが、彼の演劇との関わりは以後も絶えず、一九二四年には築地小劇場の設立に至る。その際、「目下二年間許りは西洋物許り演る」[11]と宣言したことで物議を醸したが、それも、既存の娯楽性を中心とした演劇にとどまらない、芸術としての演劇の確立を求めたがゆえの発言であった。

こうした業績から、演劇人として語られることが多い小山内が、なぜ『謎の綾部』のような映画を撮っているのか。実は一九二〇年三月から一九二三年三月までの三年間、彼は松竹キネマ合名会社に籍を置き、俳優学校の校長や撮影総監督などとして、映画制作にも深く携わっていたのである。小山内の伝記的研究では、この時期を自由劇場の挫折によってもたらされた、暗い時代とみなすのが定説であった。[12]確かに、小山内がこの時期に行えた仕事は、それほど多くはない。それは彼の理想主義と甘い予算管理によって、その映画制作費が膨張を続け、松竹の経営陣が看過できないレベルとなってしまったのが原因だった。俳優学校は、蒲田から本郷へ移転させられた上で松竹キネマ研究所へと改編（一九二〇・一〇）。さらに翌年八月には、解散を余儀なくされたのである。

結末としては寂しいものだった小山内の映画時代ではあるが、現在の小山内研究では、岩本憲児や中沢弥による再検討が始まっている。岩本は、松竹時代の小山内から「映画に「新しい演劇」の代わりを見ようと」する「急進的実験者」としての側面をあぶりだし、[13]中沢は「演劇人小山内薫の枠の中」に止まらない、映画をはじめとする多様なメディアを越境した芸術家としての小山内に注目する。[14]これらの成果からわかる通り、小山内の映画時代には、「演劇人小山内薫」という枠組みでは掬いとれない、彼と時代との多様な関わり合いを分析し得る可能性が秘められていると考えられよう。

だが現段階において、この時期の小山内の実態が十分明らかにされているとはいい難い。例えば岩本は、松竹キネマ時代に小山内が関わった映画作品を網羅的に挙げたリストを作っているが、[15]そこに小山内が撮影監督を務めたはずの『丹波の綾部』または『謎の綾部』の名前は見当たらない。

おそらくこうした欠落は、この映画が小山内の大本教信仰の産物だったことが遠因となっているのだろう。詳しくは後述するが、小山内はこの映画以前に、服部静夫『大本教の批判』（新光社　一九二〇）に寄稿した「序文」をはじめ、『大正日日新聞』（一九二〇・九・二七）に掲載された評論「西洋の『お筆先』」などで、すでに自らの大本教への強い共感を吐露していた。『謎の綾部』でも、そのラストシーンには、「『問題の大本は果たして謎か真か云々』と云ふタイトル」が「小山内氏の椽大なる辞句によつて表はされて」[16]おり、彼のこの作品および題材への積極的な関わりが読み取れる。[17]つまり、小山内の映画時代とは、同時に大本教信仰の時代でもあったのであり、『謎の綾部』という作品の存在が象徴するように、二つの要素は彼のなかで重なり合うような関係だったのである。

しかし、小山内の大本教への接近については、例えば松本克平などは、公私ともに失敗が続いた小山内が「精神の平衡を失っていった」結果だと断じ、分析すらしようとしない。[18]多くの小山内研究者には、この出来事は偉大なる先駆者の一時の気の迷いであって、とるにたらないものでしかなかったようだ。

確かに、小山内の一生のなかでみれば、大本教への傾倒は一時の気の迷いだったといえないことはない。事実、彼が大本教と関わったのは一九二〇年からのおよそ一年に過ぎなかった。だが、先行研究が示すように、挫折の結果行き着いたとされてきた映画の領域でも、彼は自らの芸術的理想を追い続けていた。だとすれば、同時期にみられる大本教への〈気の迷い〉のなかにもまた、彼なりの理念や道理というものが反映されていたのではないか。

この点をはっきりとさせるために、本章では以下のような構成で論を進めてゆく。まず、大正期大本教のメディア戦略の展開と、それに対する他のマスメディアの反発という動きをとりあげ、この対立のなかで小山内が、大本教を盲信する「有識階級」の象徴とされ、そのイメージのみが一人歩きをしていたことを指摘する。その上で、以降の節では彼が残した大本教に関わる言説や映画を分析する。ここからは、実際には彼の信仰が、マスメディア上の大本教義とは大きくくずれており、そこに彼独自の大本教理解というものが存在していたことがみえてくるだろう。彼が大本教のどのような部分に共感し、可能性をみいだしたのか。また、そのような感性が構築されたのはなぜか。これらの問題を考察することを通じて、小山内という、この時代の先端を走る芸術家であり知識人でもあった人物を、新興宗教へと接近させることとなった、この時代の文化状況を浮かび上がらせてゆきたい。

3　大正期大本教のマスメディア宣教

小山内と大本教。この関係の考察を進めるに当たって、まずはこの時期の大本教がどのような教団であったのかを確認しておこう。その際、この節では特に大本教とマスメディアとの関係を中心に論じてゆく。この両者の関わりは、単に大本教が宣伝のためにマスメディアを使ったというだけにとどまらない。教団が急拡大してゆく原動力となり、世間の大本教イメージを決定づけた急進的な教義・行法は、マスメディアを通じた宣教の試みのなかで、形成されていったものだった。こうした大本教の性格を知ることは、様々なメディアで、小山内が大本教の熱心な信者として繰り返し引き合いに出された理由を明らかとする手がかりになると考えられる。

大本教は、一八九二年、京都府綾部に住む貧しい大工の妻であった、出口なおの神懸かりから始まった。神懸かったなおが書きつけた字句である「お筆先」には、「艮《うしとら》の金神」によって現在の「利己主義《われよし》の世」が「立替え立直し」される日が近づいていることが繰り返し預言され、そこに満ちた「反近代・反文明の基調に立つ、根づよい変革への願望(19)」は、次第に人々の心をとらえ、綾部近隣でごく小さな教団を構成してゆくこととなる。

この小さな教団に大きな転機をもたらしたのは、上田喜三郎、のちの出口王仁三郎の参加であった。王仁三郎が教団のなかで中心的な役割を果たすようになった一九〇八年以降、より幅広い地域・階層の人々への布教が図られ、新聞・雑誌・その他印刷出版物を使った宣教に力が入れられてゆく。『直霊軍』（一九〇九―）に始まる教団の機関誌は、『敷島新報』、『神霊界』と改題しながら継続されてゆくが、注目すべきは、『敷島新報』以降、これら出版物が教団自前の印刷所（一九一三年設立）によって印刷されていたという点である。印刷メディアの力に早くから着目し、投資を進めた王仁三郎の姿勢が、この教団の教えと組織を着実に全国へと拡大させていったのである。

また、この時期の大本教のメディア戦略を考える際には、そこで利用されたコンテンツについても押さえておく必要があろう。鍵となるのは、「立替え立直し」論と鎮魂帰神法という二つの教義・行法である。

「立替え立直し」論は、メディア宣教でも重要な役割を果たしたわけだが、なおが筆先を通じて説いた当初のそれとは少々質が異なっていた点には、注意を払う必要があろう。こちらには、明確な時限が付されていたのだ。『神霊界』主筆や『大正日日新聞』社長などを歴任し、この時期教団の中心的理論家であった浅野和三郎が説いた「立替え立直し」大正十年説などが、その代表的なものだった。具体的な年月を指定し、「立替え立直し」を切迫したものとすることで人々の危機感を煽る言説は、大本教の諸メディアに繰り返し登場し、宣教の強力な手段となっていた。

もう一方の鎮魂帰神法は、端的にいえば「人為的に修練された神がかり法[20]」であって、静座瞑目と気合いがけを中心とする儀式により、神懸かりを生じさせる術である。神懸かりといった術そのものは、霊術古来の技法なのであろうが、それまで霊術的伝統から切り離された日常を過ごしてきた人間にとって、実際に体験することによる衝撃は、相当に大きかったようだ。のちに詳述する『大本教の批判』では、大学生など知識階級の入信記を掲載しているが、そこでは出版物などを通じて大本に興味を抱いた人物が、その後に鎮魂帰神法をうけて「グウの音もでなくな[21]」り、信仰を確固たるものとするというパターンがよく語られている。

これらのマスメディアを通じて繰り返し喧伝された教義・行法は、ともに常識を超えたもう一つの世界を人々に開示する。それは閉塞的現状を切り開くものとして期待され、多くの信者獲得に効果を発揮した一方、現実の日常生活に見切りをつけ、家財を処分し綾部へ移住するものが続出し、それが社会問題ともなっていた。

このような大本教の動きに対し、既存のマスメディアによる反発が一斉に開始されたのは、一九二〇年の中頃であった。以降、様々な新聞・雑誌で大本教批判の特集が組まれてゆく。『改造』の特集「大本教と迷信現象の批判」(一九二〇・八)等々、主要なものだけでも枚挙にいとまがない。

ところが大本教は、高まる社会的批判の最中に、『大正日日新聞』の買収および再刊(一九二〇・九・二五)へと踏み出してゆく。大本教では、すでに対外宣教紙として『大本時報』を発行していたが、経営危機に陥っていた大正日日から買収依頼を持ちかけられるとそれを受諾し、その経営を引き継ぐこととしたのである。朝・夕刊を有する時事新聞をある宗教団体が買い取り、さらに教義色を織り交ぜた誌面編集がなされること。それが、非常に強い印象を人々に与える出来事であったことは、想像に難くない。当然のごとく、大本教への反発はより強まり、マスメディア上において大本教は孤立無援ともいえる状況へと囲い込まれてゆくことになる。

ここで考えておきたいのは、既存のマスメディアによる大本教批判につきまとう、ある過剰さについてである。確かに当時の大本教が、急速に教勢拡大を果たしていたのは事実だ。しかし、範囲は全国に広がったとはいえ、この時点では信者数は六千人に満たない程度である。同時期に台頭した新興教団「神道徳光教会」の信者数が、一九一六年以降に倍増し、一九一八年には一万五千人近くに達していたことを考えると、[22]無数の特集や辛辣な批評で圧迫を加えねばならないほど、その実勢力が脅威といえるほどのものだったのかは疑問である。

おそらく、ここでは大本教のメディア・イベント化という現象を想定する必要があろう。[23]それは例えば、大本教探訪記とでも呼べる形式の記事や評論の流行などに、その典型をみることができる。探訪記では、綾部の教団本部に入信希望者や見学者として潜入した人物によって、それまでの通り一遍の報道ではみえてこなかった教団の〈実態〉が詳らかに語られる。ただし多くの場合、その〈実態〉とは、大本教の不可解さや反社会性を補強するためにみいだされたものだった。そこでは、記者が恐怖した「呻き声して圧潰され相な暗い夜」[24]や、内偵の警部が「その事実は永久に世間には発表されないかも知れぬ」と口ごもるような「種々恐怖すべき事件や問題」が語られ、[25]大本教は「伏魔殿」としてのイメージを担わされてゆく。

ここには、大本教批判の報道や批評が、勧善懲悪を基調とした見世物のようなものへと転化してゆく過程がみてとれるだろう。重要なのは、いかにこの大本教というメディア上の催し《イベント》物に人々の興味や欲望を惹き付けられるかであり、そこではすでに〈現実の大本教〉というものが、ほとんど意味を持ち得ない局面が展開されていたのだ。

では、そのようなメディア・イベント化してゆく大本教と、小山内はいかに関わり合っていたのか。小山内の大本教信仰は、一九二〇年の中頃には一般にも知られていたようである。読売新聞は、大本教の『大正日日』買収に際して、小山内がこの新聞社に入社するという「噂」を掲載している。[26]この時期には、マスメディア上での大本教批判の流れを受けて、世間でも「有識階級ノ精神的無知（精神的修養ノ欠陥）」への批判が高まっていたが、[27]彼はまさにその批判されるべき「有識階級」の代表的人物として、焦点化されることになった。〈邪教にかぶれた著名な芸術家〉としての小山内像は、マスメディア上のあちらこちらに登場し、大本教のメディア・イベント化を押し進めてゆく言説傾向を補強する材料として、そこに組み込まれてゆく。ただし、そうしたイメージの形成が、報道する側のある見落としによって成立している点に、注意しなければならない。そこでは彼が大本教を信仰したという事実のみが一人歩きし、その信仰が具体的にどのようなものだったのかについては、一切考慮されることはなかった。見方によっては、マスメディアが必要としたのは、知識人すら取り込まれる「邪教」大本教の脅威を強調するための材料としての小山内でしかなく、そのイメージのわかりやすさを損ねかねない具体的な思考や言動は、隠蔽されたのだとも考えられよう。逆に、小山内と大本教の距離感を正確に捉えようとするならば、彼が残した大本教についての諸言説を、もう少し丁寧に分析していかなければならないだろう。

次節からは、小山内の大本教についての言説を具体的にとり上げながら、彼の信仰とマスメディア上の大本教義のずれ、およびそのずれが生み出された背景についての考察を進めてゆく。

4　小山内の反〈主流〉的大本教論

小山内が自らの大本教への関心を初めて公にしたのは、彼が服部静夫『大本教の批判』（新光社　一九二〇）に寄せた序文であった。この書籍自体、「批判」という書名とは裏腹に、大本教の好意的紹介に終始したものだったが、そこに掲載された小山内の「序」もまた、大本教への自らの共感を吐露したものとなっている。「暗い道に行き暮れてゐる旅人」である「私」は、「遠くに明かり」をみつけた。小山内によれば、「私と皇道大本との唯今の関係は、やつとこの辺のところであ」り、「私は印刷せられた「大本神諭」（天之巻）［中略］を読んで驚異したに過ぎない」。だが一方で、「この驚異が私の精神生活にも肉体生活にも、或小さな革命を齎した事は事実である」という（一―三頁）。

ところが、「序」の記述を詳細に追ってゆくと、こうした彼の信仰が、前節で確認してきた当時のマスメディア上での大本教義とは、齟齬をきたしていることに気付かされる。「序」にあらわれる彼の姿勢に着目しながら、本節ではまず、この齟齬について確認しておこう。

「序」で最初に注目すべきは、小山内が「まだ自分を大本信者と名のる事は出来ない」存在として自らを位置づける点である。「私はまだ綾部といふ土地を踏んだ事もない。鎮魂帰神の術を受けた事もない。言霊学の研究に従事した事もない」。このように「大本に就いて何も知らない」以上、とても信者だとは自称できないのだという（二―三頁）。

それにも関わらず、彼が大本教について語ろうとするのは、大本教の教典「大本神諭[28]」に自分が感じた「驚異」を、読者たちに伝えたかったからだ。「序」の半分近くは「神諭」の引用によって占められているが、「神諭」以外は「何も知らない」人間が大本を語ろうとすれば、こうした構成になるのも当然かもしれない。しかし、「序」に残された次のような記述を勘案するならば、それは別の見方も可能となってくる。

> 何年の何月世界の破壊があるとか、何年の何月世界の新建設があるとかいふ、この教の教師たちの詞に対してはーー「神は肝腎の事は今の今まで申されんから……」といふ神諭の一節を以て答へたい。（傍点本文七頁）

ここでは明らかに、期日付き「立替え立直し」論の否定が試みられている。メディア宣教の〈主流〉へ、「神論」に依拠しながら対抗してゆくこと。このような立場をとれること自体、すでに小山内が当時の大本教の教義をめぐる言説の全体像を、おおまかにせよ把握していたことの証拠となろう。「序」における彼の言説は、無色透明ではない。そこに戦略的な色合いを読み取ってゆく必要があるのだ。

だとすれば、彼は「神諭」以外を「知らない」から論じないのではなく、あえて「神諭」のみを論じようとしているとは考えられないか。当時の大本教が、宣教の強力な武器としていた鎮魂帰神法と期日付き「立替え立直し」論であったが、前者はたいした言及もされず、後者に至っては否定の対象とされてしまい、ともにその価値を認められていない。ここには、小山内の「神諭」中心主義とでも呼ぶべき姿勢が現れている。そのような立場からは、「この教の教師たち」、つまりは浅野和三郎ら急進的な指導部が主導した教義・行法は、「神諭」を踏み越えた曲解でしかなく、信ずるに足らないものでしかない。

では、小山内がよって立つ「神諭」とは、具体的にはどう彼に受け止められていたのか。「序」で引用された「神諭」を、内容にしたがっておおまかに分類すれば、全八本中、[29]①日本（日本魂）の堕落と、「外国」化を批判する「神諭」が四本、②神の絶対・無謬性を説く「神諭」が四本となっている。

①の「神諭」には、「日本の今の有様は全然外国と同じ事に曇りて了ふて、神国の名ばかりに成りて居る」、「外国は獣の霊魂に為りてあるから、［中略］人の国まで弱いとみたら無理に取つて了ふて、取られた国の人民は、在るに在られん目に遇はされても何も言ふ事は出来ず」（五―六頁）といった批判が並ぶ。一見してわかるように、これら「神諭」には、なおの思想の基底をなしていた「外国」＝西洋近代文明への嫌悪感・警戒感が強く打ち出されている。演劇人としては西洋志向が強かった小山内が、こうした反西洋主義に満ちた「神諭」を、集中的にとりあげているという事実は興味深い。ただしそれだけを根拠に、この時期の小山内は大本教の反西洋主義にこそ惹かれていたのだと判断するのは、あまりに早計である。この点について、『大正日日新聞』（一九一〇・九・二

七）に「西洋の『お筆先』」と題し掲載された、小山内のもう一つの大本教論を参照しておこう。
この評論で小山内は、「悪筆と無学と内容の首尾一貫せざる事」をもって筆先を否定する「学者先生」に対し、「偉大なる神秘詩人ヤアコツプ・ベエム〔＝ヤーコプ・ベーメ〕[30]」の「告白」」の冒頭の一節を引きながら反論を試みる。「ベエム」の著作の字句が乱れているのは、それが「「霊」の指導の儘」に「非常な早さ」で書かれようとするため、「手と筆が急いでその後を追はなけばならなかつた」ためである。この例が示すように、筆先は「大本教のそれにしろ、天理教のそれにしろ基督教のそれ（聖書一巻は悉く「お筆先」である）にしろ、〔中略〕決して軽侮せらるべき性質のものでない」のだ。ここで、ベーメの文学が反論の材料とされていることからもわかる通り、小山内は反西洋主義的な思考に束縛されているわけではない。それどころか彼は、大本教と天理教、さらには基督教までも等しく価値あるものとして並べてしまう。つまり小山内の議論においては、東洋と西洋の差異や、神の相違といった対立軸すら超越した、より〈普遍的〉な概念が想定され、基準となっているといえる。
この評論でいえば、その役割を担うのが「霊」（「霊魂」）という言葉であった。「ベエム」の著作も「聖書」も、「霊」の次元に触れたものであるがゆえに、「軽侮」できない。そして、小山内にとって大本教が重要なのは、次の引用が示すように、それがまさに「霊」という問題と深く繋がった宗教だからだった。

大本教の問題は、それを要するに人間霊魂の問題でなければならない〔中略〕霊魂の問題は霊魂のみが知る。霊を以てしなければ、大本教の問題は解決がつくまい。議論や知識で結論が得られるなら、大本教は詰らないものである。（「西洋の『お筆先』」）

「霊」について熱心に語る小山内が、「神」のような霊的な存在の実在を信じているのは間違いない[31]。ただ、ここで語られる「霊」を、単純に鎮魂帰神法などであらわれる霊のことであるといったように実体的にのみ考えてしまうと、この言葉が含む意味を十全には捉えきれないだろう。事実、この評論でも「綾部に参籠し鎮魂を受けた事もない」と再び主張されているように、この時点の小山内にとって鎮魂帰神法は未体験の「知識」でしかなく、さほど重要な意味を持つものではない。それにも関わらず、大本教の「霊」をめぐる教義に強く共感し得たのはなぜなのか。この言葉を解釈してゆくにあたっては、単に実体化するのではなく、それが包含する象徴的な意味を捉えてゆく必要がある。

そもそも、小山内が「霊」という言葉を使うのは、これが初めてというわけではない。エッセイ「霊魂の彫刻」（『演劇論集』日東堂 一九一六）では、「肉体芸術」とされる役者の芸が、ともすると「霊魂」を欠き、芸術たり得ていないのに対して、仮面劇としての能は「純でない肉体を面で隠」し、「肉体を剝ぎ取つて、霊魂を裸にして見せる」（三七一頁）ことによって、真に芸術たり得ていることを指摘している。

ここでは、現前する「肉体」と潜在する「霊魂」という対立図式が描かれ、後者こそが芸術を芸術たらしめる〈本質／真理〉として措定される。こうした構図は、あるときは「霊魂」を「魂」や「心」という言葉に置き換えながら、小山内の議論に繰り返し登場することになる。「女優の本質」（『演芸画報』一九一九・五）では、「女優の本質は「女としての肉体」ではない。「女としての頭脳」でもない。［中略］女優の本質として最も貴重なものは「女としての心」である」（四七頁）と断言する。

彼のいう「霊魂」や「心」は、学んだり分析したりすれば、どうにかなるといったものではない。大方その感覚は、小山内が大本論で展開した「霊」概念にもそのまま引き継がれている。だからこそ、「議論や知識で結論が得られる」ことが拒否されるのだ。つまり、ここで重要なのは、彼が思い描く「霊」、すなわち〈本質／真理〉とは、「知識」や「肉体」といった媒介を飛び越え、直接的に到達される——〈直覚〉される——ものであるということだ。

「序」に議論を戻そう。もう一つの傾向である②神の絶対・無謬性を説く「神諭」では、「神の申した事は、一分一厘違はんぞよ。［中略］これが違ふたら、神は此の世に居らんぞよ。」（四頁）といった言葉が並ぶ。だが重要なのは、この言葉自体よりも、その後に付けられた小山内の「神でなくてどうしてかういふ強い詞が吐けよう、私は先づこれに驚いた」（同頁）というコメントであろう。少し考えればわかるように、「強い詞」であることと、その発話主体が「神」でなければならないことの間には、必然的な結びつきはない。また、先の①の「神諭」に対しては、小山内は「実に恐ろしい詞である。しかも一点否定すべき余地のない真実の詞である」というコメントを付している。しかし、これもまた、なぜそのように断言できるのかについては、一切説明がなされない。

確かに、非論理的にもみえる議論であるが、彼の「霊」をめぐる議論を思い起こすのならば、そうした論理の跳躍こそが肝要なのだ。「知識」や「議論」にとらわれることなく、一足飛びに〈本質／真理〉へと到達すること。小山内にとって、「神」という裏付けを有する「神諭」の断定的で力強い語りは、この図式をまさしく体現し、彼の〈直覚〉を保証してくれるものだったといえよう。

5　芸術と民衆のジレンマ

〈直覚〉という概念は、大正期の論壇において「直覚」「直観」といった言葉として、しばしば登場してくる。それがよくみられるのは、例えば岩野泡鳴の「宗教も直観が必要である、詩は尚更らのことである」[32]といった主張にみられるように、宗教や芸術をめぐる議論のなかであった。第3章で確認した「私の変態心理」アンケートでも、萩原朔太郎は「解しやうによつては、すべての芸術家は皆一種の変態心理者でせう。我々は千里眼や狐ツキでこそないが、物事を直覚する点では遥かに常人にすぐれてゐます」と答えていた。朔太郎の回答では、芸術家とそれ以外の人間の区分基準として「直覚」という能力が語られていることを、まず押さえておこう。そして小山内もまた、「直覚」という言葉で舞台芸術の理想を語っている。「舞台監督に必要なものは白熱的の直覚である。与えられた戯曲に透徹する手段は、批評でもなければ、解剖でもない。真に戯曲を透徹して、真に戯曲を動かす生きた力は、詩人的の直覚でなければならない[33]」。

このように、「直覚」や「直観」といった言葉が流行していた背景には、同時期の日本でブームとなっていた、フランスの哲学者アンリ・ベルクソンの影響が強いと考えられる。ベルクソンは"Intuition"(直観、直覚)という概念を提示しているが、それがピックアップされて流通していったのだ。ベルクソンは「直観」を「われわれがここで直観と呼ぶものは、われわれをある対象の内部に移し入れて、この対象がもつユニークなところ、したがって表現できないところにわれわれを一致させる共感である[34]」(傍点本文)と定義する。単純化を恐れずにまとめれば、彼のいう「直観」とは、対象のなかに同化することで、科学のような外からの分析的認識だけでは把握しきれない、実在そのものの全体性を直接的に認識することであった。

では、日本においてそれはどのように紹介されたのか。大住嘯風『現代思想講話』(丙午出版社 一九一三)によると、「科学は吾人身外の事物事実を身外にありとし、之を解剖し、破壊し、[中略]之に一定の排列を与へるものであるが、直覚は全く之に反して実在と同化し交感する」。したがって「如何に科学は偉しと雖も真の形而上の知識は直覚に由らずんば掴めない。直覚は実に科学以上のものだ」(二九四−二九五頁)という。ベルクソン自身はのちに、科学的認識もまた「現実の絶対的認識」をなしうるものとして再規定するなど、科学の重要性もまた論じ続けていたわけだが[35]、大正期日本の論壇においては、〈直覚〉概念は主として、科学の絶対視や、それを支える近代の実証主義的な精神を相対化してゆくための理論として受け止められてゆく。

そして、この〈直覚〉概念は、すぐに芸術論へも導入されてゆくが、そこにはある問題が付随することになる。

上村博は、ベルクソンの思想を芸術論に援用する際には、次のような落とし穴に陥る可能性があることに注意を促す。確かに、初期のベルクソンの論法では、「芸術家は言語に代表される夾雑物抜きで世界を直に眺める存在」であると読める。だが、そのような読みでは「結局のところ、天才が真実の世界を暴きだすのが芸術だという、十九世紀の通俗的芸術論、しかも芸術製作や鑑賞のプロセスを神秘化して何一つ解明しない芸術論[36]」へと容易に回帰してしまうという。

先の朔太郎や小山内の語りを振り返れば、両者ともに「十九世紀の通俗的芸術論」の枠組みを超えていないことは明らかである。彼らは、〈直覚〉という概念を使うことで、その能力を有する存在としての芸術家、あるいはそうした能力を要求するものとして芸術を、実証主義的な世界観から切り離した領域に囲い込み、その特権性を堅持させようとする。

小山内にしてみれば、自らの素朴な実感に基づいた芸術観を、当時流行の理論を援用しながら論じてみただけだったのかもしれない。ただし、こうした芸術観を有していたことは、のちに彼をとあるジレンマのなかへと追い込む原因となってゆく。

小山内は、『新演芸』一九一七年一月号に「新劇復興の為に」を発表している[37]。この評論は、島村抱月と彼の率いた芸術座に対する鋭い批判で有名なものだが、ここで注目すべきなのは、抱月の芸術観を徹底して批判している小山内が、一方では、自らの〈直覚〉論的な芸術観もまた、現状では通用していないことを認めざるを得なかったという点だ。

まずは、小山内の抱月批判がどのようなものであったかを確認しておこう。その批判の中心となるのは、抱月が芸術座の浅草進出時に説いたいわゆる「二元の道」論である。抱月は劇団を運営するにあたり、「職業」的な商業演劇によって「報酬」を得、それをもとに「事業」としての芸術演劇を行うという方針を打ち出したが[38]、小山内はこのような姿勢を、真っ向から否定する。経済状況を言い訳にして通俗的な公演を行うことは、「俗衆」との「妥協」に過ぎず、それでは演劇が「真の芸術」に到達することはない。「僕等はやっぱり貧乏なりに戦っていかなければならない[39]」ことを自覚すべきなのだという。この頃の抱月は、「民衆芸術」という当時論壇で議論となっていた概念を参照しながら、民衆をどうしたら演劇という芸術と結びつけられるのかを考えていたのだが[40]、民衆を「俗衆」と切って捨てた小山内には、そうした考察自体が無意味なものに過ぎなかった。

ここまでの小山内の議論は、その当否はさておき、主張としては筋の通ったものである。ところが、この評論も終盤に差し掛かると、ここまで確認してきた前半の力強い明確な主張とは対照的な、弱気な言葉が綴られるようになってゆく。

[「新しい芝居」の挫折は]強ち当事者ばかりが悪いのではないと思う。随分世間も悪い所があると思う。世間という内には、一般の公衆もはいる。[中略]一般の公衆にもう少し、しっかりした鑑識があったなら、「新しい芝居」も決して今日のような悲境には遇わなかったろうと思う[41]。

勿論、僕は僕自身の目的の為に働く。自由劇場も続けよう。演劇研究所も押し立てよう。新しい役者の養成にも努めよう。併し、それにはどうしても「世間」の同情がなくてはならない[42]。

引用をみてわかるように、ここでは当初の「俗衆」が「公衆」へと言い換えられている。この変化には、小山内の民衆という存在に対する、アンビヴァレントな感情が表出しているといえよう。彼は、芸術を〈直覚〉する感性を欠いた民衆を心では軽視しながらも、芸術という特権的であるはずの領域ですら、それを無視しては成り立っていけない時代の空気を感じ取らずにはいられなかったのだ。時は、後世において大正デモクラシーという言葉で概括されることになる、〈民衆の時代〉の只中であった。第3章では文壇人たちが自己の卓越性を保持しようと悪戦苦闘する様を追ってきたが、ここでもまた、民衆と芸術をめぐる板挟み状態が生じていたのである。以降の彼の仕事をみる限りでいえば、この問題にはその後もうまく対処できていない。すでに岩本憲児が指摘していたように、新天地である映画制作においても、「「新しい演劇」の代わりを見ようと」し、自らの信じる芸術を至上価値とするスタンスは、基本的に変えることはなかった。そこには、彼からの民衆への歩み寄りといったものは、ほとんど無いようにもみえる。

だが、このような文脈を踏まえた上で、本章の冒頭で触れた映画『謎の綾部』を思い返すのならば、その異質さがはっきりと浮かび上がってくる。結論を先に述べれば、この映画には、それまでの小山内作品にはみられない、民衆との〈近さ〉があるのだ。

この映画の場合、まず受容者が普段の小山内作品のそれとは大きく異なる。彼の新劇が、知識階級のエリートたちを中心として受容されていたのに対し、前述の通り、この作品がターゲットとした客層は、弁天座に来るような労働者など一般の人々であった。小山内が最初からそうした客層を狙って撮ったのかは不明だが、少なくとも会社側からは、エリート層以外の通俗的な興味に適合し得る作品とみなされたことは確かであろう。それは紹介記事が示すように、芸術映画的な難解さとは異なる、平易なプロットによって構成されており、話題の大本教に対する人々のノゾキ趣味を満足させるのに、適当な作品だったと考えられる。

しかし、そこに何が写されていたのかを分析してみると、その平易さのなかに、ある傾向を読み取ることが可能である。注目すべきは、この作品では「入信する人々の駅前を溢れ出でし光景」「二代様の拝跪と背後に居流れた信者の参拝」「畑に於ける信者の献労振り」「参拝団の退綾」といった、名もなき人々の群れ集う様子を撮影

図表 5–1

図表 5–2

した場面が、しばしばあらわれるという点だ。前述の『謎の綾部』の紹介記事には、映画から「背後に居流れた信者の参拝」と「畑に於ける信者の献労振り」にあたる二つのシーンの写真が掲載されている。[43] 前者の写真（図表5－1）では、その先にある教祖の「奥津城」（墓）に向かい、人々がみな右方向を向いて居並んでいる。あどけない乳児の正面を向いたまなざしに、おもわず目を奪われるが、逆にいえば、それだけ他の居並ぶ人々のまなざしが、正面カメラ方向へと逸れることなく、すべてがある一方向へと集中しているということだ。また、後者の写真（図表5－2）では、農業に従事する信者集団が撮られている。大本教においては教団のための諸労働もまた神への奉仕として、宗教的な価値が与えられていたことを考えれば、祈りと労働という表現こそ異なれども、二枚の写真に写されているのは、まさに真摯な信仰を体現した人々の群れであった。『謎の綾部』が映し出したこれらの映像に、民衆というイメージを読み取ることは、それほど突飛な連想でもないだろう。小山内がこの映画で描き出してゆくのは、大本教という一つの教えに民衆が集いまとまってゆく姿であったのだ。この民衆は、彼を苦しめた「鑑識」なき民衆とは対極をなす。それはいうならば、大本教の教えが照らし出す「霊」という〈本質／真理〉を疑うことなく〈直覚〉し、その価値を共有し合う人々としてイメージされる民衆である。すなわち、このような〈信仰する民衆〉こそが、小山内が求めてもたどり着けなかった、理想的な観客としての民衆像――芸術の〈本質／真理〉を〈直覚〉し、その価値を共有し合う人々――に最も近い存在だったとはいえないだろうか。

こうした、「序」や『謎の綾部』に刻印された小山内独自の大本教信仰のあり方は、当時においてもすでに一部の人間には勘付かれていたようだ。機関紙『大本時報』（一九二〇・五・三〇）に掲載された『大本教の批判』についての書評は、小山内の「序」を評してこのようにいう。

「小山内」氏は目下第二種類の信者［＝学と知恵に頼るため、常識の範疇を超えられず、真の信仰に達し得ていない信者］に近い程度ではないかと思ふ［。］即ち未だお立替はしつかりとは信じてゐない。信じた所で精神上の立てかへとおもうてゐらるゝやうだ。今にのつぴきならぬ証拠を神様より直接に（主観的）お示しをうけらるゝに相違ない。

評者はここで、小山内の異端性を嗅ぎ取り、苦言を呈しているが、それは的を射た批評であったといえる。小山内にとって、大本教の可能性の中心とは、もうすぐ世界が「立替え立直し」されることでも、鎮魂帰神法で霊を体感することでも、ましてや近代西洋文明を批判することでもなかった。「一分一厘違はん」ことを断言する「神諭」という〈信仰に足るもの〉と、そこに集う〈信仰する民衆〉によって形成される強固な共同体。それこそが、芸術をめぐる理念と現実のはざまで、途方に暮れていた彼がみつけた「明かり」だったのではなかったか。

6　調和する共同体へのロマンティシズム

本章ではここまで、小山内の残した大本に関する文章や映画を分析することで、それらに通底する願望をあぶり出してきた。結論からいうならば、それは自らのエリート主義的な芸術観を、修正することなく民衆と結びつけるための論理を希求するものだったといえよう。

彼にとって芸術とは、追求すべき絶対的な価値であり、そこに秘められた〈本質／真理〉を〈直覚〉できるか否かが、人間にとっての最も重要な問題ですらあった。ところが、この時期、政治の領域にとどまらず、文化領域においてもその存在を無視できなくなってきていた民衆の多くは、彼が「俗衆」と呼び軽蔑したように、その価値観を共有し得ない「鑑識なき」民衆でしかなかった。つまり芸術家たちは、それを超然と受け流すか、あるいは自ら歩み寄るべきかという岐路に立たされていたといえる。前者をとれば、時代の流れに取り残され、後者をとれば、自らの立場や信念の根本的な変容を迫られるというジレンマ。

小山内が、大本教の信仰のなかに、芸術家と民衆との価値観の差異を乗り越えるためのモデルを感知していったのは、こうした状況下であった。信仰を通じて形成された共同体では、全ての人間が一つの〈本質／真理〉を共有し合うことで、自ずと調和してゆく。民衆が、自ら〈神〉や〈霊〉に象徴される〈本質／真理〉を希求し集ってくる以上、〈本質／真理〉の絶対的価値を損ねかねない民衆への妥協は、わざわざする必要はない。小山内が芸術の領域では頓挫した、理想とすべき民衆との関係性が、そこには現出していたのだ。

しかし実際には、小山内の目をひいた大本教の信仰共同体は、永遠の安住の地とはなり得なかった。一九二一年二月、不敬罪と新聞紙法違反の嫌疑で、王仁三郎をはじめ幹部が一斉に検挙され、その後綾部の本殿が破壊されるなど、教団は徹底的な弾圧を被ることとなる。その後も少なくない人々が信仰を維持し、大本教を再建していった一方、やはりこの弾圧によって教団を離れてゆく人も多く、一般信者の激減は避けられなかった(44)。

管見の限りではあるが、これ以降小山内が大本教と関係したという史料は見当たらず、彼もまたこの事件を契機に、大本教信仰から離れていったと推察される。あれほど熱心に「神諭」の絶対的な価値を説いた彼が、皮肉にも、その絶対を信じきることが出来なくなってしまったのだ。この結末からは、小山内の信仰が「神諭」の絶対的な価値という内在的な要素ではなく、それを信仰する民衆という外在的な存在によって実質的には支えられていたものだったことがみえてこよう。事件によって、信仰共同体という小山内にとっての〈理想郷〉が、その強固な連帯のイメージを維持できなくなった以上、彼が大本教に依存しつづける理由もまた失われてしまったのではなかったか。

そして、大本教から離れていった小山内は、同時期に松竹キネマ研究所が解散してしまったために、映画からも距離を置くようになってゆく。その彼が、もう一度世間の注目を集めることになったのが、土方与志と組んで一九二四年に立ち上げた築地小劇場であった。この頃になると、小山内はこの築地小劇場を、「民衆を喜ばせ、民衆に力を与え、民衆に命を注ぐ為に存在(45)」する劇場であると宣言するなど、急激に自らの立ち位置を民衆に接近させてゆく。大本教信仰とそこからの離脱という経験は、芸術家・小山内にとって、実は自らの芸術観を根本から変容させてしまうような、大きな転機であったとも考えられよう。

小山内の芸術論や大本教論は、つぶさに読めば読むほど、齟齬や跳躍が目立つ。客観的な立場からみれば、それは彼の自己中心的な夢想にすぎないのかもしれない。しかし、それは夢想であるがゆえに、小山内というこの時期を代表する知識人のひとりが抱え込んでいた困難と欲望、すなわち台頭する民衆といかに対峙すべきかという迷いと、それを超克する新たな共同体への憧憬が、明確な形で投影されているのである。

付記

本章の執筆にあたっては、宗教法人大本・教学研鑽所資料室の貴重な史料を閲覧させていただきました。厚く御礼を申し上げます。

【注】

（1）「中村古峡氏が解剖した大本教」（『読売新聞』一九二〇・七・二〇）

（2）特集への寄稿者は、谷本富・石神徳門・伊藤猷典・中村古峡の四人。古峡の論文「滑稽なる鎮魂帰神と憑霊」の末尾には編集者の次のような注がつけられている。「台湾に旅行中なりし中村文学士帰京以来非常に多忙の為め起稿の時を得ず止むなく同氏主催変態心理に発表されたる大本教研究中の一部を好個の資料として乞ふて抄載の快諾を得たり」。この『改造』に掲載された文章のもととなっているのは、『変態心理』（四（一）一九一九・七）に掲載された「大本教の迷信を論ず」である。この編集者による注を信じるならば、『改造』の側から古峡にアプローチしたと思われ、大本教問題において古峡がそれだけ重要人物になっていたことがうかがわれる。

（3）なぜ、中村古峡がこれほどまでに大本教を批判し続けたのかという問題については、第2章の「4〈霊的なもの〉と科学の共存」を参照のこと。

（4）川崎喜久子「「大本」教団の成立と活動（一）」（『社会学論叢』一一一　一九九一）

（5）「特別番外　丹波の綾部」（『大正日日新聞』［広告欄］一九二〇・一一・二七）
（6）「映画となつた『謎の綾部』」（『大正日日新聞』一九二一・一・一一）
（7）世界各地を順に巡る趣向をもったパノラマ館など、『謎の綾部』と同様、何かを〈巡る〉というストーリー性を持つ見世物は、近代によくみられるものであった。（橋爪紳也『明治の迷宮都市』（平凡社　一九九〇）参照）
（8）大林宗嗣『民衆娯楽の実際研究』（同人社書店　一九二二）
（9）小山内薫「新劇運動の経路」（『太陽』三三（八）一九二七・六）一八一頁
（10）小山内薫「自由劇場の計画」（『小山内薫演劇論全集』第一巻　未来社　一九六四）一〇一頁
（11）小山内薫「築地小劇場と私」（『小山内薫演劇論全集』第二巻　未来社　一九六五）四二頁
（12）久保栄『小山内薫』（文藝春秋社　一九四七）一二七頁、松本克平『日本新劇史』（筑摩書房　一九六六）五九六頁など。
（13）岩本憲児「小山内薫と映画」（『早稲田大学大学院文学研究科紀要』三三　一九八六）一四七−一四八頁
（14）中沢弥「小山内薫とメディア」（『湘南国際女子短期大学紀要』一一　二〇〇四・二）一〇六頁
（15）岩本前掲論文　一四五頁
（16）前掲注6。このタイトル（字幕）は、「云々」と省略されて紹介されているため、その文章のみから肯定的なのか否定的なのかを判断しづらい。ただしこの作品に対して、記事では「撮影監督の小山内薫氏の信念の結晶」という評価を下していることから、このタイトルもまた大本教を擁護するニュアンスを帯びたものだったと考えられる。
（17）小山内が『謎の綾部』を撮ることになった詳細な経緯は、現時点では資料がなく不明。ただし、大本教側の刊行物で小山内の参綾がとりあげられる際にも、特に撮影の相談や依頼をしたといった記述がないことから、おそらく小山内側が主体的に企画したものだと推察される。なお、小山内が参綾したのは、この撮影時が初めてであったとみられる。
（18）松本前掲書　五九六頁
（19）村上重良『国家神道と民衆宗教』（吉川弘文館　二〇〇六）一九七頁

(20) 安丸良夫『日本ナショナリズムの前夜』(洋泉社　二〇〇七)一〇四頁

(21) 白石捷三「霊的方面の疑問消ゆ」(『大本教の批判』)四一頁

(22) 池田昭「解説」(『大本史料集成Ⅲ』三一書房　一九八五)七九二頁、「解説」(『ひとのみち教団不敬事件関係資料集成』三一書房　一九七七)八八六頁

(23) 吉見俊哉(「メディア・イベント概念の諸相」(『近代日本のメディア・イベント』同文舘出版　一九九六)は、メディア・イベントという概念を整理し、①「メディアが主宰するイベント」、②「メディアに媒介されるイベント」、③「メディアによってイベント化される現実」の三層に分類するが、ここでいうイベント化とは③にあたる。

(24)「謎の綾部(四)」(『東京朝日新聞』一九二〇・六・一六)

(25)「綾部伏魔殿の内幕」(『大阪毎日新聞』一九二一・二・二三)

(26)「大本教の『大正日々』は信者が配達夫になる」(『読売新聞』一九二〇・八・二一)。なお、小山内が『大正日日』の幹部や記者となったという記録はない。

(27)「大本教」(『特高と思想検事』みすず書房　一九八二)二五頁

(28) 小山内がここでとりあげているのは『大本神諭　天の巻』(皇道大本大日本修斎会出版局　一九一九)である。この書には、なおの膨大な筆先のうちから王仁三郎が五九本を選び、漢字仮名まじり文へと改めたものが掲載されている。

(29) 先に本文で挙げた「神は肝腎の事は今の今まで申されんから……」は断片的引用であるため除外。

(30) ヤーコプ・ベーメ(Jakob Böhme, 一五七五–一六二四)は、現在ではドイツ神秘主義の宗教思想家として知られる人物。小山内はベーメを「神秘詩人」と位置づけているが、ベーメは後に、ドイツの初期ロマン派の詩人たちに受容されていったという経緯があり(四日谷敬子「解説」(『無底と根底』哲学書房　一九九一))、彼はそうした文学的文脈のなかでベーメを理解していると考えられる。

(31) 小山内が宗教に接近したのは、大本教が初めてというわけではない。高校から大学時代半ばにかけては、内村鑑三に師事し、基督教を信仰した。また、一九一六年頃には巣鴨の至極殿と呼ばれる新興宗教に凝ったことも

あった。だが、久保前掲書のように、至極殿信仰の延長線上で大本教信仰も理解する見方では、小山内の大本教信仰やここでの「霊」概念のもつ象徴的な意味をとり損なうだろう。小山内は、至極殿については一つの文章も書き残してはいないが、大本教については自ら信仰告白とも読める文章を書いている。このような差異を考えるためには、それまでの信仰経験との連続性以上に、断絶を尊重して分析してゆく必要がある。

(32) 岩野泡鳴『悲痛の哲理』(隆文館図書　一九二〇) 五六六頁
(33) 小山内薫「模型舞台の前で」(『演芸画報』二(一)　一九一五・一) 九頁
(34) ベルグソン『思想と動くもの』(矢内原伊作訳　白水社　二〇〇一) 二〇五-二〇六頁
(35) 矢内原伊作「解説」(ベルグソン前掲書) 参照
(36) 上村博「ベルクソンと美学問題」(『ベルクソン読本』法政大学出版局　二〇〇六) 九五頁
(37) 「新劇復興の為に」は、その後『新演芸』に四回にわたって掲載されたが、その際は各回ごとに異なったタイトルが付されている。その後、『旧劇と新劇』(玄文社　一九一九) 収録時に「新劇復興のために」と題され、一つにまとめられた。本章では煩雑さを避けるため、小山内前掲書 (一九六四) に掲載されたものを使用する。
(38) 島村抱月「此の事実を如何にするか」(『演劇』一九一五・一〇)
(39) 小山内前掲書 (一九六四) 四三頁
(40) 島村抱月「民衆芸術としての演劇」(『早稲田文学』一三五　一九一七・二)
(41) 小山内前掲書 (一九六四) 六二頁
(42) 小山内前掲書 (一九六四) 六五頁
(43) 二つの写真に付けられたキャプションは、「教祖奥津城前に於ける信従の礼拝」(図表5-1)、「菜園に於ける信徒たちの労務」(図表5-2)。
(44) 池田前掲論文 (一九八五) 七九七頁
(45) 小山内薫「築地小劇場は何の為に存在するか」(『演劇新潮』一 (八)　一九二四・八) 六三頁

第6章　欲望される〈天才〉

——「変態」概念による批評と有島武郎の〈偶像〉化——

1　有島の情死をめぐる言説空間

一九二三年の六月（一説には一月）頃、有島武郎は有夫の『婦人公論』記者・波多野秋子と、一線を越えた関係に陥った。しかし、二人の関係は秋子の夫である波多野春房が知るところとなり、窮地に追い込まれた有島は、同年六月九日、秋子とともに軽井沢の別荘で心中を遂げることとなる。二人の遺体は翌月七日の早朝に発見され、八日からは各新聞が一斉に報道を開始し、その後、多くの雑誌で有島の情死をめぐる特集が組まれてゆく。こうした加熱する報道と響き合うかのように、有島に共鳴し情死を試みる人々も繰り返し現れ、それは一文壇人の不祥事にとどまらない、まさに社会問題と化していった。

この文学史上よく知られた事件については、すでに多くの論考の蓄積がある。その分析は大きく分けて二つの手法からなされてきた。その一つは、文学研究的アプローチである。一例として、高橋春雄の研究[1]を挙げれば、有島の小説・手紙といったテキストの分析から、秋子との情死へとつながる彼の「思想や芸術と実生活との溝を埋める戦い」による「疲れ」が指摘されている。このアプローチでは、死に至る有島の個人的な心理・思想を分析することが主目的とされる。だが、この事件が当時、「社会の苦悩を縮図したもの[2]」として認知された社会問題であったことを踏まえるのならば、事件の総体的な意義を把握するためには、より広い観点からの考察が必要となるだろう。

もう一つの手法である、文化・思想史的アプローチの場合、有島個人の思想よりも、それを支えるコンテクストの解明に重点が置かれている。その代表的なものに、恋愛思想史の文脈でこの事件を分析した諸研究がある。菅野聡美は、有島の死を「社会に馴致されない自我、その自我を拠点としての恋愛[3]」という、明治期から続く恋愛思想の継承者であったがゆえの挫折として捉えている。また、小谷野敦は、波多野春房がメディア上で「悪役」にされた理由を、恋愛結婚をしたはずの秋子が、別の男と恋愛してしまうことで暴かれる「永続的一夫一婦制」と「恋愛至上主義」の矛盾を、人々が無意識的に回避しようとしたためだと指摘する[4]。

これらの研究は、この事件の社会的な意義を明らかにするための、それぞれが重要な観点を提示しているといえよう。しかし、そのような恋愛思想を、具体的にはどのような人々が支持し、あるいは批判してきたのかという、よりミクロなレベルにおける思想の〈消費〉のありようについては、あまり議論が深められていない[5]。

また、これまでの研究では議論の前提とされてしまったのか、あまり正面から論じられてはいないが、同時代には情死事件を起こした有島が、現代の歪みを象徴するような逸脱者としてまなざされていたことには、もっと意識的になる必要がある。詳しくはこの後展開する本章での議論に譲るが、彼もまた、この時代を代表する「変態」のひとりであったのである。ならば、当時の人々が、有島の〈逸脱〉的行動や思想について語ることにもまた、「変態」をめぐる言説が生み出す文化的な政治性というものが、ぬぐいがたくまとわりついていたはずだ。

このような問題意識のもと、本章ではこれまでの文学研究が主題としてきたような、有島がなぜ／どのように死を選んでいったのかという点には踏み込まない。そうではなく、なぜ有島の死は、この時代にこれほど大きくとりあげられ、語られねばならなかったのか。そして、人々は有島の死を語ることを通じて、一体何をもくろんでいたのか、といった問いを、有島自身の残したテキストではなく、文学共同体、地方保守層、「変態」理論に依拠した学者たちという質の異なった集団における語りの比較・分析によって解明することを目指してゆく。さらには、有島情死事件という、大正後期の文壇人がひき起こした事件が、当時の言説上にどのような波紋を描いていったのかを注視することで、大正デモクラシー[6]の時代とも呼ばれるこの時期の最中に、〈文学〉と〈社会〉とがいかに切り結んでいたのかを浮かび上がらせてみたい。

2　文学共同体の情死評価

有島の情死直後から、主要な新聞・雑誌では文壇人たちによる事件についてのコメントや評論が、数多く掲載されてゆく。そこでは、有島への同情・擁護論が大勢を占めており、平林初之輔の「この死に対して、凡ゆる倫理的、道徳的批評を加へることは馬鹿げている。この死は、それ自身に於て不可分の、批評を許さぬ芸術である」[7]といった発言に典型的にあらわれているように、思想・芸術的な到達点として有島の情死を理解してゆこうとする傾向が顕著であった。大川民生は、『東京朝日新聞』紙上で、「有島氏と同じ苦しみを苦しんでゐるインテリゲンチヤー」たちによる「文学葬」の開催を提案するが[8]、こうした発想の登場からは、有島の死に文学的意義をみいだし得る集団、いうなれば文学共同体とでも呼べるものの存在が、ここでは当然視されていたことがうかがわれる。

だが、マスメディアに流通した事件についての言説が、全てこの文学共同体的な解釈によって占められていたわけではない。それは常に、様々な批判にもさらされていた。

有島批判の世評については、柳澤健の同時代評[9]が興味深いまとめをしているので、それを参考にしてみよう。柳澤によれば、有島批判には、その死を「人倫を無視せる個人享楽の死」とみなし、人心への悪影響を批判する「最右翼の思想」と、「ブールジョア的個人主義者の死」であり、社会主義思想と相容れない点を批判する「最左翼の思想」という、二つの傾向があったという。ただし、本来ならば相対するはずの「最右翼の思想と最左翼の思想とが偶然抱合し合つてゐる」点には注意する必要がある。この矛盾に対して、柳澤は、有島の死のような徹底した「個人主義」とは対立する、「集団主義」の立場に立つという点では、実はこの両派は同質の議論であり、それは根本的には矛盾しないのだと結論づけている。

こうした柳澤の指摘は、有島批判の全体的な傾向をうまく捉えている。左右両派の「抱合」という現象は確かにあったし[10]、「集団主義」による「個人主義」叩きという視座も、おおむね適当なものであろう。しかしながら、文学共同体にとっての当座の敵は、「最右翼の思想」たる保守的な道徳論であった点は見逃すべきではない。

そもそも、社会主義思想に立脚した批判はそれほど数が多いものではなかった。この立場をとる評論では、有島の死を「ブルジョア階級に生れて、［中略］その階級から抜け切れない自己の運命に絶望した弱き理想主義者の死[11]」とみなして、彼が最後まで生まれ持ったブルジョア性を拭い切れなかったことを批判する。しかし、一九二三年八月の『種蒔く人』（五（二））が、「有島武郎氏の追憶」という小特集を組んだことからもわかるように、有島と社会主義運動にはこれまで培ってきた強い結びつきがあったことは紛れもない事実であった。したがって、そうした経緯を無視して、社会主義の立場をとる人々が一斉に有島批判にまわるということはあり得なかった。これでは、文学共同体を脅かすほどの一大勢力には、まずなりようがない。

それに対し、もう一方の保守的道徳論に立脚した批判は、この共同体にとって大きな脅威となり得るものであった。『中央公論』『改造』といった総合雑誌などでは、文学的な肯定論が支配的であったのに対して、新聞各紙では、一般投書から学者の談話、果ては大臣の発言まで、有島の不倫と自殺に対する道徳的批判が大量にあらわれてくる。ときおり目にする程度の社会主義的批判と比べれば、その量的な差は明らかだ。さらに注目すべきは、この種の批判に対する、文学共同体からの反発の強さである。実際、有島肯定論の大部分には、道徳的批判論に対する何らかの弁明が含まれているといっても過言ではない。

先に挙げた平林の議論では、「この死に対して、凡ゆる倫理的、道徳的批評を加へることは馬鹿げている」といい、〈文学〉の絶対性を盾に、有島の行為を擁護していた。また、竹崎八十雄の「けれども此一事実［＝有島の情死］を以て彼の全人格、全生涯を評価するのはあまりに大早計である。この一部分を以て彼の全部と看做してはならぬ」（傍点本文）といった発言のように、情死という行為は批判しつつも作品や思想とは分離したものと考えることで、有島の全面否定を回避しようとする試みも、しばしばみられる論法である。さらに秋田雨雀などは、「一体道徳とは何んだ？［中略］人間の生活を真面目に生活し、人間の欲望を尊重し人間と人間との真の抱擁を主張したがために、自分の愛してゐた人生のために苦しめられ、血みどろになつて生を終へた一人の人間が何故に不道徳なのだ？」[13]と声高に主張する。ここからは、既存の道徳観念への強い反発と、それを相対化しようとする意志が読み取れよう。

文学共同体における道徳的批判への弁明には、このように様々なロジックが使われている。それは逆にいえば、抵抗のための統一的な論法が存在しなかったということでもある。この統一性のなさからは、文学共同体というものが、組織的に確立されたものではなく、個々人の感情的な共通性を基盤としたつながりだったことがみえてこよう。つまり、文学共同体の必死な反発は、それだけ道徳的批判というものが、共同体を結びつけている感情的な基盤に強く干渉するものだったことを示している。

3　地方保守層 vs 青年知識人

では具体的に、道徳的批判とはどのような性質を有するものであったのか。そのわかりやすい例といえる『有島武郎観』（発行兼編集：堤清　救困院）という小冊子が佐賀で発行されたのは、事件への言及が飽和状態に達していた一九二三年一一月のことであった。それは同年七月二五日、佐賀市公会堂にて佐賀学術講演会が主催した、第二二回通俗学術講演会の講演記録を中心として、そこに講演欠席者が後日投稿した論文を一部追加するかたちで構成されたものであった。

これまでの有島研究では、この小冊子が扱われることはほとんどなかった。だがその内容をみれば、当時の有島への道徳的批判の典型を集めたものとなっており、同時代の地方文化圏で有島の情死事件がどのように受け止められていたかを物語る、貴重な史料であることがわかる。

序文は、佐賀県知事の冨永鴻によって執筆されており、また論者たちを概観してみれば、そこには市長や刑務所長、あるいは銀行専務といった、この地方の官民両方にわたる名士たちが並ぶ（図表6-1参照）。

編者である堤清が記した「序」によれば、この小冊子の議論は「目下悲劇変死を演じつゝある有島共鳴者の迷思誤想を天則的に解決し得るのみならず思想純化の配剤」であり、それにより迷える有島支持者を「救済」することが大きな目的なのだという(14)。

そして、その「救済」すべき「有島共鳴者」とは、端的にいえば「青年婦女」であった点は見逃してはならない。例えば、江口若翁は「思想上に動揺を来たし進んでは取捨善悪の意思決定に煩悶して居る者」として、有島を「崇拝せる青年婦女」を規定してゆく(15)。そこには言外に、善悪を正当に判断し、煩悶を超越し得る成熟した存在が前提とされており、そうした〈大人〉から、未熟なる〈青年〉へのパターナリズム的なまなざしが、この発言のなかに底流しているのである。

では、このような一方的ともいえるまなざしを支えるのは、いかなる思考なのか。それを考えるために、江口の論をもう少し追ってみよう。江口は、「青年婦女」への批判を進めるうちに、次第

図表 6–1 『有島武郎観』論者一覧

氏　名	肩　書
江口若翁	正和新報社長
小野好郎	第百六銀行専務
神原彌作	有志家
久保綱子	改良服研究所長
小橋川明慶	佐賀刑務所長
佐々木久雄	歩兵第五十五隊長
酒井米夫	飛入講演者
浩　生	教育家
城西布衣生	宗教家
副島以辰	佐賀市総合分会長
田中教道	佐賀教務所長
堤　清	救困院
野口能毅	佐賀市長
力久辰三郎	神道実行教会支長

※データは『有島武郎観』（救困院 1923）の「目次」より抽出。

により大きな問題に対する批判を展開し始めてしまう。

日本の男女間の問題について、名もなき人よりも知識階級とか有産階級とかに却つて忌はしい事件が屢々起つて、問題となるのは実に寒心に耐えない［中略］我国民は普通教育迄受けたる者と、その未満の被教育者は能く我国体を遵奉し、民族共存の意義を理解し、盤石よりも堅き我国の道徳を忠実に守る美風は慥かに保持されて居ると思ふ(16)。

ここで顕示されるのは、現代の知識階級への不信感と、対抗軸としての善良なる一般国民という観念である。江口には、知識や財産といった権力源が、そして近代的な学歴社会においてはその基盤ともなってゆく学校教育までもが、「国体」という確固としてあるべき信念を揺るがすものとして批判の対象となってゆく。

こうした過剰ともいえる反応からは、固定的で安定した既存社会を流動化しかねない諸要素に対する、この時代の地方有力者たちの警戒感があらわれているようにみえる。論者たちが、有島に共鳴する「青年婦女」を必死に指導しようとする背景には、それらが有するとみなされた流動性を、どうにか馴致してゆこうとする欲望がひそんでいたのではないか。これらの記述をみる限り、この小冊子は、彼らに共有されていた強い保守的思想が具現化したものと位置づけられるであろう。

しかし、この小冊子が興味深いのは、地方の保守層の思想の典型が読み取れるからだけではない。実は、そのような保守的批判の潮流のなかに、突如として有島支持者による飛入り講演の記録が掲載されているのである。講演会の壇上に、飛入りというかたちで登った酒井米夫は、挑発的な文言を並べたてるといった手法ではなく、「人間は其思想生活がより低く又はより単純、又は頑固な時は、より高くより複雑な心情の経過を批判する事に怖るべきアブノーマルなイントレランスが起るのだ[17]」といった晦渋な表現を用いながら、自己の主張を繰り広げてゆく。

一見すると判りにくいが、この引用部分で酒井は、これまでの有島批判を、「低く又はより単純」で「頑固」な思想が生み出した〈異常な不寛容《abnormal intolerance》〉の結果と位置づけることで、その逆批判を試みているのである。一般的な倫理や道徳観に基づく批判を低級なものと決めつけて退ける論法は、先に挙げた文壇での有島擁護論にみられた類型であり、その影響関係を読み取ることもできよう。また、引用部分では「アブノーマル」や「イントレランス」といった言葉が使われているが、こうした英単語の頻用は、彼の論全体にみられるものである。これらの傾向からは、酒井とはまさに、この小冊子の中心的な論者たちが批判の対象とみなした知識階級に属し、文学共同体とも近しい人間だったとみて間違いない。

しかし、知識階級あるいは文学共同体の見解に基づいた酒井の反論は、この小冊子全体において、真剣に取り扱うべき批判としては受け止められることはなかった。編者の堤清は、酒井の議論をとりあげ、「先刻の飛入講演者［＝酒井］其他の中に道徳も時代に依りて変化するものなれば今日の進歩せる文化時代に従来の道徳を以て律する事は云々と暗に有島今回の事変に対する庇護の御意志を知る事が出来ますが是は大なる誤考」と断じる。なぜならば、「天則的不変」たる「不変道徳」からみれば、「有島式恋愛観が死を来すことは寧ろ当然[18]」であるからだ。

このように、堤は既存の道徳観を相対化する視点があることを意識した上で、「天則」などの絶対的基準を持ち出しながら、道徳の普遍的価値を主張してゆく。保守層にとっては、すでに道徳が〈国家〉との結びつきのなかで〈錦の御旗〉化しており、酒井論はいわば「誤考」の見本としてさらし者にされているといってよい。だからこそ、この有島批判を明確な目的とする本に、こうした擁護論が掲載されるという矛盾が許されたのだと考えられる。

結局、保守層の教化的な議論、知識階級の反論ともに、対立者へほとんど説得的効果を与えることはできていない。「国体」「不変道徳」といった神秘化された用語や、難解な英単語といったジャーゴン（隠語）を両者がそれぞれ駆使することで、互いの思想や発言をさらに内向きなものにしてゆくという螺旋が、ここには生まれつつあったようにみえる。ここに現れているのは、二つの社会階層の間にある軋轢と思想的ギャップが、埋め難いまでに深まってゆく過程である。

だが、有島を擁護する人々に説得的に語りかけようとしていたのは、なにも地方有力者のような典型的な保守層だけではない。ここまで確認してきたような、素朴ともいえる道徳的批判とは位相を異にした、科学的立場に基づく批判もまた台頭してきていた。

4 「変態」理論の転倒

雑誌『変態心理』は、一九二三年八月号の「時評」欄で、有島批判の小特集を掲載している。その筆頭評論が、のちに独自の心理療法「森田療法」の創始者となる森田正馬が論じた「有島武郎氏の死を評す」である。そこでは、恋愛の煩悶から診察を受けにきた二七歳の大学生と森田との対話が紹介され、有島の評価をめぐる興味深いやりとりが記されている。

有島の情死についての森田の見解を尋ねる大学生に対し、森田は「有夫姦や駈落や情死やとなるのは、只世の特殊の人のみに起り、変態者に多い所の行為」であって、「有島氏の死は、思想や理論とは直接の関係はない」（二一〇-二一一頁）と断言する。

ここで森田が挙げた「変態者」とは、使い方をみる限り「変質者」と同義である。それは、過剰な刺激（生殖器濫用など）や外傷、または遺伝的異常を原因とする、神経や脳といった部位の器質的障害によって〈正常者〉とは異なった性質を持つ人々を指す。つまり、森田は有島を「変態者」という、器質異常や遺伝に規定された絶対的に特殊な人間として位置づけることで、有島を愛読する大学生の「自分も有島のように自殺するのではないか」という心情的な共鳴を断ち切ろうとしているわけだ。

ここで森田が依拠した、変態心理学や変態性欲論などの大正期「変態」理論は、当時新興の西洋医学・科学理論であった精神病学及び変質論（退化論）に基づくものだったがゆえに、それは先端的な科学の成果として日本の社会に受容され、流行したものだった。こうした前提を踏まえるならば、森田の議論が、先に確認した保守層による反知識階級的な批判とは質を異にし、反対に現代的な知識階級と親和性が高いものであったことが理解できよう。

事実、科学に基づくとされた「変態」概念を利用した有島批評は、文学的肯定論とも単純な道徳論とも一線を画す議論として、一般のマスメディアにも登場してくる。村松正俊は『東京朝日新聞』に連載した評論「一つの解釈　有島武郎氏の死に就いて」（一九二三・七・一三―一五）において、有島の情死は「生理学や心理学や精神病学」による分析が必要であると主張する。そうした眼でみれば、有島は「変質者」であって、「内部的の煩悶なり、戦ひなりは智識人特有な変質的な行ひ」にすぎないのだという。ただ、ここで村松が「変質者」という概念を持ち出してきたのは、あくまで有島に「方角違いな価値を強いて付着させようとする」、ロマンティックな「誤謬」を批判するためだった点は押さえておく必要がある。つまり、有島を単に断罪するためだけではなく、スキャンダル化したこの事件に対する〈客観的〉な切り口（解釈）を確保するためにも、これらの概念が用いられていたのである。

「変態」理論が単なる道徳論とは異なり、科学的客観性に依拠するとみなされていた以上、それは文学共同体を支えていた多くの青年知識階級にも、訴えかける余地は十分あったと考えられる。しかし、実際にこの理論が文学共同体へ浸透してゆく過程は、いわば転倒とも呼べるような、大きな変容を伴うものだった。

プロレタリア作家で、『変態心理』の記者も務めた井東憲は、『変態作家史』（文芸資料研究会　一九二六）において、「文学者の多数が、肉体的精神的に変態的であると云ふ事は、否むことが出来ない」（五頁）と述べ、古今東西の著名な作家の精神病的兆候あるいは奇人変人ぶりまでを列挙し、作家＝「変態者」説を展開してゆく。井東がこの書の理論的根拠とした、イタリアの精神科医ロンブローゾは、その主著『天才論』において、医学的に分析すれば天才とは先天的な精神病者の一形態にすぎないと断じたが、井東の議論はそれをほぼ踏襲したものとなっている。そのような観点からは、ドストエフスキーといった文豪の諸作品も〈科学的〉に分析され、「癲癇病者」ゆえの「変態心理的作品」であると一括されてしまう。

ところが、こうした井東による暴力的ともいえる解釈は、有島に話が及ぶ段になると、突如としてその鋭さを失ってゆく。井東は有島の死について、次のように分析する。「天才的といはれる変質的傾向を持つた文学者」の晩年は不幸だが、「これは、真実と純愛と正しい生活を求めて生きる本当に天才的な文学者の一つの運命」である。「我が有島武郎なぞが、あれ程の富やあれ程の現実的な高い地位やを持ち乍ら、尚且あんなに悩んだのは人間として全生命の光栄充実をひたすらに望んだからだ」（二九–三〇頁）。ここでは、「変態」理論において否定的に描き出されてきた作家＝「変態者」の逸脱性が、そのまま有島が超俗的な存在として人生を貫くことを可能にした根拠へと、一気に昇華させられてしまう。そこから「この歪んだ世紀が有島武郎を情死させたのだ」（三二頁）という結論までは、それほどの距離はない。歪んでいるのは有島という個人ではない、世の中という全体こそが歪んでいるのだ。という論理は、あらゆる社会的な問題を、個人の「変態」というレベルに回収することで理解、あるいは矮小化しようとしてきた「変態」理論を、明らかに転倒させてしまっている。

実は、井東は『変態作家史』と同年に、有島の最も早い時期の評伝のひとつである『有島武郎の芸術と生涯』(弘文社　一九二六)を刊行している。有島の生き様に「生命の飛躍の暗示を得た」(五頁)ことの感動を熱く語るその文章からは、いかにこの頃の彼が有島を敬慕していたかがうかがわれる。だが、『変態作家史』にみられる転倒は、こうした井東個人の嗜好に基づいた、単なる牽強付会などではおそらくない。有島の情死後、しばらくして文学共同体のなかに現れてきた、ある動向の上にそれは位置づけられるように考えられるのだ。

一九二三年八月一一日の『読売新聞』に掲載された記事、「有島問題から学校騒動」には、その動向がいかなるものであったかが、興味深い事件とともに示唆されている。事件の始まりは、横浜の助産婦学校の病室であった。そこで数名の看護婦貸費生が「赤裸の人間と有島氏の情死問題」と題して、皆が裸体で語り合う会を開いていたが、それを院長に発見されてしまう。院長は彼女らの振る舞いに激怒し、その場で生徒たちを乱打したのだが、その処置は看護長や生徒たちを憤慨させ、結局は学校騒動にまで発展してしまったのである。

生徒らの主張によれば、「院長は旧思想に捉はれ若き婦人の思想を少しも理解してゐない現に平常の勤務の如きも頗る苛酷で毎日十六時間も執らせ［中略］其上無給でこき使うなど人権を蹂躙した行為を敢てし全く思想に於いて相一致しない」のだという。こうした発言に対して、院長は「今時の若い女性はうすつぺらな思想を持つてゐて困る」といって一蹴してしまう。だがここに、青年層に属するであろう彼女らが抱いていた思想上の不満と、生活上の不満が折り重なるようにしながら表出していること、さらにはそれらの結節点として有島が祭り上げられていることは、見逃してはならないだろう。反権威的な心性を有する人々の〈偶像《アイドル》〉としての有島が、ここにはあらわれている。そしてそれは、有島に貼付けられてきた〈反社会性〉というラベルを、逆に既存体制への抵抗の証とみなし賛同してゆくような、人々の読み替えによって支えられていたのである。

井東にみられた「変態」理論の転倒とは、まさにこのような読み替えの系譜の上になされたものであったと考えられよう。本来ならば、文学がまとった幻想と権威を、科学の名の下に無化し得るだけの威力を備えていたはずの「変態」理論は、文学共同体のおそらくは無意識的な曲解を経るなかで、逆にその幻想・権威を補強する役割を担わされてゆく。「変態」理論という批判的言説は、文学共同体の言説と衝突し交錯するなかで、次第にからめとられ、組み替えられてしまったといえよう。

5　〈青年〉をめぐるヘゲモニー闘争と〈偶像〉化する有島

本章ではここまで、有島情死事件をめぐる、三つの立場を異にした言説が存在したことを確認してきた。最後にそれらを踏まえた上で、有島の情死を論じることが、各言説に拠るそれぞれの集団において、いかなる意味を持ち得るものであったのかを考えてみたい。

各集団の関係をおおまかにまとめれば、有島を肯定する文学共同体と、それを批判する地方保守層および「変態」理論に依拠した学者たちという構図が描ける。ただしその際、有島批判の側に立つ二集団には断絶する点と連続する点の両方があったことは無視してはならない。それらには、道徳論と「変態」理論という方法論的な相違が認められる。その一方で、それぞれの言説が、誰に向って発せられていたのかを考えてみれば、そこに共通性があったことも明らかとなるだろう。先に挙げた議論のなかで、保守層は「青年婦女」、また「変態」理論を利用する森田正馬は、「大学生」の説得を試みていた。つまり、両者がともに語りかけようとしていたのは、いわゆる〈青年〉たちだったのである。

単純に考えれば、彼らが〈青年〉をターゲットとしたのは、この当時、青年層が有島の中心的読者として一般的にも想定されていたためだろう。だが、大正末期というこの時期に、〈青年〉というカテゴリーにかかわり合おうとすることには、より複雑な意義が含み込まれていた。

すでに歴史学の諸研究が指摘しているように、大正デモクラシー期には、〈青年〉の社会的重要性の高まりという現象がみられる。

国家政策のレベルでは、内務・文部両省訓令「青年団体ノ指導発達ニ関スル件」（一九一五）、「青年団体ノ健全発達ニ資スヘ《ママ》キ要項」（一九一九）などが施行され、国家による青年団体の組織化が開始されてゆく。その過程を通じて、「国家の帝国主義政策に基づく課題遂行に自主的、自発的な協力を惜しまない　良民（国家進運の担い手である青年）の育成」と「学校教育（義務教育）から実業補習学校または青年団体そして軍隊という国民統合をはかるための一連の体制の確立」が目指されていたのである。[19]

また、この時期の青年層は、社会のレベルにおいても新たな意味合いを獲得しつつあった。その変化の起点となったのが、原敬内閣の大学令・高等学校令（一九一八）だった。この法令により、高等教育の大拡張と、それによる知識階級の増大が進行することとなる。一九一八年以降、日本では出版ジャーナリズムの急速な発展が認められるが、その基盤となったのが、まさにこの時期に拡大した青年知識階級であった。そして、この〈青年〉たちは、マスメディアの潮流とも連帯しながら、民本主義・社会主義思想などの伝播の基盤となっていった。[20]

つまり、この時期の〈青年〉は、国家の教化対象としてみいだされると同時に、新思想の受け皿としても機能していたのである。こうした状況が、人々にいかなる印象を与えていたのかを知る手がかりとして、当時、論壇の花形であった吉野作造による評論「青年学生覚醒の新機運」（『中央公論』三四（一）一九一九・一）を参照しておこう。吉野にとって、最近の青年学生にみられる、権威への自由の精神に基づいた批判や社会的欠陥の改善を図る活動は、「国家社会の為めに誠に喜ぶべき現象」であった。だが一方で、吉野はそれが自由批判の域を超えた、因習ないし権威への徒な反抗といった「動もすれば陥る弊害」を伴っていることを強調する（一四八頁）。この発言からは、〈青年〉に可能性と脅威の二重価値が読み取られていたことがわかるだろう。そして、この矛盾をはらんだ二重価値こそが、さらに〈青年〉を語るべき／解決すべき問題として浮上させ、その社会的価値を高騰させてゆくのである。

これらの状況からみれば、有島批判者たちの陣営が熱心に青年層の教化と説得を目指したのは、社会的に高い価値を帯び始めていた〈青年〉を自陣に組み込むことで、その社会的ヘゲモニーの維持と拡大を図るためだったと考えられる。地方保守層の知識人批判などは、まさに〈青年〉教化の支配権をめぐる闘争そのものであったし、森田正馬の「変態」理論に基づく〈青年〉の説得は、新興の学問になんとか権威と勢力を与えるための試みとしてみることもできよう。彼らにしてみれば、有島批判それ自体が、〈青年〉への呼びかけを可能とする、一つの手段だったのではないか。

しかし、現在残された当時の史料を確認する限りでいえば、それらの試みは、有島および文学共同体に共鳴する〈青年〉たちへは、ほとんど有効性を持てなかったといわざるを得ない。そこには、批判者の教化・説得に応じて〈改心〉したという言説は全くみられず、繰り返しあらわれるのは、外部からの批判に対する反発と、内部に向けての共感を誘う呼びかけばかりであった。助産婦学校での生徒達の言動とは、それらの動向の頂点だったといえるだろう。そこには、単なる有島文学への心酔ではなく、有島に付与された反体制的イメージへの共鳴があらわれてきていた。ヘゲモニー闘争の賭金とされた〈青年〉たちが、自身の価値観や社会的地位の確立を強く欲望したとき、有島は既存体制の抑圧に対する〈正当な〉抵抗の象徴として彼らの言説上に招喚され、〈偶像〉化されていったのである。そして、この新たな〈信仰〉がもたらしたのが、保守的批判がなされればなされるほど、有島の文学的価値とそれを承認する文学共同体の凝集力が強化されてゆくという、逆説の成立だったのだ。

大正デモクラシー研究によれば、この時期に急速に進展した、〈国家〉の相対化／〈社会〉の自立化という流れのなかで、文学もまた自立的な価値を持つ領域として人々に認知されていったのだという。[21]だが、本章の有島情死事件をめぐる諸言説の分析からみえてくるのは、そうした自立の困難さである。文学共同体を支えたような、多くの〈青年〉たちは、文学に自己が立脚すべき自立した価値観をみいだそうとしてゆく。それは有島をめぐる逆説が示すように、外からみれば内向的で排他的ともいえる、文学への幻想に寄りかかることで、ようやく達成されるものであった。普遍的な議論であるようで、その実、独善的な思考に基づくという点では、文学共同体の有島〈信仰〉と既存の道徳論とは同質性を有していたともいえる。道徳論に対する、文学共同体からの根強い反発は、ある種の近親憎悪と読めなくもないわけだが、ここではそのような闘争を繰り返すなかでしか、文学共同体のヘゲモニーが維持できなかったという点を強調しておきたい。

情死事件をめぐる言説空間にあらわれた、有島という〈偶像〉は、こうした錯綜的なヘゲモニー闘争の渦中で、重層決定的に生み出された（より正確には肥大化された）社会的な可能性であり、そして脅威でもあった。文学共同体においては、それは危機であると同時に、その自立化を押し進める大きな契機ともなり得るものだったといえよう。大正デモクラシー下で立ち上がりつつあった〈文学〉と〈社会〉のはざまで、有島は死してなお、重要な仕事を果たさざるを得なかったのである。

第Ⅱ部ではここまで、「変態」へと自らを投企する人々の欲望を中心に追ってきた。そこには彼らなりの切実な想いが作用していたわけだが、一方で逸脱者となる／ならないを選択する余地が残されていたのも間違いない。だが、その選択の余地すらなく「変態」とみなされ、逸脱者というカテゴリーに放り込まれてしまう人々にとって、「変態」概念とはどのように〈消費〉可能なものだったのだろうか。次章では、雑誌『変態性欲』の投書欄にあらわれた男性同性愛者たちに焦点を当て、この問題を考えてみたい。

【注】

（1）高橋春雄「終末のエロス」（『有島武郎　愛／セクシュアリティ』右文書院　一九九五）

（2）「編集者よりみなさんへ」（『女性改造』二（八）　一九二三・八）

（3）菅野聡美『消費される恋愛論』（青弓社　二〇〇一）一〇〇頁

（4）小谷野敦「昭和恋愛思想史第一回有島武郎情死事件」（『文学界』五七（二）　二〇〇三・二）

（5）李承信「「文化現象」としての有島武郎の〈死〉」（『有島武郎研究』六　二〇〇三）では、有島の死が、女性読者層に大きな影響を与えたことと、その動向に敏感に反応したメディアにより、〈愛〉の実践として商品化されていったことが指摘されている。こうしたメディアと読者の相関関係を踏まえた上で、それら商品化された〈愛〉をはじめとする思想が、実際に〈消費〉されるなかで生み出されてゆくのは一体何なのかを考える必要がある。

（6）大正デモクラシー期という時代区分については、論者によって多様な意味と幅が与えられており、統一的な定義は困難である。ただし、先行研究において指摘されてきた「国家的価値に対する非国家的価値の自立化」（三谷太一郎『新版大正デモクラシー論』東京大学出版会　一九九五　一頁）というこの時期の潮流を踏まえることは、大正期という時代の問題を考察する際には必須であろう。また本書では、大正デモクラシー期の時間幅を、松尾尊兊（『大正デモクラシーの群像』岩波書店　一九九〇）の議論に従って、一九〇五年の日露戦争講和反対運動から、普通選挙制が成立する一九二五年あたりまでとみなす。

（7）平林初之輔「有島武郎の死について」（『改造』五（八）　一九二三・八　一〇八頁）

（8）大川民生「文学葬」（『東京朝日新聞』一九二三・七・一〇）

（9）柳澤健「有島氏の死に対する世評について」（『婦人公論』八（九）　一九二三・八）

（10）例えば、保守的観点から変態性欲学を論じていた田中香涯は、『変態性欲』（三（三）　一九二三・九）の編集後記において、山川菊栄（「単なる自殺乃至情死事件として」『婦人公論』八（九）　一九二三・八）の「プロレタリアに取ては、その戦ひ［＝階級闘争］の勝利のためにこそ身命を捧ぐべきであつて、それ以外の目的――殊に恋愛といふやうな私情のために、自ら生命を擲つと云ふやうなことは、どう考へても社会公衆にとつて利益のあること、思はれ」（三五頁）ないという文章を引用し、「全くの同感」を示している。
(11) 中村吉蔵「武郎氏の死」（『早稲田文学』一二三　一九二三・八　二二頁）
(12) 竹崎八十雄「最後の悲曲」（『文化生活』大正一二年九月号　一九二三・九　二六二頁）
(13) 秋田雨雀「人間苦闘史の一頁」（『婦人公論』八（九）一九二三・八　三九頁）
(14) 堤清（編）『有島武郎観』救困院　一九二三
(15) 江口若翁「有島武郎の情死について」（堤前掲書　一頁）
(16) 江口前掲論　五頁
(17) 酒井米夫「有島武郎氏観」（堤前掲書　二四頁）。なお論者の酒井米夫は、氏名の読みの一致、出身地の一致といった状況証拠から、佐賀出身で関西学院文科・明治学院文科に一時在学した後、一九二六年アメリカに渡り、国際ジャーナリストとして活躍した坂井米夫であると推察される。（坂井米夫『私の遺書』（文藝春秋　一九六七）参照）
(18) 堤清「有島武郎観」（堤前掲書　五五-五七頁）
(19) 不破和彦『近代日本の国家と青年教育』学文社　一九九〇　三九-四〇頁
(20) 三谷前掲書
(21) 三谷前掲書

第7章　主体化を希求する〈逸脱者〉たち

——男性同性愛者たちの雑誌投書——

1　性的マイノリティを語るために

本章では、大正期日本の同性愛者たちの表象分析を通じ、この時代の「性」をめぐる権力布置と、そのなかで「変態性欲者」として位置づけられてきた、同性愛者の主体形成の問題を論じてゆく。この同性愛者をめぐる議論は、「新たな公民権運動」[1]とも位置づけられるような、現在進行中の性的マイノリティの解放運動とも深く関わり合うものである。したがって、この強い政治性を帯びた問題を論じるにあたっては、論じる側がどのような位置から語っているかをはっきりと開示し、その妥当性を検討可能にしておく必要があるだろう。

そこで、具体的な議論に入る前に、まずはこの問題に対する本書の基本的な構えを示しておくことにしよう。本書では、同性愛者をあくまでも社会的・歴史的に規定・形成された存在として捉えてゆく。よって、その分析はすべて社会構築主義的な見地からなされることになる。

同性愛者という存在を、このように構築主義的に捉えるか、それとも生来的に規定された存在とみて本質主義的に捉えるかという問題は、これまで多くの論者の間で激しく争われてきた。構築主義的な立場を代表する、ミシェル・フーコーやデイヴィッド・ハルプリンといった論者たちは、同性愛者表象の歴史的分析を通じて、そこに表れたイメージの変遷、言い換えれば断絶を浮かび上がらせることで、現在の我々が抱く同性愛者観を相対化し、その異化を試みた。[2]こうした、フーコーらの「系譜学」的な分析手法は、後のジェンダー／セクシュアリティ研究に大きな影響を与えていったが、その全てがこのパラダイムに賛同していったわけではない。[3]レオ・ベルサーニは、同性愛者というアイデンティティを、構築主義的な立場から疑うだけでは、結果的に「自分が掘り崩していると思いたい文化そのもののなかに溶け込んでしまう」状況、つまりは同性愛者の「自己消去」を招くといい、その論理的な危険性を訴える。[4]また、アクティヴィストたちの採る戦略的本質主義では、社会的差別に抗するための政治的連帯の基盤として、同性愛の本質というものをあえて想定する。[5]

こうした対立は、今現在においても様々な論者たちによって継続されている。しかし、いずれの立場を選択するにせよ、共に基本的な部分で、ある限界を抱えてしまっているのは間違いない。イヴ・K・セジウィックは、本質主義／構築主義という二項対立を前提とする思考は、同性愛者の起源をめぐる問題を招喚してしまうと指摘する。[6] この二項はどちらを選択するにせよ、同性愛者の存在否定と容易に結びつく。構築主義的立場から、同性愛を可変的文化として捉えたならば、それは変更し得るがゆえに、倫理的、精神療法的命令によって〈改善〉の対象とされる。また逆に、本質主義的立場から、その性的志向を不可変なものとして身体化したならば、そこには生物学的管理が介入し、その治療や予防を図ってくるだろう。

では、このような陥穽を避け、同性愛者の問題をより生産的に論じるためには、どうしたら良いのか。その手がかりとして、セジウィックのマイノリティ化／普遍化の議論、あるいは村山敏勝が示した、クィア理論の二重性をめぐる議論を挙げることができる。セジウィックは、同性愛議論における本質主義／構築主義という対立図式の代案として、同性愛を少数のマイノリティに作用する問題とみる、「マイノリティ化の見解」と、それをあらゆるセクシュアリティの人々に関与する問題とみる、「普遍化の見解」の二つのスタンスが矛盾し合っている図式を提案する。ただし注意すべきは、セジウィックは同性愛をめぐる諸矛盾を解消するために、この図式を打ち出したのではないという点だ。そうではなく、「これらの見解が重複することによって造り出される、自己矛盾した言説の力の場によるパフォーマティヴな効果」に議論の焦点をずらすべきだという。[7] こうした、矛盾のなかに新たな展望を模索する動きは、クィア批評・研究の領域においても共有されたものであった。村山は、クィアという言葉が包含する、多元主義的なアイデンティティ・ポリティクスの側面と、その前提となっているアイデンティティの概念自体を批判する、脱構築的な側面の二重性を指摘する。そして、クィア批評・研究の意義と可能性を、〈各性的アイデンティティの決定的な差異を認めた上で、それを乗り越え揺るがす〉という、二重性ゆえの快楽のなかにみいだしてゆく。(8)

両者の議論が示す通り、いま我々が問うべきは、〈個別〉対〈普遍〉といった構図についてではなく、同性愛者と社会が相互干渉し合う場面において、何が起っているのか、または何が生み出されているのかという、まさに「パフォーマティヴな効果」についてであると考えられる。本章では、同性愛者をあえて徹底した構築主義的な立場から分析してゆくが、もちろんそれは、本質などというものはないと断じるためではない。ここでは、本質が〈ある〉のか〈ない〉のかという判断には、あくまで踏み込まない。そうではなく、例えば逸脱者とみなされたある人間が、自分が持つとされる〈逸脱性〉に、自らのアイデンティティの〈本質〉をみいだしたとき、いかなる理由によって、それこそが私の〈本質〉だと認識し得たのか。そのような〈本質〉を〈本質〉として、同性愛者たちが自覚した背景――社会における権力構造のあり方、あるいは主体確立への欲望の問題――と、その認識が生み出す社会的・個人的意味を問うてゆくことが必要なのである。

2　変態性欲論の被害者？

日本の同性愛者についての歴史的研究には、すでに一定の蓄積がみられる。(9)そのなかでも、大きなインパクトを持って迎えられたのが、古川誠の仕事である。(10)古川は、明治以降の同性愛者の歴史を、「男色」「鶏姦」「変態性欲」の三つのコードの展開として読み解いた。巨視的にみれば、進行する近代化のなかで同性愛者は、前近代の流れを受け継ぐ「男色」文化の実行者という位置づけから、西洋から移入された性欲学によって規定される「変態性欲者」へと、その価値を変質させていったのだという。

この古川の議論で、重要な点は二つある。一つは、「変態性欲」というコードが、それ以前の「行為」を問題化した「鶏姦」コードとは異なり、個人の「内面」に影響するものであったという指摘だ。フーコーは、同性愛が「行為」の問題から、「内面」の問題へと転換したことで、「同性愛者」が生まれたとする図式を打ち出したが[11]、古川の指摘は、日本においてもそれとよく似た図式が発現していたことを示している。もう一つは、「変態性欲」コード台頭の後にも、「男色」コードが併存していたという指摘だ。同性愛に否定的な「変態性欲」コードが社会を席捲してゆく裏側で、既存の「男色」コードは消失したわけではなく、同性愛の「美」的意義を肯定する論理として、オルタナティヴな視点を提供しつづけていたのだという[12]。

古川の議論は、近代の同性愛史を明瞭な枠組みで示したものであり、かつ、単純にあるコードから別のコードへというだけではなく、それらコードの複層性にまで目配りがなされている点で評価できる。だが、その図式が明快である分、そこからこぼれ落ちてしまう問題も残されている。

古川は「「変態性欲」は個人のアイデンティティにとって中心的な位置を占めるもの」であり、「内面化というメカニズムこそが、変態性欲コードの定着、流通を支えるポイントだった[13]」という。しかし、古川のモデルに従えば、「同性愛は変態性欲として病気のカテゴリーのなかに囲いこまれ」、それは「江戸時代の男色文化から変態性欲への転落[14]」以外の何ものでもない。このように、同性愛者にとって、近世から近代への移行は、まさに「転落」の歴史として描かれてしまいがちである。

「変態性欲」コードへの移行とは、極めてネガティヴなイメージを生産するものであった。では、なぜそのようなネガティヴなイメージを、同性愛者たちはわざわざ「内面化」してしまうのか。同性愛者たちとは、「変態性欲」という暴力的なコードによって一方的に作り出された、単なる被害者として考えるべきなのであろうか。古川は、本章でもこれから扱ってゆく、雑誌『変態性欲』に登場したJ・O生の投書を一部引用し、この投書が「変態性欲コードの定着を物語って」おり、「近代の悩める「同性愛者」の原形をそこに見ることができる」と総括する。[15]ところが、その「定着」の内実については、まったく分析されていないため、「変態性欲」コードと、同性愛者との間にあったであろう、齟齬や葛藤というものが一切看過されてしまっているのだ。ここに、古川の議論の持つ問題点が端的にあらわれている。古川は、同性愛者の歴史を、コードの転換というマクロなパースペクティヴから描き出してゆく。そのマクロさゆえに細部は省略され、あるコードからあるコードへの転換という大きな流れが、ごく〈自然〉なものとして前景化されてしまう。そこには、細部で生じたノイズを省みるような余地はない。加えて、この議論の枠組みにおいては結果的に、同性愛者は、外部の社会的イデオロギー（コード）によって規定ないし抑圧される対象でしかなく、同性愛者の主体化という現象は、ただそれらの結果にすぎない。それでは、同性愛者として自らを主体化し生きてゆくことの意味や価値が、全く掬い取れないのである。

こうした問題点を批判的に踏まえた上で、本章では、大正期にあらわれた同性愛にまつわる一連の投書に対象を限定した上で、精緻に分析してゆく方法を採る。その際に、分析の軸となるのは、同性愛者たちがどのように自らを語り、主体化していったのかという問いである。そこにあらわれるぎこちなさや、齟齬を丁寧に掬い取ってゆきたい。さらに、古川が議論を深めることがなかった、この時期の「悩める「同性愛者」」が、具体的には何に悩んでいたのかという問題についても、考えてみる必要がある。それを問うことは、当時の同性愛者を取り巻く社会的圧力がいかなるものであったのか、そして、そのような圧力を生み出さずにはいられなかった社会の状況を、より明確にすることにつながるであろう。

なお、あらかじめ断っておけば、本章で論じる同性愛者とは、あくまで男性同性愛者に限られる。女性同性愛者の問題は、歴史的・社会的にまた別の文脈が大きく関わるものであり、[16]そのような差異を無化するのを避けるためも、今回はとりあげることをしない。

3　同性愛者の〈生〉をめぐる投書

雑誌『変態性欲』は、日本精神医学会が発行し、一九二二年五月から一九二六年一月までの間に、全四三冊が刊行されている。（ただし、七巻一号（一九二五・七）以降の七冊は雑誌『変態心理』と合刊）。大正期には、「変態」を冠した書籍が数多く出版され、新聞、雑誌等でも「変態」に言及した記事が頻繁に書かれる状況が出現していたが、『変態性欲』は、その流行の中心的位置にあった『変態心理』の姉妹月刊誌として創刊された。またこの雑誌の特徴として、医学士・田中香涯[17]による、ほぼ単独執筆という体制を採っていたことが挙げられる。結果、この雑誌の内容の大部分は、香涯の性欲研究の論文が占めていた。

香涯は、そうした研究報告の一環として、『変態性欲』一巻五号（一九二二・九）に「男子同性愛の一実例」という記事を掲載している。その冒頭には、「去る七月十三日の日付で、J・O生なる匿名の人から、私［＝香涯］宛左記の如き書信を送付して来た。之を読むと、其の人は同性愛者であつて、其の性欲の変態を切実に痛感して、私の同情を求めた悲痛の私信である」（二四一頁）との解説が付けられ、同性愛読者から送られてきたという、香涯への個人的な相談の手紙が公開されている。香涯自身が、この段階でどこまでの思惑があったのかは定かではないが、この記事の掲載を端緒として、雑誌の誌面には同性愛をテーマとする投書欄が断続的に登場することとなった。（図表7-1参照）

管見の限りではあるものの、このような早い時期に、これだけまとまった数の同性愛者の発言があらわれる例は他にはない。確かに同時期には、通俗性科学の旗手であった澤田順次郎が主幹を務めた雑誌『性』などに、同性愛者からの相談の投書が寄せられていたのが確認できるが[18]、それはあくまで単発的なものでしかなかった。また『性』における投書は、そこに書かれた、「自分の先天的同性愛につき、二十年来行ひ来りたることを告白し、

図表 7-1 『変態性欲』上での同性愛者の〈生〉をめぐる投書一覧

掲載順	年	月	巻号	題　名	投書者	所在地	性指向	内　容
1	1922	9	1(5)	男子同性愛の一実例	T・O 生	不記載	同性愛	妻帯してもなお押さえきれぬ同性愛的欲求の告白（T・O 生＝JO 生＝J・O 生）
2	1922	11	1(7)	男性同性愛者の心理に就いて	TK 生	岐阜	異性愛	J・O 生の欺瞞的結婚生活への非難
3	1922	11	1(7)	同性愛者 J・O 生君に呈す	TK 生	岐阜	異性愛	J・O 生の夫婦関係に対する責任観念の軽々しさを非難
4	1922	12	1(8)	同性窃視症者より	S・K	大阪	同性愛	同性愛的窃視症の告白
5	1923	1	2(1)	反逆者の叫び	天紅生	岡山	同性愛	同性愛者の妻帯を「人間的に生きようとする努力」として肯定
6	1923	3	2(3)	『女性的男子』を読んで	A 生	戸塚	同性愛	同性愛を大人同士の自己責任において認めるべきと訴える
7	1923	3	2(3)	同性愛者の悩み	無名生	小石川	同性愛	同性愛者として、家族への告白の是非、子孫の問題等に悩む
8	1923	3	2(3)	男子同性愛者の結婚に就いて	TK 生	岐阜	異性愛	同性愛者妻帯肯定論への反駁
9	1923	4	2(4)	光を与えよ	失名	平安の学窓より	異性愛	変態性欲の事実の研究に止まらず、その救う手立てを示すべきと主張
10	1923	5	2(5)	もの苦しさに	HY 生	静岡県	同性愛	J・O 生と同じ同性愛者として、今後の不安を訴える
11	1923	5	2(5)	同性愛者より	JO 生	東京	同性愛	自らを「変質者」と規定し、その苦悩の未解決を語る。末尾に短歌六首
12	1923	5	2(5)	同性愛者の苦しみ	YK 生	神戸	同性愛	自分の幼少期からの同性愛志向を語る

※「男子同性愛の一実例」の投書者は T・O 生となっているが、以降の表記を鑑みると、J・O 生の誤記と推察される。
※「投書者」「所在地」は、各投書冒頭に記されたもの、「性指向」は各投書文のなかから筆者が抽出し記載した。

秘密に御面会下さるならば、申し上ぐべく存じます」[19]といった記述からも推察できるように、澤田への直接的かつ実際的な依頼や質問であった。このように『性』における投書は、回答する専門家（澤田）と相談する投書者という、一対一の上下関係のなかに成立した、いわば縦の関係のみだったといえよう。それに対して、『変態性欲』における一連の投書においては、縦の関係にとどまらず、異性愛者たちと同性愛者たちという横の関係のなかで、活発な議論が立ち上がっていたのである。

一連の議論の端緒となった「男子同性愛の一実例」のなかで、投書者Ｊ・Ｏ生は「此の自分の変態な恋に苦しむ『辛らさ』を或は此の方面としては有り触れた事かも知れませんが書き綴つて、理解深き先生に打ち明けて、せめてもの心やりとしたい」といって、妻も家庭もある「一人前の男であり乍ら、年長の同性を慕つて行く女性的な」自分の性向とそれによる苦悩を切々と語っている。[20]この投書が「先生」、つまりは田中香涯へのＪ・Ｏ生の告白という体裁をとっていたのにも関わらず、それに対して、素早い反応をみせたのは香涯ではなく、他の『変態性欲』読者であった。「君は現在同性の愛に悶え苦しんで居られるのを気の毒に思ひます」というＪ・Ｏ生へ語りかけで始まる、ＴＫ生の投書「同性愛者Ｊ・Ｏ生君に呈す」は、「先天的?変態性欲の所有者である君が、如何なる事情があるにもせよ、妻を娶られたこと」は「罪悪である」と断じて、Ｊ・Ｏ生を痛烈に批判する。[21]また、このような批判がある一方で、Ｊ・Ｏ生肯定派といえる投書も登場してきていた。天紅生は、「良心的責任観念の力でもどうすることも出来ない先天的の不具者が、人間的に生きようとする努力が何で罪悪になろう」[22]と、ＴＫ生による同性愛者の妻帯への批判に反発している。

以降、『変態性欲』誌上では、このような動向に触発された、同性愛者たちの苦悩の告白や、それに対しての意見を持った異性愛者たちの投稿が、次々と掲載されていった。結果的にではあるが、『変態性欲』は当時としては希少な、同性愛者はいかに生きるべきかという問いをめぐる議論の場としての役割を担っていったのである。

もちろん、これらの投書が雑誌主幹である田中香涯の選別・監理の下にあったことは間違いなく、当時の同性愛者の声が直接的に反映されている保証はない。だが、後に触れるように、香涯は誌上における議論の統御に、最終的には挫折している。着目したいのは、この挫折をもたらした力とは何であったかだ。議論のなかに、雑誌側の意図をはみ出し撹乱してゆく要因があるとするならば、それを明らかにする必要があるだろう。本章では、雑誌側と同性愛者たちの両者に共有されていた、当時の同性愛に関する思想的パラダイムを追うことからこの問題についての考察を始めることとする。

4 同性愛言説をめぐるパラダイム

『変態性欲』では、投書による議論が始まる以前から、同性愛を〈科学的〉に論及した記事がしばしばみられた。そこでは、田中香涯による独自の知見というよりは、精神病学の世界的大家であったクラフト＝エビングを中心に、アルバート・モルやハヴロック・エリスといった当時著名な西洋性欲学者の学説に基づいて、同性愛の原因が論じられている。[23] これらクラフト＝エビングらの学説は、日本においては、すでに羽太鋭治と澤田順次郎によって、「変態性欲論」という形で体系的な導入と展開が図られていたが、香涯の議論もまた、そのような潮流の枠組みのなかにあったものとして理解することができよう。すでに以前の章で確認してきたように、変態性欲論とは、性的異常の起源を、神経や脳といった部位の器質的異常に求め、それは過剰な刺激や外傷、または遺伝的異常が原因であるとみなすものであった。当時の文脈に照らしてみれば、それはこの時期に流行中の新興科学であった、精神病学および変質論（退化論）といった思考に基づいた〈科学的〉なものだったことを思い出しておこう。

そして、このような発想の理論に拠って同性愛を論じることが、いかなる問題をはらむものであったかは、香涯の次のような論述からも明らかである。香涯は、『変態性欲』二巻六号のあとがきのなかで、「読者諸氏の中には、性欲及びその変態に関する学理を叙述する記事をも載せて、性欲の異常に悩んでゐる人達を救ふこそ性研究家の当然努めねばならぬことでは無いかと申越される御方もあります[24]」と記している。実際、議論に参加した投書をみても、「変態性欲を研究される著者よ。単に事実の研究に止らず憐れなる彼等を救ふべき一歩を踏み出され、彼等に導べの光を与へられんことを望みます[25]」といった記述がみられる。しかし、そのような意見に対しての香涯の返答は、あまり芳しいものではない。

私も此の方面［＝同性愛者をいかに治療するか］に就いては決して研究を怠つてゐるのではありません。併し変質者（精神病的体質）及び精神病に対する治療法の未だ充分に進歩を告げざる今日、変態性欲の根本的治療に確固たる方針を探し出すことの困難なる所以は自明の理であります。［中略］私の見る所を以てすれば、同性愛は先天的心身の変質に基づくものが多く、その他には不良なる環境等から起るものも少くは無いやうに思はれます。後者ならばその不良な環境の除去や、精神療法等によつて治癒し得べき見込もありますが、先天性の身心変調に起因するものに至つては之を治療することは殆ど不可能のことゝ思ひます[26]。

ここでは、同性愛の多くが先天的であって、それは現在の医学レベルでは、根本的治療の方針すら決められないという現実が説かれている。この同性愛の治療不可能性を宣言した香涯の論述が示すのは、この雑誌において、同性愛がいくら語られようとも、それが悩める同性愛者たちへの救いには、決して辿り着かないということである。それはただ、人を正常者／異常者というカテゴリーに二分し、その差異を絶対化するものでしかなかった。ただし、それは香涯が弁明しているように、彼自身にその元凶があるわけではなく、精神病学を起源とする変態性欲論が、同性愛者を先天的な病者として位置づけたことによって、構造的に抱え込んでしまっていた問題であった。いわばこの問題は、変態性欲論が内包する、性的マイノリティへの理論的な暴力性が表出したものだともいえる。

ところが皮肉なことに、この同性愛をめぐる議論に参加した人々のうち、批判的立場の者はもちろん、同性愛者たちもそのほとんどが、変態性欲論の定義によって自らの性的指向を解釈していた。YK生は「私は此の雑誌を手にしだしてから、自然私は変態性欲者である事を自覚して参りました。私は同性愛者で、又女性的男子である事も明らかに知つて来ました[27]」と自己をカテゴライズする。このように同性愛者たちは、雑誌から学んだ変態性欲論を通じ、同性愛者たる己を「自覚」したことで、この理論が同性愛に対して持っていた暴力性を、わざわざ自分自身に突きつける羽目に陥ってゆくのである。

この時代に、同性愛者たちに圧迫を感じさせていたパラダイムは、変態性欲論だけにはとどまらない。より日常生活に近いレベルにおいても、同性愛は様々な軋轢を引き起こす原因となり得ていた。無名生の「異性に対するやうならば子孫や何かのこりますが、なんの欲求もありませんから困つてしまひます[28]」という発言や、何も知らない両親から結婚の圧力を受け続ける天紅生が、いっそカミングアウトすべきか否かで苦悩する姿からは[29]、「家」制度の問題もまた、彼らには不可避なものとしてあったことが浮かび上がってくる。前者は、同性愛が「子孫」の生産に寄与しないことで、後者は、結婚制度に適合できないことで、「家」を担う男子の責務を果たせず、そのことで周囲からの強いプレッシャーを感じざるを得ない状況にあったのである。

ところが、一連の投書において、最も厳しく同性愛者を糾弾した、異性愛者TK生の投書が批判したのは、別に同性愛者が「子孫」を作れないことではない。その批判の中心はいわば「愛情」の問題だった。TK生にしてみれば、「妻を有してゐてその妻に熱烈な愛を与へられず、他に不自然な愛を得んと悶えて居られるは許容し難い罪悪」[30]であった。同性愛者間の恋愛関係は、自分の知る限り「純潔な云はゞ一般に言ふ親友関係」にとどまらず、「必ず肉体関係に及んでゐる」。「となると自ら妻に対する愛情に缺陥が生じて来る」のは必然である以上、同性愛とは批判されてしかるべき指向であった。[31]

ＴＫ生の議論では、一夫一婦間の「愛情」を通じた結合関係を、絶対のものとして理想視する。結果、そこに適合し得ない同性愛者たちは「許容し難い罪悪」の典型として構築されてしまうのである。こうした、ＴＫ生による同性愛者批判の思想的背景を考えてみれば、一つは明治期以降に導入された、相愛の一夫一婦を基礎とする、西洋的（ピューリタン的）な理想的家族像の影響が挙げられよう。[32]

さらに、もう一つ重要な思想的背景として、明治後半期から台頭してきた、「家庭」イデオロギーの問題を考える必要がある。牟田和恵によれば、近代という時代において、家族はその構造を大きく変容させたのだという。その要因として牟田が挙げるのは、「国民国家形成」と「産業化」の二点である。近代期における「国民国家形成」は、個々の人間の究極的な管理権を、それ以前の共同体や親族から、国家に移行させるものであった。それに伴い、家族は私的で弱体なものへと変化し、情緒的で閉鎖的な一単位として成立することになる。さらにその上で展開していった「産業化」の波は、人々の生活領域と生産領域を切断してゆく。結果として家族は、良質な労働力再生産のための慰安と愛情の場、すなわち「家庭的」であることを要請されたのである。[33]

この時期の夫婦や家族を取り巻く、こういった状況を踏まえるならば、ＴＫ生の「愛情」への強いこだわりが、単に彼個人の嗜好の問題だったのではなく、当時台頭しつつあった新たな社会的倫理を、忠実になぞったものだったことがわかる。そして、看過してはならないのは、その際の「愛情」が、あくまでもヘテロセクシズム（異性愛至上主義）に基づくものであったことだ。「愛情」を社会的倫理の基盤として絶対視する、ＴＫ生の議論を素直に敷衍するならば、論理上、ある人物の「愛情」が唯一の人物に集中し固定化している限りは、それが異性に対してであろうが、同性に対してであろうが問題とはならないはずだ。つまり、単に「愛情」を重視するというのならば、同性愛者間の「愛情」ある結婚も認められるべきであろう。だが、ＴＫ生にとっては、同性愛者間の「愛情」とは、異性愛夫婦の「愛情」を破壊する「罪悪」以外の何物でもなかったし、そうした固定化された観点からは、同性愛者が排除されている結婚制度自体を批判的に捉え直すという発想は、当然あらわれることはなかった。彼の議論の根底には、無意識的な前提としてのヘテロセクシズムが存在し、その範疇外にある同性愛者間の「愛情」は、何の価値も認められなかったのである。

5　同性愛者の連帯への希求

ここまでの分析で明らかなように、この時期の同性愛者を取り囲む諸言説は、極めてネガティヴな同性愛イメージを生産するものであった。また『変態性欲』も、そうしたネガティヴなイメージの生産に結果的に寄与していたことも間違いない。では、同性愛者たちは一体何の利益があって、この雑誌への投書をし続けたのであろうか。

同性愛者たちの投書動機を、一連の投書の文中から抽出してみれば、大きく分けて二つの希望にまとめることが可能である。一つは〈どうにか同性愛の治療法を知りたい〉、もう一つは〈この苦しみを他の人間に理解してもらいたい〉という希望である。前者の希望についていえば、先の田中香涯の論述からも明らかなように、この雑誌の議論が、変態性欲論に依拠する以上、決して叶えられるものではなかった。しかも、香涯に同性愛の治療についての相談を持ちかけてきた、それぞれの投書に対して、誌上では何のコメントも付けられてはいない。そこにはただ、一方的な投書者の問い掛けが残されるのみだった。つまり、『変態性欲』における投書は、問題の解決どころか、そもそも相談としての体裁すら成していなかったのである。

それでは、後者の希望は叶えられていたのか。こちらの希望の場合、一見すると、部分的にそれが叶えられているようにもみえる。実際、同性愛者への同情的なまなざしというのが、この時代に全く無かったわけではない。同性愛者批判を展開していたＴＫ生もまた、「私は他の多くの人達のやうにこの君の現在の苦悩を無気《ママ》に卑しむものでは無い[34]」といい、同性愛者への同情の念をあらわしていたのである。だが、同性愛者たちの投書がおかれたコンテクストを考えると、それらの同情が、同性愛者たちに救いをもたらすものではなかったことがみえてくる。例えば、同性愛者の投書と同じ号には、同性愛を〈科学的〉に論究した論文が掲載されていた[35]。またそれらの投書は、先にも触れたように、何の解説も返答も付けられることもないまま、論文と論文の合間にはさみ込まれるように載せられた。こうしたコンテクストを踏まえれば、『変態性欲』誌上において、同性愛者の投書は他の同性愛論文と並列的に受容されることで、ほとんど性的倒錯者の標本として機能していたことが推察されるだろう。J・O生の最初の投書は、おそらく香涯によってであろう、「男子同性愛の一実例」と題されたが、まさに的確な標題であったといえる。そのような条件下では、J・O生の「科学的な立場から離れて、此の不幸に生まれて来た自分を憐れんで下さい[36]」といった願いは、真に果たされるはずもなかった。

さらに、誌面からそのホモフォビック（同性愛嫌悪的）な同性愛認識を吸収し、それを展開することで自己認識を形成してきた同性愛者たちは、投書において自らを語れば語るほど、それは自己卑下や自己嫌悪へと陥ってしまう。同性愛者であるA生は、同性婚さえ認められれば「悩める多くの人々を救ひ、社会の有用なる一員となすことが出来ますと同時に、他の人々を彼等［＝同性愛者］の誘惑から救ふことが出来る[37]」と論じる。被差別者自身にとっても、同性愛者とは、社会的に無用どころか有害な存在として認識されつつあったのである。

『変態性欲』への一連の投書の分析を進めてみると、この時代の同性愛者たちが、どのようにあがいても逃れられないようなロジックの抑圧下にあったようにもみえてしまう。同性愛への差別的なまなざしを批判しようにも、そのような差別的同性愛者論に拠ってでしか、自らの存在を確認できないという皮肉な現実が、そこには立ち塞がっていたのである。基本的に、同性愛者たちの自らを語る言葉は、他者である専門家の手のなかにあった。

しかしその一方で、一連の投書も終盤ともなると、それまでのものとは傾向が異なる発言が登場し始めてくる。一連の投書の発端を作ったJ・O生は、『変態性欲』二巻五号に掲載された、その二回目の投書の末尾を次のように締めくくっている。

桜咲く四月も近づきました。此の満たされざる悩み、此の遂げられざる望に苦しむ人と、せめて桜散る一と夜を語り明かしたらば、此上なき慰安にもなりませうものを。

歌にはなつて居ませんが、四五年前の日誌の中に書き残して居た腰折れの中から、二つ三つ御目にかけます。[38]

こう述べたJ・O生は、この引用部分に続いて、「小火鉢に残る煙草の吸殻を／焼きつ、思ふ友の濃き眉」といった、同性愛を主題とした短歌六首を詠じている。前々号の二巻三号には、TK生から自らへの批判が再度掲載されており、今回の投書では、それに対する何等かの応答を示しても不思議ではないのだが、J・O生はそうはしなかった。J・O生がこのような姿勢を選択した背景には、彼の投書が、誰に向かって発信されるものだったのかが関係していると考えられる。一回目の投書は、香涯の解説が示すように、J・O生がその苦悩を、専門家である香涯に相談したものであった。だが、今回のJ・O生の投書が語りかけたのは、先に挙げた「此の遂げられざる望に苦しむ人と、せめて桜散る一と夜を語り明かしたらば、此上なき慰安にもなりませうものを」という記述が示すように、香涯というよりも、この雑誌を愛読している他の同性愛者たちではなかったか。つまり

Ｊ・Ｏ生は、今回の投書を通じて、誌面を一種の自己表現の場、または同性愛者間のコミュニケーションの場として流用していったと考えられる。

投書を通じた誌面の流用は、同時期には他の投書にもあらわれ始めていた。ＹＫ生の「容易に求め得られない同性を漸く手にする事が出来ても、すぐに去られてしまふ私の苦しみは、本誌の愛読者諸兄の中、誰かが必ず御察し下さる事と存じます。せめて此の不自然な、悲しい同性愛者に一言でいゝから、暖かい御言葉を戴きたう御座います[39]」という記述にも、Ｊ・Ｏ生の投書同様に、投書を他の同性愛者たちへの語りかけの場、もしくは感情を共有する場にしようとする志向が読み取れよう。

ただし重要なのは、これら投書行為を通じて求められているものが、現実的な出会いではないことだ。その点において、戦後あらわれた会員制同性愛雑誌などの読者欄とは、位相を異にしているといえる[40]。この時期の同性愛者たちの投書では、より想像的なレベルでの同性愛者同士の連帯が希求され、ある共同体が立ち上げられようとしていたことがうかがえる。

6　想像的共同体の可能性と限界

ここまでの議論を踏まえ、大正期の同性愛者イメージが、いかなるものだったかをまとめれば、それは①遺伝的欠陥に基づく、生まれながらの異常を有し、②不可避に家族をめぐる道徳を侵犯する逸脱者であった、といえるだろう。それらの特性は、科学や「近代家族」規範といった、近代社会の新たな道徳律に真っ向から対立するものであり、ゆえに強い批判・嫌悪の対象となった。だがより正確には、新たな道徳律に対立するものとして、同性愛者のイメージが恣意的にみいだされていったと考えたほうが、実態に近いように思われる。事実、同性愛者への否定的イメージを裏付けるロジックは、いつでも批判する側にその矛先を反転し得る可能性を持つ。例えば、①の遺伝的欠陥についていえば、一般の人々はその有無を自分では証明することはできない。遺伝の問題は科学的、つまりは客観的であろうとする以上、常に他者である専門家によって診断されざるを得ない。また、②の家族をめぐる道徳についていえば、配偶者を愛さず、不倫関係に陥る人間は、それこそどこにでもいる。結局は、いつ何時〈正常なわれわれ〉が、逸脱者へと転落してもおかしくはないのだ。ゆえに、人々が己の正常を主張するには、自らと逸脱者との距離を不断に監視し、その正常を証明し続けなければならない。

繰り返し同性愛者批判を展開したＴＫ生は、それぞれの投書の最後に「是［＝同性愛者の結婚問題］には聊か愚見も持つてゐますが、然しそれは一応君［＝同性愛者Ｊ・Ｏ生］の心理の神髄を猶徹底的に訊かなければ申し上げられません[41]」、「一部の人［＝同性愛者］から再度御怒りを受けねばならないかも知れないが、反駁があればそれだけ多くの人より、其の心理状態を伺ふことが出来るので、誠に喜ばしく思ふ次第であります[42]」と述べている。この記述から明らかなように、ＴＫ生が同性愛者たちに議論を持ち掛けたのは、彼らの心理の告白を誘い出すためであった。ここで注意が必要なのは、暗に同性愛者の心理のみが語るべきものとされている点だ。ＴＫ生の投書は、「愛情」を基準としたそのロジックを何ら変えることなく、批判を繰り返してゆく。そこには、対話による変化や発展は、ほとんどみることができない。彼の表明していた、他者たる同性愛者の心理をより深く解しようという目的意識とは裏腹に、それは実質的には、〈異常〉を批判するという行為の反復を通じ、自己の〈正常〉さを確認し続けようとする試みだったともいえるのではないか。

では、このような状況下で現れた、同性愛者たちの想像的共同体の萌芽が持つ意義を、どう考えるべきか。それは、同性愛者たちの主体化をめぐるポリティクスの問題として捉えられないだろうか。

ここで参考としたいのは、ジュディス・バトラーが展開した主体化のメカニズムをめぐる議論である。法の「呼びかけ」に対して、「振り向く」という行為のなかでこそ、人間の主体化／隷属化が成立するとした、ルイ・

アルチュセールの「呼びかけ」理論に対し、バトラーは次のような再解釈を試みている。バトラーは、「呼びかけに応えて振り向く者は、振り向けという要求に応えているわけではない。振り向くことはいわば、法の「声」と、法によって呼びかけられる者の応答性の両方によって条件づけられている行為である」[43]といい、「呼びかけ」による主体形成が、命令する法とそれを受容する人という一方的関係ではなく、あくまでも法と人の相互関係のなかで成立することを強調する。つまり、「呼びかけ」を通じた人の主体化という現象は、アルチュセールの議論と比して、より能動的な反応として捉え直されている。では、人が法に「呼びかけ」られた瞬間、その場では何が起こっているというのか。バトラーは、そこには自己存在の確立に対する激しい《passionate》希求——それは不可避に、服従の受苦《passionate》をも伴う——が作用している。だからこそ人は「振り向く」のだ、という。

　このバトラーの指摘は、本章の議論に大きな示唆を与える。同性愛者たちの投書もまた、権力（法）の内面化による一方的な服従の結果だったのではなく、そこには自らの主体化をめぐる強い欲望が反映していたと考えるべきなのではないか。そう考えて初めて、いくら語れども決して救われることの無い投書を、多くの同性愛者たちがし続けた理由が説明可能となる。投書を通じて告白することが、たとえ極めてネガティヴな同性愛者イメージと社会的な差別を引き受けることを意味するとしても、投書者たちは自らの主体化と、そしてそれに伴う受苦を欲望し続けたのだ。

　一連の投書の終盤に現れた、同性愛者たちの想像的共同体の萌芽もまた、こうした主体化をめぐる激しい欲望によって生み出された一つの到達点であったといえる。興味深いのは、それが雑誌上に展開された同性愛をめぐる抑圧的な諸言説のただなかで、同性愛者であることの、もしくはであるがゆえの可能性を希求するものであったという点だ。バトラーは、人が有する激しい《passionate》希求の潜在的な力について次のように指摘する。「［法による］呼びかけの失敗は、呼びかけの作用を可能にもするまさにその激しい《passionate》愛着のうちに見出されるはずである」[44]。このヴィジョンに依拠するならば、誌面を自己の欲望に合わせ流用することで生まれ出た想像的共同体の萌芽とは、過剰なまでの自己存在確立への愛着が生んだ、権力（法）の「失敗」の一つのモデルであったともいえよう。

ただし、こうした同性愛者たちの想像的共同体が現実の状況のなかで、どれだけの有効性を持ち得たかという点では、多くの限界があったことは確かだ。田中香涯は、先にも挙げた『変態性欲』二巻六号の自分のコメントを最後に、同性愛者の投書掲載を止めてしまう。香涯自身は明確には語っていないが、その理由としては、このコメントで同性愛の治療が不可能であることを断言した以上、香涯への相談および要望が主な内容であったそれらの投書を載せる必然性がなくなったということが、一つ考えられよう。だが、掲載打ち切りのタイミングを考慮に入れれば、別の理由も推測できる。それまでの同性愛者たちの投書が、一種の標本として機能するものであったことは、すでに指摘した。しかし、打ち切り直前の彼らの投書は、自己の欲望に合わせるかたちで誌面を流用することで、そうした『変態性欲』の枠組みを勝手に組み替え始めてしまった。つまり投書欄は、香涯の統御できない方向へと進み出していたのであり、それは雑誌主幹である彼にとって、到底見過ごすことのできない事態であったろう。掲載の打ち切りとは、香涯による同性愛者たちの議論の監理が挫折した結果だったのではなかったか。

そしてそれは同時に、同性愛者たちから、誌面という議論を現前させるための物理的基盤を失わせることにもなった。この結末が示すように、ここでの想像的共同体は、雑誌という下部構造から自由であったわけではない。その共同体幻想もまた、全ての同性愛者に共有可能なものではなく、『変態性欲』という医学論文が載るような専門誌を講読できる層に、限定されていたとも考えられよう。本章でとりあげた一連の議論の顛末には、この時代の同性愛をめぐる議論が到達した可能性とともに、その限界もまた、強く刻印されているのである。

本章の冒頭で触れたように、これまでの同性愛者の歴史研究において、近代は同性愛者が〈逸脱者〉への「転落」を余儀なくされた時代であったことが強調されてきた。このように、構築主義的な方法論を単純に当てはめたのでは、同性愛者にとって近代は、極めて閉塞的な時代でしかなかったことになる。またそれは、この時代の同性愛者を、か弱い被害者というネガティヴなステレオタイプに押し込めてはしまわないか。こうした図式が敷延されれば、閉塞的な近代から解放されつつある現代へといった、あまりに素朴な進歩史観を増長させ、根強く残るホモフォビアや、それに対する同性愛者自身の抵抗への軽視を招きかねない危険性がある。同性愛者たちの激しい《passionate》希求を丁寧に解析し、それがもたらす種々の「失敗」と共に掬い上げてゆくこと。そこからは、多くの限界とともに、近代的な権力構造が生み出す〈性〉をめぐる規範を、換骨奪胎してゆくような政治的可能性もまた、新たに探ってゆけるのではなかろうか。

【注】

（1）小暮聡子「同性婚論争は新たな公民権運動」（『ニューズウィーク日本版』二〇一三・四・九）

（2）フーコー前掲書（一九八六）に加え、『性の歴史Ⅱ　快楽の活用』（田村俶訳　新潮社　一九八六）、『性の歴史Ⅲ　自己への配慮』（田村俶訳　新潮社　一九八七）、ハルプリン、D. M.（石塚浩司訳）『同性愛の百年間』（法政大学出版局　一九九五）。

（3）現在、自然科学の立場から、同性愛を本質主義的に論じる論者も多くいる。そのなかには、ショウジョウバエのような人間以外の生物を対象とする場合もあるが（山元大輔「異性愛・同性愛を決定する神経機構の遺伝解析」（『蛋白質核酸酵素』一（五）二〇〇六）など）、そうした議論が与える社会的影響や問題性については、河口和也「「不自然な」同性愛」（『解放社会学研究』一七　二〇〇三）が詳しい。なお、科学者のなかには、ルベイ、S.（玉野真路・岡田太郎訳）『クィア・サイエンス』（勁草書房　二〇〇二）のように、同性愛者を遺伝的に決定されているという事実を認めた上で、同性愛者の権利を主張すべきとする、より戦略的な立場の論者も現れている。

(4) ベルサーニ、L.（船倉正憲訳）『ホモセクシュアルとは』（法政大学出版局　一九九六）五‐六頁

(5) 赤川学『構築主義を再構築する』（勁草書房　二〇〇六）

(6) セジウィック、E. K.（外岡尚美訳）『クローゼットの認識論』（青土社　一九九九）

(7) セジウィック前掲書　一八頁

(8) 村山敏勝『（見えない）欲望へ向けて』（人文書院　二〇〇五）

(9) 日本における、同性愛の歴史的研究の嚆矢と呼ばれる岩田準一の研究（『本朝男色考』）では、男色文化についての分析が展開されている。また、男色文化と武士道との関わりについては、氏家幹人『武士道とエロス』（講談社　一九九五）によって詳しく論じられている。近年では、幅広い時代を対象とした歴史的研究がなされており、近代期については古川誠（「セクシュアリティの変容」（『日米女性ジャーナル』一六　一九九四）、「近代日本の同性愛認識の変遷」（『季刊女子教育もんだい』七〇　一九九七））が、戦後期については伏見憲明『ゲイという［経験］』（ポット出版　二〇〇四）や、村上隆則・石田仁「戦後日本の雑誌メディアにおける「男を愛する男」と「女性化した男」の表象史」（『戦後日本女装・同性愛研究』中央大学出版部　二〇〇六）が詳しい。

(10) 古川前掲論文（一九九四）

(11) フーコー前掲書（一九八六）

(12) 本章で扱った『変態性欲』への投稿に限っていえば、ほぼ「変態性欲」コードによって自己規定しており、「男色」コードの明確な作用はみいだせない。そこには自らを〈異常〉とする眼差しが常に存在するが、それへの抵抗として「男色」ゆえの「美」が持ち出されることはない。だが一方で、同時代の文学、例えば谷崎潤一郎や山崎俊夫といった作家の作品では、「美」や「純粋さ」の象徴であると同時に、性欲の対象でもあるような少年の表象を確認することができる（谷崎潤一郎「少年」（一九一一）や山崎俊夫「雛僧」（一九一六）な

ど)。社会全体でみれば、「男色」コードと「変態性欲」コードの併存という、古川の指摘は妥当であるといえよう。

(13)古川前掲論文(一九九七)四九頁

(14)古川前掲論文(一九九七)三六頁

(15)古川前掲論文(一九九四)四八頁。なお古川の論文では、J・O生は「T・O生」と表記している。雑誌『変態性欲』の原文では、ここの投書者名がT・O生となっているが、他の記事中ではJ・O生と呼ばれていることから、どうやらTはJの誤植であったと考えられる。本章では、混乱を避けるため、表記をJ・O生に統一しておく。

(16)近代日本における女性同性愛の問題を考える場合には、女学生文化の問題などを避けて通れない。女学校や寄宿舎といった、ある種の閉鎖空間が女性同性愛のイメージ形成の問題とどのように関わるかは、浅野正道「やがて終わるべき同性愛と田村俊子」(『日本近代文学』六五 二〇〇一・一〇)を参照のこと。

(17)田中香涯(一八七四-一九四四 本名:祐吉)。大阪大学医学部の前身、大阪医学校本科を一八九四年に卒業。病理学教室の助手となる。台湾総督府医学校や京都帝国大学第二医科大学へも出向。一九一四年まで府立高等医学校で病理学の教授をつとめる。東大とは違う系列の傍流アカデミズムに属していたが、医学校の経営・政策問題で主流派と意見を異にし、辞職。在野の研究家、執筆家として後半生を送った。(斎藤光「解説 学術的と壊乱的の間――『変態性欲』と田中香涯」(『変態性欲』解説・総目次』不二出版 二〇〇二)参照)

(18)不具の男「同性愛について」(『性』二(四) 一九二〇・四)四七頁、KS生「読者欄」(『性』三(四) 一九二一・四)二三三頁、相当身分ある者「読者欄」(『性』三(四) 一九二一・四)二三三頁

(19)相当身分ある者前掲文 二三三頁

(20)J・O生「同性愛者より」(『変態性欲』二(五) 一九二三・五)二四一頁

(21)TK生「同性愛者J・O生君に呈す」(『変態性欲』一(七) 一九二二・一一)三三六-三三七頁

(22)天紅生「反逆者の叫び」(『変態性欲』二(一) 一九二三・一)四七頁

(23)田中香涯「女性的男子」(『変態性欲』二(二) 一九二三・二)、「執筆を終へて」(『変態性欲』二(六) 一九

二三・六）
(24) 田中前掲文（「執筆を終へて」）二八六頁
(25) 失名「光を与えよ」（『変態性欲』二（四）一九二三・四）一九一頁
(26) 田中前掲文（「執筆を終へて」）二八六頁
(27) ＹＫ生「同性愛者の苦しみ」（『変態性欲』二（五）一九二三・五）二三八頁
(28) 無名生「同性愛者の悩み」（『変態性欲』二（三）一九二三・三）一三四頁
(29) 天紅生前掲文
(30) ＴＫ生前掲文　三三七頁
(31) ＴＫ生「男子同性愛者の結婚に就いて」（『変態性欲』二（三）一九二三・三）一三九頁
(32) 近代日本の理想的家族像については、上野千鶴子『近代家族の成立と終焉』（岩波書店　一九九四）、川村邦光『性家族の誕生』（筑摩書房　二〇〇四）を参照。
(33) 牟田和恵『戦略としての家族』（新曜社　一九九六）
(34) ＴＫ生前掲文（一九二二）三三七頁
(35) 田中香涯「同性愛に関する内分泌の学理に就いて」（『変態性欲』一（五）一九二二・九）、同前掲文（「女性的男子」）
(36) Ｊ・Ｏ生「男子同性愛の一実例」（『変態性欲』一（五）一九二二・九）二四二頁
(37) Ａ生「『女性的男子』を読んで」（『変態性欲』二（三）一九二三・三）一三〇頁
(38) Ｊ・Ｏ生前掲文（一九二三）二三七頁
(39) ＹＫ生前掲文　二三九頁
(40) 戦後のゲイ・ミニコミ誌として最初に登場した『アドニス』には、「文通欄」が用意され、同人たちの出会いのシステムとして機能していた。なお、このシステムは後に『薔薇族』に引き継がれ、現在のゲイ雑誌にもみることができる（伏見憲明『ゲイという［経験］』（ポット出版　二〇〇四）参照）。
(41) ＴＫ生前掲文（一九二二）三三七頁

（42）ＴＫ生前掲文（一九二三）一三九頁
（43）バトラー、J.（井川ちとせ訳）「良心がわたしたちを皆主体にする」（『現代思想』二八（一四）二〇〇〇）八四-八五頁
（44）バトラー前掲論文　九八-九九頁。なお、引用元ではルビを「パッショネイト」と表記。

第Ⅲ部 「変態」の〈商品〉化——エロ・グロ・ナンセンスの時代——

第8章 エログロへの〈転向〉

――梅原北明の抵抗と戦術――

1　エログロの帝王・梅原北明

日本の都市文化は一九二〇年代から三〇年代、特に関東大震災後の復興を経た昭和期初頭には、それまでにないような盛り上がりをみせてゆく。東京でいえば、銀座の隆盛に加え、新宿のような新興の盛り場も台頭を始め、それまでとはひと味違った〈モダン〉な都市体験を人々に提供しつつあった。

そして、そのような時代相の変化のなか、人々の欲望はこれまでにない新奇な刺激へと向かってゆく。夜の街をネオンサインで彩るカフェでは、女給の濃厚なサービスが繰り広げられ、浅草の舞台には、若い踊り子達の脚線美を一目見ようと青年達が群がった。また、そうしたエロティックな刺激と歩調を合わせるように社会の表層に噴き出してきたのが、グロテスクな刺激の数々であった。新聞や雑誌では入れ替わり立ち替わり猟奇的な事件が紹介され、ときにはバラバラ殺人事件の現場が「猟奇新名所」として賑わいをみせたりする。(1)

江戸川乱歩が登場し、人気を博したのも、まさにこの時期であった。事件の核心に「残虐色情者」と「被虐色情者」の「狂態」を置く「D坂の殺人事件」（一九二五）や、四肢を失ったうえに、聞くことも喋ることもできなくなった廃兵と、それを「一個の大きな玩具」とみなして自らの肉欲を満たす妻の凄惨ともいえる生活を描いた「芋虫」（一九二九）。これらのエロティシズムとグロテスクが横溢する作品群は、単に乱歩という一作家の個人的嗜好によってのみ生み出されたのではない。そこには確実に、同時代の社会に満ちた奇態な欲望がなだれ込んでいたのである。(2)

また、前時代までの感性では理解できないような、この時期特有の傾向としては、ナンセンスの流行も見逃すことができない。軽妙だがほとんど内容の無い会話や、馬鹿げた冗談によって組み立てられたナンセンス文学が台頭し、浅草の劇団カジノフォーリーはアチャラカと呼ばれるドタバタ喜劇で一世を風靡した。

図表 8-1　変態十二史一覧

巻号	題名	著者	出版年	備考
第 1 巻	変態社会史	武藤直治	1926	
第 2 巻	変態芸術史	村山知義	1926	風俗禁止で発禁
第 3 巻	変態見世物史	藤沢衛彦	1926	
第 4 巻	変態人情史	井東憲	1926	
第 5 巻	変態広告史	伊藤竹酔	1927	
第 6 巻	変態刑罰史	澤田撫松	1926	
第 7 巻	変態商売往来	宮本良	1927	
第 8 巻	変態仇討史	梅原北明	1927	
第 9 巻	変態崇拝史	齋藤昌三	1927	風俗禁止で発禁
第 10 巻	変態遊里史	青山倭文二	1927	
第 11 巻	変態浴場史	藤沢衛彦	1927	
第 12 巻	変態伝説史	藤沢衛彦	1926	
付録第 1 巻	変態妙文集	内海弘蔵	1927	
付録第 2 巻	変態作家史	井東憲	1926	
付録第 3 巻	変態蒐癖志	齋藤昌三	1928	

※出版者はすべて文芸資料研究会。
※藤沢衛彦『変態交婚史』も出版予定であったが、印刷中に当局によって押収。

エロ・グロ・ナンセンスと総称される当時のこうした潮流は、しばしば「不況と戦争前後の重苦しさからの逃避」として読み解かれてきた。(3) こうしたエロ・グロ・ナンセンスの歴史的意義に関わる解釈の当否の検討は、また後の章に譲るにせよ、この時期に生じた「変態」概念の変質は、まさに「重苦しさからの逃避」という表現がしっくりとくるものであった。

それを象徴的に示すのが、梅原北明が仕掛けた「変態十二史」シリーズ（一九二六－一九二八）の登場であったといえよう（図表8－1参照）。そこでは第一巻の『変態社会史』から付録三巻『変態蒐癖志』まで、一五巻すべてに「変態」という語が冠されているが、なぜ「変態」と付けられているのかが明確でないものも少なくない。企画した北明ですら、「変態仇討史」という題名で本を書くことに困惑したあげく、「こぢつければ敵討と云ふ存在は確に変態です。［中略］それに大体今も述べた如く私が、この意味に於ける［＝普通の］敵討ものに手をつけるなんて変態の骨頂なんです」[4]とぼやかざるを得ないものだったのである。ここでの「変態」はエロやグロの範疇さえもはみだして、ナンセンスという感覚と紙一重の位置にまで接近しているといえよう。

それまでの「変態」という概念は、あくまで科学的な知の一つとして流通したものであった。変態心理学あるいは変態性欲論といった、当時の先端的科学に依拠することで、社会に存在する逸脱的とされた人や現象を解釈し、ときにはその治療や改善を図ってゆくこと。少なくとも大正年間の「変態」ブームを担った、羽太鋭治らの手による変態性欲論の啓蒙書や、変態心理学の確立と普及を狙った雑誌『変態心理』が目指していたのは、そういった方向だった。ところが、北明の時代に至っては、「変態」は以前の科学や医学と結びついた内実を失い、学問としての〈重苦しさ〉を脱ぎ捨ててしまった。それは、ただ〈逸脱的なもの〉を扱っていることを示す下げ札《タグ》にすぎないようにもみえる。

しかし、この変化は時代の欲望とうまく噛み合った。「変態」は売れ筋商品として読者や出版社にもてはやされ、多くの模倣者を生み出した。そして彼らもまた、北明にならい、あらゆるものに「変態」を冠して論じ始めてゆく。そこで語られる内容は、サディズム・マゾヒズムといった変態性欲に関わるものから（「変態行為によっての犯罪」[5]）、自国の葬礼（「本朝変態葬礼史」[6]）や、江戸時代の風俗（「江戸時代の変態趣味」[7]）まで、その領域にはほとんど際限がないといってよい。大衆が「変態」を娯楽として大量に消費してゆく社会が、こうして到来したのであった。

では、この風潮の先駆けとなった梅原北明とは何者であったのか。

梅原北明（一九〇〇―一九四六　本名：貞康）は現在でも、エロ・グロ・ナンセンスの流行のなかで最も華々しく活躍した人物のひとりとして、その名を知られている。その強い個性はすでに若い時代から発揮されていた。中学時代は、学生ストライキに関わり二つの学校を退校処分にされ、卒業したのは結局三校目であった。その後、放浪期間を経て早稲田大学の高等予科に入学（一九一八）するが、両親には慈恵医大に入ったと伝えており、医学書代にすると欺いて送ってもらった金で、文学書を買い漁っていたという。しかし、その大学生活も長くは続かない。片山潜らの左翼グループに属していた友人らの影響を受け左傾化した彼は、大学を中退し関西の部落解放運動のセッツラー（settler）として活動することになる。そして関東大震災の後、東京へ戻った彼は、雑誌社や新聞社に勤務し、「北明」という筆名を使い、本格的に文筆業に従事し始める。なお、この「北明」とは「北が明るい」ことを意味し、ロシア革命への期待が込められたものであったという。

また、彼が文壇人として活躍しはじめるのも、この頃からであった。一九二四年に長編小説『殺人会社』を出版。翌年には、ジョヴァンニ・ボッカチオ『デカメロン』とアルバート・ウィリアムス『露西亜大革命史』の翻訳を出版し、文壇の注目を集めることとなった。特に『露西亜大革命史』は、その後の文壇人脈を築く大きな契機となったようだ。その出版を通じて今東光と知り合った北明は、同年に今の主催する雑誌『文党』に同人として参加。そしてこの年の末には、自らが主宰するプロレタリア文芸誌『文藝市場』を立ち上げている。

ここまでの経歴をみる限り、『デカメロン』のような好色文学の翻訳に関わりつつも、北明の軸足はあくまで左翼的な文学活動の側にあったと考えられる。ところがそのバランスは、先にも挙げた一九二六年からの「変態十二史」シリーズの刊行を契機として、エログロの側に大きく傾斜してゆくことになる。北明にとってこのシリーズを手掛けることは、売り上げ不振に陥った『文藝市場』に起因する多額の負債をなんとかするための一種の賭けであった(8)。この一発逆転を賭けた企画は「北明の心づもりでは、千五百部ぐらい注文があれば上々と思っていたのに、六千に近い申し込み(9)」があるほどに大当たりし、彼はその勢いに乗って会員制の月刊誌『変態・資料』を創刊するが、これもまた人気を博すことになる。以降、北明は当局による削除や発禁、さらには本人の投獄といった弾圧を受けながらも、『カーマシヤストラ』『グロテスク』などエログロを基調とした出版物を発行し続けていったのである。

　左傾文壇人から「エログロの帝王[10]」へ。北明のこうした極端にもみえる立ち位置の変化については、先行論でも「転向のひとつのかたち[11]」と評され、注目されてきた。ではなぜ、このような〈転向〉が生じたのか。当然、前述のような経済上の危機も大きな理由ではあっただろう。しかし、瀬沼茂樹などは「エロも、グロも、現代社会の疾患部を衝く意味では、社会主義思想と同様に、反体制的であった[12]」ことに、より根本的な原因をみている。「反体制」という、社会主義思想とエログロに共通する姿勢が両者をつないでおり、その〈転向〉には一定の合理性があったというわけだ。梅原正紀もまた「艶本出版は彼［＝北明］独特の斜に構えた反権威・反権力的姿勢からもたらされた抵抗のための手段[13]」として位置づけており、北明のエログロ出版は権力への抵抗として、これまで繰り返し評価されてきたことがわかる。

　しかし、このような議論は、ある隘路に入り込む恐れが高い。なぜならそれは、通時的にみれば国家権力によって次第に弱体化させられ、失敗してゆく抵抗だったことは否定しきれないからである。抵抗をただそうであるというだけで言祝ぐのは、一歩間違えば、ただのロマンティシズムでしかない。結果を伴わなかった挑戦を評価するのであるならば、そこから何らかの新しい可能性のようなものを掬い上げてゆく必要があるのではないか。

　したがって、北明の抵抗を論じるにあたっては、彼の活動や著述をより詳細に分析し直す作業が不可欠である。そこで本章では、北明の小説『殺人会社』の分析を通じて、彼の抵抗のありようを再確認してゆくことにする。そこでまず焦点化されるのは、このテクストが既存の思想をどのように相対化しようとしたのか、またそのために依拠した新たな思想がいかなるものであったか、である。加えて、テクストには「変態」的なキャラクターが多数登場し、物語のなかで重要な役割を担っているが、このことが北明の抵抗のありかたとどのようにかかわり合っているのかについても、注視してゆくことになるだろう。北明が小説という形式のなかで、試行錯誤しながらも編み出そうとした抵抗の〈戦術〉を析出し、その可能性を検討してみたい。

2 『殺人会社』の立ち位置

否定される諸主義《イズム》

『殺人会社(前編)――悪魔主義全盛時代』(アカネ書房 一九二四)は、北明にとっては初めての単行本であった[14]。事前検閲の結果、部分によってはストーリーがまともに追えないほどの多くの伏せ字や削除がなされたにも関わらず、結局は風俗壊乱の恐れありとされ、発禁の憂き目にあっている。そのような事情も影響してか、当初は三部作を構想していたこの作品の続編が書かれることはなかった[15]。

では、その内容はいかなるものだったのか。ある日、原稿の締切に苦しむ小説家の「僕」のもとに訪ねてきたのは、学生時代の友人の三太郎であった。ひどくやつれた様子の三太郎がいうには、いま自分はアメリカでF殺人会社(The F murder joint stock company)という秘密結社の一員としてアンダーグラウンドな仕事に従事しており、今回の帰国も明日上海へ仕事に向かうためなのだという。そして物語は、三太郎の奇怪な土産話の数々を、「僕」が夜通し聞くというかたちで進行してゆく。そこでは、会社が黒人解放運動の要人暗殺などの陰謀に関わっていたことや、そうした仕事の過程で生じた遺体の処分を兼ねて、人肉缶詰を生産して売りさばいている話などが次々と語られてゆくことになる。

この反道徳的でグロテスクな題材に満ちたテクストは、北明が左翼的な文学活動に軸足を置いていた時期に書かれながら、すでにその後の彼が進む方向を先取りしているようにもみえる。城市郎は、「北明のうちに煮えたぎっているどす黒い破壊欲、そしてまた、左翼誌を主宰する前に左翼的志向から転向?していた北明の〝イデオロギー〟を読み取ることはできる」[16]と、このテクストを位置づけている。そこに書き込まれた〝イデオロギー〟が、「どす黒い破壊欲」と呼ぶべきものかどうかはさておき、北明のその後の活動をも支えてゆくような、左翼思想に収まり切らない〈思想〉を読み取ること自体は、的を射た指摘だといえよう。

テクストをみてみると、例えばその〈思想〉は、マルクス主義への痛罵というかたちであらわれてくる。三太郎は「革命だとか、労働運動」を、「低能児の叫びたがる遊戯」（二四頁）[17]にすぎないと切って捨て、批判の矛先はさらにソビエト・ロシアにまで向けられてゆく。

> 運動が功を奏して、サベエート・ロシアのやうに彼等［＝労働者］の世界になることが出来たとしても、何の役にも立ちアしない。見たまへ今日のロシアを、彼は頗る良い標本を俺達に見せとるぢやないか。彼等は世界を代へるまでには、幾多の犠牲者を眼前に見せられた、そして幾年かの辛酸をなめて漸つと俺達の世界になつたと思つたら、何のことアない、其処には恐るべき飢饉と、疲労しきつた国土そのものが横たはつてゐただけだ。［中略］世界を代へても飢饉を招くやうなら、始めからやらないのが増しだ。（二六－二七頁）

一見すると、ただの反左翼的な批判のようだが、ここは三太郎自身が元は「猛烈な闘士の一人として数へられた程」（二六頁）労働運動に入れ込んでいた人物だったことを、踏まえて読むべき箇所である。かつて全力を傾けた運動には、日本の社会を変化させるほどの力はなかった。さらに、ロシア革命という〈成功例〉でさえ、実際には労働者たちに幸福な社会をもたらしてはいない。悲惨な現状を前にして、それらの運動や主義《イズム》は何の役割も果たしていないのではないか。三太郎の強い苛立ちの背景にあるのは、理論そのものに対する反発なのではない。あくまで、こうした運動や主義《イズム》に実効性が欠如していることに対する幻滅なのだ。

したがって、三太郎の批判は左翼的な主義《イズム》だけにとどまらない。それは皇室中心主義への批判というかたちでもあらわれてくる。一二章の「お礼が横鬢だ」をみてみよう。

ある日殺人会社に、排日運動を推進する労働団体のリーダーが来訪し、彼等の手によってすでに監禁してある、排日反対派の日本人闘士二人の殺害を依頼してきた。国際的非難を避けるためには、それが秘密裏に行われる必要があり、その処分をプロに任せたいとのことであった。しかし、ビジネスライクな態度でその話を聞いていた黒装束の受付係が、実は三太郎だったのである。姿かたちを隠す黒装束のせいで、依頼主は受付係が日本人だとは気がついていなかったのだ。近年の排日運動に「やくざなうちにも［中略］民族的な興奮」（傍点本文 一二〇頁）を抱いていた三太郎は、団体の卑怯な作戦に怒りを禁じ得ない。仕事を快諾したふりをして依頼主に代金の小切手を書かせたのち、落とし穴のトラップでそのまま殺害してしまった。

厳罰を覚悟した三太郎であったが、上司は意外にも彼の行動を不問とした。小切手を取ってある以上、会社の利益は確保されており、万事問題はなかったのである。

三太郎は、すぐに監禁された日本人二人の救出に向かう。しかし、助けられた側の反応は意外なものであった。彼等によれば、「俺は陛下の赤子である。［中略］奴等の不法監禁を輿論に訴へねばなら」ず、「俺達の生命を棒に振ることによつて、俺達は彼の無礼なアメリカ征伐の火蓋を切らねばならなかつた」（一三〇-一三一頁）のだという。あげくの果てには三太郎を「売国奴」と呼び、殴りつける始末であったが、これには三太郎も堪忍袋の緒が切れ、二人を射殺し人間缶詰の原料として工場へと送ってしまったのだった。

三太郎によれば、日本人が排斥されるのはこんな「国家に心配させることをもつて、得意とし」、「其れが皇室中心主義の本領」と考える人間が多いからだという。三太郎は「どうも世界に小供が多くつて困るもんだ」（一三二頁）と嘆いてみせるが、民族主義的な感情が先走り、守ろうとする自民族を逆に危機に陥れるような近視眼的な判断しか下せなくなっているという点でいえば、確かに闘士二人は「小供」的であるといえる。

だが考えてみれば、三太郎もまた「民族的な興奮」にかられ、依頼主を感情にまかせて殺してしまっていたのではなかったか。今回は助かったものの、一歩間違えたら会社から処刑されてもおかしくはない。つまり、強い民族主義的な信念とそれがもたらす近視眼的な思考という傾向は、それまでの三太郎にも当たり前のように共有されていたものだったはずだ。ところが彼は、役に立たないとなれば、それまでの自分の信念に近しい主義《イズム》ですら、手のひらを返したように批判の対象にしてしまう。

ここまで、三太郎によって、左右それぞれの有力な主義《イズム》が次々と批判の俎上にあげられてゆく様子を確認してきた。そのどこか焦りすら見受けられる攻撃的な姿勢からは、現状に対する強い危機意識が読み取れるだろう。ならば、それまでの諸主義《イズム》の圏域を超えようとする三太郎、あるいはこのテクスト自体は、どのような思想的立場から世界を捉え直そうとしているのだろうか。

アナーキズムとの類似と相違

三太郎の思想的立場を考えるにあたり、まず押さえておかなければならないのは、同時代に左右両方の有力な主義《イズム》に対する批判を試みていたのが、このテクストのみではなかったということである。例えばアナーキズムなどは、こうした動きを最も先鋭的に体現したものの一つであった。興味深いことに、当初は片山潜の影響下にあった北明も、一九二〇年頃にはアナルコ・サンジカリズムにひかれるようになっていたという。(18)『殺人会社』の急進的にみえる姿勢も、まずはそうした大きな潮流のなかで考えてみる必要があるだろう。

その一九二〇年前後のアナーキズム運動だが、それを語ろうとするならば、大杉栄の名前を避けるわけにはいかない。一九二三年には、関東大震災の混乱に乗じて虐殺されるという不幸な出来事に見舞われるとはいえ、この時期のアナーキズム運動における彼の影響力は、他の理論家を圧倒していたことは間違いない[19]。

そして大杉もまた、ロシア革命や民族主義といった左右の有力思想を、繰り返し批判し続けていた。彼にとってロシア革命とは、〈労働者革命〉への裏切りでしかない。中央集権による強固な支配を目指す、ボルシェヴィキ政府に牛耳られたロシア革命は、「無産階級の独裁の名のもとに、一たん解放された労働者や農民を再び又前にも増した奴隷状態に蹴落[20]」すだけである。労働運動を「労働者の自己獲得運動、自主自治的生活獲得運動[21]」と定義し、そこでの闘争が人々を従属的存在から自由な主体的存在へと生まれ変わらせる契機になると期待していた彼には、共産党による「指導」によって管理される革命のあり方は、とても受け入れられるものではなかった。

こうした、権力関係に対する大杉の鋭い洞察は、民族主義への批判にも同様にみてとることができる。大山郁夫の議論をたたき台に展開した、大杉の民族主義批判[22]を確認してみよう。大杉論に先行する論文[23]において大山は、民族を規定するのは、人種・言語・宗教などではなく、共同の文化・伝統・歴史といった精神的諸要素であると述べている。こうした共同文化に依拠する民族主義は、それを脅かす外来征服者の羈絆や内部の特殊階級による圧制に反抗する。大山は、民族主義の性質をこのように定義した上で、そこに民主主義を実現する可能性をみるのである。

大山の議論も、民族を安易に本質化したり絶対視したりする保守的議論とは、質を異にしている。しかし大杉は、民族概念に対するこのような楽観を一蹴してしまう。そもそも「大和民族の天降り以来連綿として立派な専制主義的政治生活を送って来たわれわれ」に依拠できる「共同伝統」など残されていない。資本家階級と労働者階級という「利害関係のまったく相反する両極階級を含む一社会の中に、共同の文化、［中略］共同の栄辱感情、なぞが本当にある筈はないのである。もしあるとすれば、それは瞞着され強制された妄想」なのだという[24]。

つまり、大杉にとって問題なのは、民族という概念を支える欺瞞的な「共同」感であった。それは何ら実体のない「妄想」でしかないにも関わらず、天皇や資本家といった支配者による専制が存在することを隠蔽し、被支配階級の人々にさえ一体感を与えてゆく。(25) 大杉が見据えていたのは、「共同」といった口当たりの良い言葉が、それゆえ容易に欺瞞の手段へも転じてしまうという、危うい両面性であったといえよう。

これら左右にわたる大杉の批判をみてみると、もとは抑圧に抵抗するためにあったはずの運動や主義《イズム》が、遂行されてゆくなかで無自覚なまま生み出してしまう、新たな抑圧構造に敏感に反応していることがわかる。おそらく、彼の社会的不平等を生み出す権力関係に対する強い問題意識に加え、国家や社会といった〈全体〉よりも、まず個々人の充足や主体性の確立を尊重する姿勢が、そのような一歩踏み込んだ観察を可能としているのであろう。

こうした大杉のアナーキズムと三太郎の思想を比較してみると、重なる部分も少なくはない。三太郎はロシア革命批判の一環として、次のような自説を述べる。

人類の幸福だとか、平和とか、糞面白くもない。其麼《そんな》理屈は一切抜きだ。人の口には戸が立たぬ。俺の口も防さいで呉れるな。無茶でも何でも構はぬ。自分が自分の進む行為に対して美を感じて居れば、それで結構だ。それ以上を望む奴こそ欲の深い野郎だ。（二八頁）

ここで彼は、「人類の幸福とか、平和」といった〈全体〉の改善を志向することを止め、個々人の充足のみを追求するに足るものとして設定している。こうした〈個〉の充足を決して譲れないポイントとし、それを阻害するおそれのある主義《イズム》は左右問わずに叩いてゆくというスタイルは、まさに大杉と三太郎に共通するものだといえよう。

ただその一方で、両者は根本的な部分でずれてもいる。端的にいえば、思想の目標に大きな違いがあるのだ。大杉の議論は、〈個〉の主体性を擁護しながらも、常にそれを階級闘争のレベルへとつなぐ視点は失わない。虐げられた労働者たちに潜在する「偉大なる個人的及び社会的創造力」を自由に伸張させることで、行き詰まった「資本家社会」を乗り越える「新社会」を建設してゆくこと。この目標が彼の議論の基軸となるものであった。(26) それに比べ三太郎の議論は、既存の運動や主義《イズム》が社会の現状に対応しきれないことを指摘するが、階級の打破や新たな社会体制の構築といった着地点をもっているわけではない。前者が、〈全体〉の抜本的な改革にもつながりえる要素として〈個〉を位置づけ、尊重しているのに対し、後者はそもそも〈全体〉を切り捨てるところから思考を開始しようとしている。

どうやらこのテクストは、同時代のアナーキズムと近い思想的位置にありながらも、単純に大杉的枠組みの再生産を行ってはいないようだ。確かに、その批判のありかたは、見方によってはただ現状への不平不満を自己中心的に述べた、それこそ「小供」っぽいものにみえるかもしれない。だが、そうした批判の際にかいまみえる現状認識は、それほど偏狭なものだともいえまい。ロシア革命後の民衆の疲弊や、同時代の民族主義の台頭という問題を、批判的に捉えるべき現状として認識すること自体、相応の幅広い視野を必要とするはずだ。ならば、両者の差異は議論のレベルの高低ではなく、それぞれが社会の現状にどのような〈戦術〉で立ち向かおうとしているのかという違いが反映している、と考えるべきではないのか。

このような観点に立った上で、次節からは実際にテクストのなかから『殺人会社』がとった〈戦術〉を析出し、読み解いてゆくことにしよう。

3　模擬実験装置《シミュレーター》としての『殺人会社』

『殺人会社』のテクストを考える際、まず注目したいのは、タイトルにもなっている殺人会社という奇抜な設定についてである。最初に、三太郎による定義を参照しておこう。

普通秘密結社と謂へば、君も知つてゐる通り単なる或る種の思想団体に過ぎないのだ。所が僕達の結社に限つて思想団体ぢやないのだ。資本主義《キャピタリズム》が如何であらうが、ナシヨナリズムがくたばらうが、そんな事にはお構ひなしだ。組織そのものが金だ。コンマシヤリズムに出発してゐるのだ。［中略］秘密結社と云ふやつは、或る思想に対する反抗に燃えた思想団体であるが、俺達の結社と云ふより会社ぢや、金を出しさへすりア誰れだつて希望通りに殺してやるのだ。（ルビ・傍点本文　二三―二四頁）

ここで殺人会社は、「秘密結社」であるにも関わらず、「思想」よりも「金」を根本原理とする組織として説明されている。別の箇所でも、殺人請負は「誰れでも嫌やがる商売だけに、それだけ競争が少くていいし、おまけに金がウンと儲かる」（傍点本文　二九頁）事業として位置づけられており、確かに倫理や思想といったものよりも、「金」という言葉が象徴する市場原理のほうが優先されていることがわかる。

だとしたら、殺人会社はまさに「結社と云ふより会社」であって、わざわざ「秘密結社」と呼ぶ必要はないはずだ。それでもあえて「秘密結社」として位置づけるからには、殺人会社を「思想」を欠落させた「思想団体」という、語義的にも矛盾をはらんだ組織として表象すること自体が重要なのだろう。そのナンセンスさは、実は主義《イズム》に基づく既存の運動体へのアンチテーゼともなっていると考えられる。

三太郎の認識によれば、世の中を支配する側にいる資本家とは「欲の結晶」であり、「此奴等に正義を求めたり自由を要求したつて始まらねえ」(二五頁)存在であるという。ならば、それに対抗するには、「世の中は悪の結晶」であることを前提に、「労働者も悪魔になりアいい」(二七頁)。現状の社会では、貧富の格差は固定化し、「労働者」に代表される我々のような弱者は、常に抑圧されてゆくしかない。しかも、既存の諸主義《イズム》や運動では、閉塞した現状を変えられないことは、これまでの経験からすでに疑いようがない。ならばいっそのこと、諸悪の根源のように扱われている資本主義を、極端なかたちにまで突き詰めることで逆に活路をみいだせないのか。

殺人会社とは、まさにこうした既存の主義《イズム》からは完全に逸脱した発想の延長線上に登場する。この会社は、現在の社会を支配する資本主義(あるいはそれを先鋭化させた営利主義《コンマシヤリズム》)のルールのうち、何よりも利潤の追求を優先するという特性を、デフォルメして具象化させたような組織である。資本主義とその欲望の徹底は、果たして閉塞的な現状のなかで新しい局面を生み出すことができるのかどうか。『殺人会社』というテクストは、こうした試みの可否を検討するための模擬実験装置《シミュレーター》としての側面を持つのである。

では、閉塞的な現状と殺人会社という条件の掛け合わせのなかで、どのようなことが起こりえるのだろうか。当時の新聞広告の文句を借りれば、テクストでは「人の世にあるまじき暴虐!想像を絶する性欲の種々相!……秘密結社、虐殺横行、政治的暗殺、婦女誘拐、被虐待性淫乱症、屍姦、人間料理、人肉缶詰の輸出販売、自殺倶楽部」といった、様々な事件が展開してゆく(図表8-2参照)。広告文には刺激的な言葉が並んでいるが、「政治的暗殺」や「婦女誘拐」といったいわゆる犯罪行為に加えて、「想像を絶する性欲」「被虐待性淫乱症」「屍姦」といった「変態」的な項目が多く挙げられていることには、特に注意が必要であろう。

実際、このテクストには頻繁に「変態」たちが登場し、しかもそれぞれの章で重要な役割を担っている。会社が関わった事件でいえば、女性の足・靴・下着に執着し、窃盗を繰り返すユダヤ人フェティシスト(一四章)や、

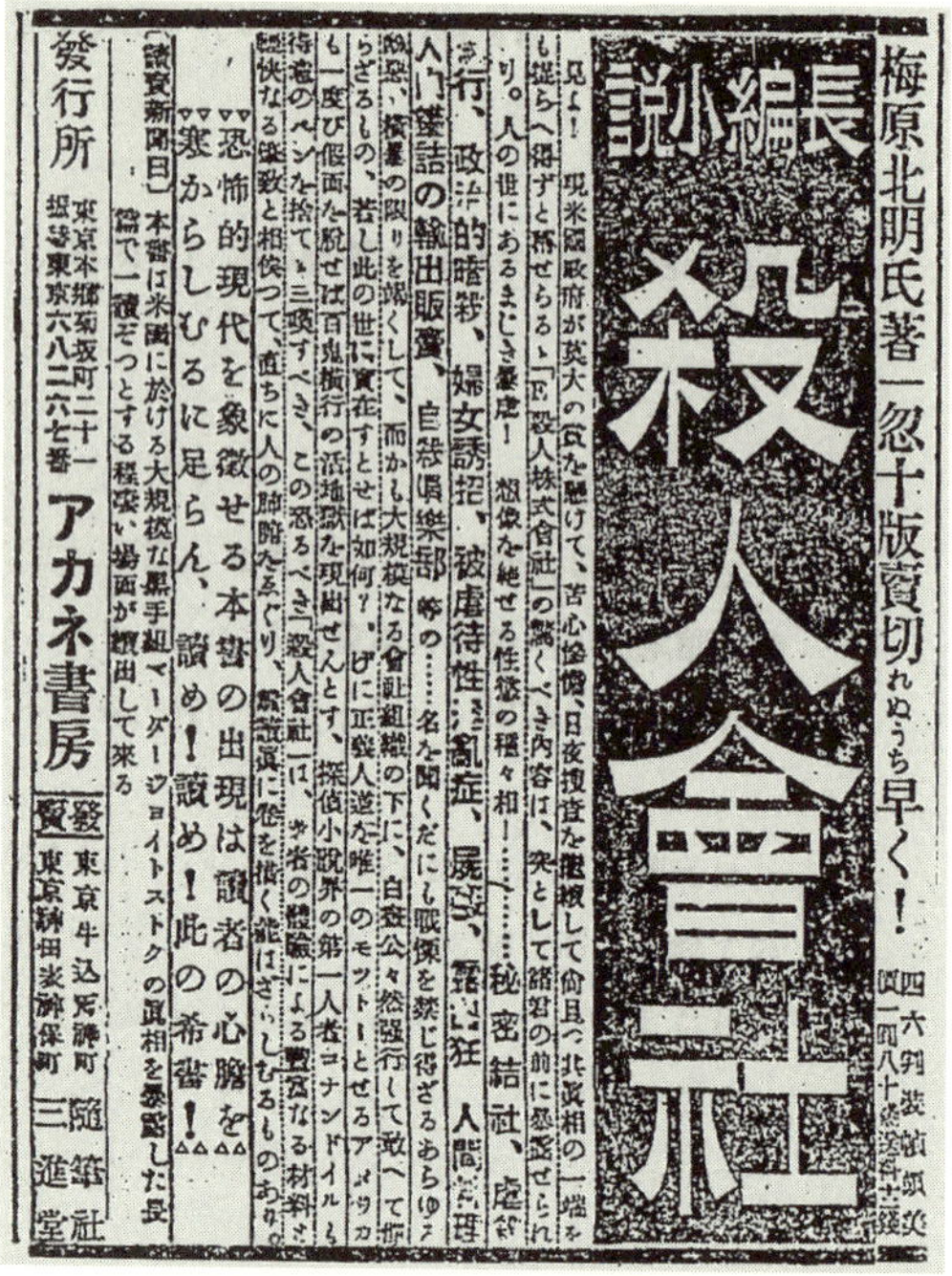

図表 8–2　『殺人会社』広告
（『朝日新聞』（1924.12.25））

自殺倶楽部に出入りする、「所謂中性を通り越して、殆ど女性化してゐる男」（二八一頁　二六章）などが確認できる。

また「変態」的な事例は、会社の外部以上に、内部でより多くみられる。人肉缶詰の材料となる女性の死体で、自らの性欲を満足させる露西亜人社員（一三章）や、死体の心臓を食らう、死体処理係のアメリカンインディアン（一七章）などがいい例だろう。さらに、社員の慰安のために社内に設けられた踊場には多数の女達が働かされているが、彼女らもまた「全部変態性欲」（八一頁）で、喜んで社員の性的な相手を務める者たちであると語られている（九章）。

注目すべきは、彼らの多くが、自身が既存の倫理規範からは排除される存在であることを自覚した人物として、描かれている点である。屍姦者の露西亜人は、その行為が三太郎に見とがめられたとき、全面的に自らの〈罪〉を認め、「殺して下さい。思ひ残すことは一言だつてありません」（一四〇頁）と身を差し出す。一般からは憎悪の対象とされるような、「変態」的な「欲」を満たそうとすれば、文字通り命がけの冒険とならざるを得ない。にもかかわらず、「変態」たちはなお強烈に「欲」の達成を追い求めてしまう。

そうした彼らの表象は、実は殺人会社のイメージとも重なり合う。先に確認したように、このテクストにおいて殺人会社とは、既存の倫理規範を侵犯しようがどうしようが、徹底して資本主義的な「欲」を追求する組織として位置づけられる。殺人会社と「変態」たちとは、その逸脱的ともいえる「欲」への執着という点で、高い親和性を有しているのである。「変態」たちの話を多く取り入れることよって、この会社はあらゆる「欲」と背徳に満ちた「悪魔主義全盛」の空間というイメージを、さらに強固なものとしてゆくことになろう。

とはいえ、この「変態」たちのエピソードを、単に殺人会社の「悪魔」的イメージを高める演出でしかないとみなすのは早計だ。実際にテクストをみてみれば、〈「変態」たちを物語ること〉をめぐって、登場人物たちそれぞれの思惑が交錯し、密かな駆け引きが繰り広げられている様が浮かび上がってくる。さらにいえば、こうした駆け引きは、『殺人会社』という模擬実験《シミュレーション》の結果さえも、左右してゆくことになる。まずは、「変態」を語ることが、テクスト内部でどのような意味を担っていたのかを、追ってみることにしよう。

4　「変態」の〈商品〉的価値

このテクストの語り手である三太郎が、「変態」たちのエピソードを多く語ることそれ自体は、さほど不思議なことではない。自らの物語を、「到底此の地上には、有り得べからざるやうな奇怪至極な、僕［＝三太郎］の、生活記録を、君に、いま、土産として贈るのだ」（九頁）といって語り始める彼にとって、舞台となる殺人会社が「奇怪至極」な「変態」たちで満ちているというイメージが形成されてゆくのは、望ましいことであったはずだ。しかしだからといって、舞台とされる会社側にとってもそれが好都合であるとは限らない。彼の語りは、どう考えても社内機密の漏洩そのものであり、入党式での「絶対に秘密を守れ、時が来るまで。社内の仕事に服従すべし。破盟の酬いは死である」（六〇頁）という誓約に明らかに反している。本来であれば、殺人会社の「変態」的な仕事や社員についての話を外部に語ることは、そのまま死に直結しかねない行為であるはずなのだ。どうやら、考えなければならないのは、「変態」たちが多く語られているという現象以上に、なぜ三太郎がこうした命の危険を冒してまで「変態」を語ろうとするのかという点であるようだ。

三太郎の語りに注意を払ってみてゆくと、特に中盤以降、しばしば強い疲労感によって中断されるようになってゆくのが目につく。少なくとも、「俺は、余りに饒舌り疲れた。一寸休ませて呉れ。頼む」（二五七頁）と休息を哀願する様子からは、彼が楽しんで語っているようにはみえない。しかし彼は、それでも何かに追い立てられているかのように語りつづける。

三太郎を語りに追い立てるものについて考えるならば、そこに聞き手である「僕」の存在が大きく影響していることは間違いないであろう。「僕」は、ただ話を受容するだけの透明な存在ではない。タイミング良く相づちを打つことで、三太郎の話を引き出し、時に意見が対立しても「浅ましくも彼の感情を柔ぐべく」、「媚を売」る（二四四頁）こともいとわない。つまり、三太郎は「僕」のこうした配慮によって、語らされているのだともいえる。

ただし気になるのは、このような配慮の裏で、「僕の理性は冷やかに彼れ三太郎を蔑視《コンテンプト》してゐた」（八二頁）という記述がみられることである。自分が「蔑視」する相手の話を、わざわざ相づちまで打って聞き出そうとするのには、当然それなりの理由があるはずだ。そのあたりの事情は、「僕」の次のような心の声から読み取ることができる。

折角此処まで話が進行してゐて、此れでフイになれば、原稿料に大の影響を及ぼす。奴の話の長くなればなるほど、僕にとつては段々成金になれることだ。（五〇頁）

忘れてはならないのは、聞き手の「僕」が小説家だということだろう。彼にとって三太郎の物語は、原稿のマス目を埋めるのにちょうど良い素材であり、語らせれば語らせるほど、原稿料という「金」へと変換されてゆく。いうなれば、それは小説という〈商品〉のもととなる〈資源〉なのだ。三太郎が物語るという行為の背後にはすでに、利潤を生み出そうとする資本主義的なサイクルが作動し始めていたのである。

岩井克人によれば、資本主義の根本原理とは「差異が利潤を生み出す」ことであるという。[27] 例えば、初期の商業資本主義は、遠隔地との交易によって利潤を生み出したが、それはこちら側とあちら側での商品価格の差異を利用したものであった。また、産業革命後の産業資本主義でいえば、低く抑えられた実質賃金率と、飛躍的に上昇した労働生産性との差異が重要な役割を果たしていた。この時代になると産業革命によって労働者一人当たりの生産性は高まったのに、実際にはその生産力の向上に見合うだけの賃金の上昇は生じなかった。なぜならば、労働力は過剰人口を抱える農村から簡単に調達できたためである。そこで生じた差異こそが、資本家の利潤の源泉となっていったのだ。そして、現代のポスト産業資本主義の時代にはいると、技術、通信、文化、広告、教育、娯楽といった「情報」が〈商品〉化されてゆくことになる。この段階ではすでに、そこにどれだけの労働力がつぎ込まれたかといった観点では、価値を決定できない。他との差異そのものが価値とされ、利潤もまたこの差異のなかから生み出されてくることになるのだという。

ここで岩井が設定した、資本主義の時代区分自体はさほど重要ではない。区分はあくまで、資本主義の歴史的展開をおおまかに捉えるための指標であり、それ以上の意味は持ち得ないだろう。ただ、ここで説かれた資本主義に共通するとされる、「差異が利潤を生み出す」というテーゼについては、ある程度の妥当性はみとめることができるのではないか。この原理は実際に、『殺人会社』のテクストにも浸透し、登場人物たちの思考を方向付けている。自分の物語を「到底此の地上には、有り得べからざるやうな奇怪至極な」記録であると思わせぶりに語る三太郎も、それに「成金になれる」可能性を嗅ぎ取ってしまう「僕」も、物語の〈逸脱性〉に価値を見出すという感性を共有している。三太郎の物語に〈商品〉の〈資源〉としての高いポテンシャルを与えているのは、ありきたりの物語にはない、まさに「情報」としての差異なのだ。

5　差異の商品化

このように、「僕」と三太郎の関係には、資本主義の原理に沿った構造がみられる。ところが、そのような枠組みを二人に当てはめた場合、どうしても消化不良な部分が残ることも否めない。それは、いうなれば〈不払い〉の問題である。テクストを確認してみると、三太郎が供給する「変態」物語に対して、「僕」はそこから得られるであろう利益にふさわしい対価を支払うことはない。強いていえば、夕食を振る舞っているのが対価といえなくはないが、所詮はその程度だ。ならば、ここでは「僕」による三太郎の搾取が行われていると考えるべきなのだろうか。

この点について、三太郎自身がどのように捉えているのかを確認してみよう。三太郎は語りの途中で、次のようなことをいい出す。

> あまり説明的ばかりぢや飽きるから、僕［＝三太郎］に一つ小説的に云はせて呉れないか。何しろ僕の喋舌る小説だ無論商売離れがしているさ。だつて、其処が面白いぢやないか、ナア君、君のビユズネズを僕が掠奪したつて始まらないが……どうだい御大？（三八頁）

この提案以降、しばらくのあいだ三太郎は、この章の主役であった「山脇傳造」の一人称小説として物語を語ってゆくのだが、ここで着目すべきは、小説として語るということが「君のビュズネズを僕［＝三太郎］が掠奪」する行為だと認識している点だろう。すなわち、三太郎は聞き手の「僕」の生業が小説家であることを承知の上で、「変態」物語を「土産として」（九頁）、すなわち無償を前提に提供しているのである。三太郎の言動をみる限り、彼は自分の「変態」物語が高い〈商品〉的価値を有することも、「僕」がそれを小説として〈商品〉化してしまうだろうことも、おそらくわかっている。情報漏洩が露見して殺されるかもしれず、さらには「僕」に一方的に利用されている恐れすらあるのに、なぜ彼は語り続けるのか。

　これまでは、主に「僕」の立場に焦点を当てて分析してきたため、三太郎はただ搾取されるだけの存在でしかなかった。だが発想を変えて、三太郎の側にも、秘すべきとされた「変態」を世に広く公開したいと考える強い動機があると読んでみることはできないだろうか。この問題を考える際に鍵となってくるのは、彼が「変態」たちとどのような距離感にあったのかである。彼は、しばしば「変態」たちを「唐変木《とうへんぼく》」「全く変智呂林《へんちろりん》」といった侮蔑的な言葉で表現する。しかし、それはあくまで「酒気を含んだ悲しげな声」（一四二頁）で語られるものだったことは、見逃してはならない。三太郎が、こうした両義的な態度をとらざるを得ないのは、彼自身もまた「君達は、変態心理だと云ふかも知れぬ」（二九頁）存在であることを自覚していたからに他ならない。人殺しだろうがなんだろうが、「自分が自分の進む行為に対して美を感じて居れば、それで結構」だとする極端にエゴイスティックな思考は、通常の感性からは明らかに逸脱している。こうした「変態」的な感性は、殺人会社のような閉ざされた場で、かつ社会からは隠蔽されながらでしか許容されることはないであろう。現実の社会であったら、彼のような存在はただ「蔑視《コンテンプト》」されるか、場合によっては、精神病者としてカテゴライズされてしまう恐れすらある。前者はまだしも、後者の対応を選択されれば、「変態」たちが個々に有する感情や思考は、医学的な知のなかで解釈され、症例の一つとして、その唯一性を簡単に解消されてしまう。そのような例は、男性同性愛者たちのケースをはじめとして、これまでの本書の議論のなかで繰り返し確認してきたはずだ。しかし、それが三太郎から「僕」に物語られ、小説という〈商品〉のかたちをとったならば、状況は一変する。「変態」たちの物語が単なる症例としてではなく、注目に値する個性的な経験として、世の表舞台へと掬い上げられる道が開いてゆくのである。

資本主義というシステムは、利潤の源泉としての差異を貪欲に追求する。それは結果的に、社会通念や国家権力などの様々な規範からは有害視されるような逸脱的な事柄ですら、差異である以上、〈商品〉としての価値を与えてゆくことになるだろう。三太郎があえて「変態」を物語るのは、この〈差異の商品化〉とでも呼ぶべき資本主義の根源的な特性を利用しながら、自身を筆頭に、逸脱的とされる人間の存在意義を保障するためではなかったのか。

なお、〈差異の商品化〉を流用するこの〈戦術〉は、『殺人会社』のテクストに底流する、〈個〉の充足を何よりも尊重する思想を実現してゆくものだともいえる。それが、〈全体〉の問題を優先する既存の主義《イズム》においては批判の対象でしかないような、〈全体〉に従属できない〈個〉の意義を擁護するものだからである。

だが興味深いのは、このテクストの思想を補完するような〈戦術〉によって掬い上げられた「変態」たちのエピソードが、同じ思想の延長線上にあるはずの殺人会社という〈解決案〉にとっての鬼門となってしまうことだ。一七章「盟員インデアンの血祭」には、この問題が典型的なかたちであらわれてくる。

ある日、缶詰室で肉を削ぎ取った後の人間の骨を裁断する役割を担っていた「インデアン」の男が、保管されている死体の心臓を食べていたことが明らかとなった。捕らえられ、社長の前に突き出された彼は、次のような啖呵を切ったのだという。自分は会社の一員として仕事をこなしていたが、メンバーの証である黒衣も給金も与えられず、さらに踊場の女を自由にする権利すらもなかった。「俺は白人に酷使された」が、「身体の安全を守るためには、白人に抵抗は出来」ない。そのとき思いついたのが「あの［死体となった］白人達の心臓に喰ひついてやつたら、どんなにか俺の鬱憤は晴らされるだらう」かということだった（一九〇―一九一頁）。「インデアン」は、何の弁解もせず、堂々と自らの行為とその背後にあった感情について語り、処刑されていった。三太郎はそれを「偉い」と評し、自分も「野郎のやうに大胆」でありたいと語るのであった。

このエピソードで、まず理解しておかなければならないのは、「インデアン」が「変態」的な人物であることそれ自体は、会社にとってそれほど大きな問題ではないということだ。そもそも、この会社のあらゆる社員が、社会の規範から大なり小なり逸脱している以上、それを責めることはナンセンスである。結局、食人が問題とされたのは、それが「人間缶詰」の原料のつまみ食いにあたるからであろう。会社が得られるはずの利益を横領するような行為をしたがゆえに、「インデアン」は厳重な処罰の対象となってしまったのだと推察される。(28)

考えてみれば、「インデアン」による熾烈な感情の吐露は、社長によって問いつめられて漏らしたといったものではなく、彼が一方的にまくしたてているだけでしかない。殺人会社という空間では本来、彼の行為は関心の対象となりえても、その感情や思考といった〈内面〉は、ただの余剰でしかなかったのだ。しかし三太郎は、「インデアン」の「変態」的な行為以上に、〈内面〉に重点を置いて物語ってゆく。それはつまり、行為はもちろん、〈内面〉の逸脱性にもまた、差異としての〈商品〉価値があるという事実の反映なのだろう。ただし、ここで重視すべきなのは、〈差異の商品化〉を通じて、会社という支配する側の論理を超えたところに、新たな価値とそれをみいだす新たな視点が出現しつつあるという点だ。

三太郎は「インデアン」の末路を語りながら、「全く、共同結社の世界にも尚恐ろしき地獄はある、と頼りなく感ずる」（一八七頁）と、漠然とした不安を口にする。それは新たな視点の獲得によって、自身の殺人会社に対する認識を大きく揺さぶられたためだったのだろう。彼にとっての殺人会社とは、「欲」や「悪」を徹底することで、社会通念や倫理といった、いまでは人々を抑圧するだけの機能しか持たない既存の規範を、すでに乗り越えたものだった。「悪魔」的ともいえるスタンスを受け入れ、成員となったならば、個々の充足は保証される。逆説的ではあるがこの組織には、旧弊を脱した、一種の公正ささえ認めることもできたのだ。ところが、「インデアン」の視点からみえる実態は異なっていた。彼には「悪魔」的な仕事をさせながらも、何の見返りも与えなかったのである。明らかに差別的な処遇を「インデアン」が受忍していたのは、「白人」たちが生殺与奪の権を握っていたからに他ならない。三太郎が期待を寄せていた殺人会社においても、白人を有色人種の上位に置く、既存の人種差別の構造がごく自然に温存され、搾取に利用されていたのである。

だが殺人会社とは、そもそも利益を徹底して追求するという、資本主義の特性を具象化した組織であった。ならば、例えその慣習が公正さを著しく欠き、特定の〈個〉を抑圧するようなものだとしても、会社にとっては大した問題ではない。それが利益を生み出すのであれば、そのまま活用してゆくのは当然であろう。つまり、「インデアン」の一件が教えるように、資本主義は、常に旧弊を脱しているわけでも、公正なわけでもない。この主義はあくまで、リベラルであることが、あるいは公正であることがより多くの利益を生み出すときのみ、そのように振る舞うにすぎない。

平凡にもみえるこの事実ではあるが、重要なのは、それがこれまでの三太郎にはみえていなかったということだ。あるいは、みないようにしていたと考えたほうが、より正確かもしれない。彼は資本主義の徹底を、他の諸主義とは一線を画した、有効な〈解決案〉として措定していた。しかしそれは、資本主義の根本にある御し難い暴力性を、たとえ無意識的にせよ、隠蔽することで初めて成り立つものだったのである。

「変態」という差異を〈商品〉化すること。それは、各々がそれまで当然として受け入れていた世界そのものを異化してしまう可能性を秘めた、まさに「恐ろしき」営為であったといえよう。

6 現状のなかでの抵抗

以上の議論で追ってきたように、『殺人会社』は、現状に対して実効性を失いつつある諸主義《イズム》の泥沼から、いかにして抜け出すかを思索したテクストであった。ところがみえてくるのは、その〈解決案〉として考えだされた資本主義の徹底という案も、結局は万全なものではないということだった。それは容易に既存の体制とも結びつき、抑圧的な現状を再生産してしまう危うさを常にはらむ。端的にいえば、『殺人会社』という模擬実験装置《シミュレーター》が導きだしたのは、資本主義が根源的な欠陥を抱え込んでおり、それゆえ閉塞した現状を切り開く理論とはなり得ないという結論であった。もちろん、この結論そのものは、さほど目新しいものではない。それこそ、当時の社会主義陣営の論者たちが、繰り返し訴えてきたことにすぎない。

このテクストの実験に独自の意味が認められるのは、結論ではなくその過程である。資本主義の〈差異の商品化〉という原理を転用してゆく抵抗の〈戦術〉は、当時の思想的文脈からは明らかに外れたものだった。それは、逸脱的とされ、劣位に置かれたものに価値をみいだすような新たな視点を突きつけることで、それらを逸脱として位置づけようとしてきた既存の権力構造のありようをも、逆に浮かび上がらせてゆく。つまりこの〈戦術〉は、それまでの諸主義《イズム》のように、代替となり得る新たなユートピア的社会像を対置することで現実を乗り越えようとするのではない。あくまで、日常のなかで自然化してしまった権力構造を人々に意識化させることで、現実を問い直す契機にさせようとするものだったといえるだろう。

『殺人会社』という模擬実験装置《シミュレーター》は、ただ資本主義をはじめとしたあらゆる主義《イズム》への絶望のみを導きだしたのではなかった。そのテクストは、資本主義社会といった今ここにある現実のなかで、人々にいかなる抵抗が可能かを思索し続ける装置でもあったのである。

『殺人会社』執筆の翌年、北明は左翼文芸誌『文藝市場』（一九二五・一一）を立ち上げるが、その巻頭には次のような宣言が掲げられた。

芸術に対する迷信はながい間続いてきた。事実に於て芸術は商品の取扱をうけ、算盤によつて評価されるにかゝはらず、芸術のみ金銭を超越してゐるやうに過信してゐる人々が未だこの世にゐる。文藝市場はこの愚かな迷信を破つて芸術を商品として徹底させるために生れた。これは芸術に対する冒涜でない。資本主義社会に於ては商品でないものは一切存在する意味がないのだ。［中略］文藝市場は混濁せる資本主義社会から真珠を見出すために生れたものだ。それ故に市場は戦闘的精神で行進をつゞける。(29)

「芸術」というかつてのユートピアは、「商品」でない以上、「混濁せる資本主義社会」では何の意味も持ち得ない。ならば、それが「商品」であることを受け入れ、今ここにある社会の「混濁」のなかに潜り込むことで「真珠」、すなわち希望をみいだしていけばよいのではないか。この発想の枠組みは、本章では既に何度も確認してきたものだといえよう。『殺人会社』のなかで編み出されてきた北明の抵抗の〈戦術〉は、こうして彼の行動原理となり、続くエロ・グロ・ナンセンスの時代へと密かに、だが確実に流れ込んでいったのである。

この後の北明は本章の冒頭で触れたように、次々とエログロ出版を手掛け、まさしく「エログロの帝王」と呼ぶにふさわしい活躍をみせてゆく。さらに彼が口火を切った、「変態」をはじめとする〈逸脱的なもの〉の〈商品〉化はとどまるところを知らず、ついにはエロやグロ、そしてナンセンスが社会のあちらこちらに横溢しているといった状況があらわれることになる。ただし、〈消費〉という営為が避け難く多様な意味を生産してしまう以上、当然ながらそれらのすべてが既存の権力構造に抵抗的であったわけではない。次章では、地方新聞を舞台に、〈商品〉化された〈逸脱的なもの〉が、社会のなかでどのように〈消費〉され、新たな文化的意味を帯びてしまったのかを論じてゆく。

【注】

（1）「事件の現場今や猟奇新名所と化す」（『東京朝日新聞』一九三二・三・一七）

（2）江戸川乱歩を、エロ・グロ・ナンセンスを象徴する存在と位置づけ、そのような観点から同時代の大衆文化を描き出そうとしたものとして、『乱歩の時代――昭和エロ・グロ・ナンセンス（別冊太陽）』（平凡社　一九九五）、藤井淑禎（編）『江戸川乱歩と大衆の二十世紀』（至文堂　二〇〇四）などがある。

（3）山本明『図説昭和の歴史』（集英社　一九七九）など。また、エロ・グロ・ナンセンスという呼称について紀田順一郎は、一九三二年当時の新語解説書に「「エロ」と「グロ」と「ナンセンス」それぞれの項目はあるが、「エロ・グロ・ナンセンス」という統一項目は見あたらない」ことから、「このことは三つの概念が一体化した状況を客観的に説明する視点が、同時代においては未だ獲得されていなかったことを意味する」（「都市の闇と迷宮感覚」（前掲書『乱歩の時代』）四頁）と指摘する。確かに、同時代の文献では、この三つの言葉を連続して表記する例はほとんどみられず、この指摘はおそらく正しい。とはいえ、言葉としては確立されていなくても、これら三つの概念が当時からすでに連続的なものとして捉えられていたのもまた事実である。横溝正史はナンセンス文学を例に挙げながら、日本のナンセンスには「何か重苦しい観念的陰影が付いて廻る。エロ・グロの頽廃味が多分に漂つてゐる」と論じる（「探偵・猟奇・ナンセンス」（『総合ヂャーナリズム講座』一〇一九三一・七）七三頁）。したがって、エロ・グロ・ナンセンスという時代潮流を捉えようとするのであれば、まずは〈逸脱的なもの〉という総体的なイメージをおさえておく必要があると考えられるだろう。

（4）梅原北明「江戸の敵を長崎で討ち外す」（『変態仇討史』文藝資料研究会　一九二七）頁番号無し

（5）『新青年』（九（一二）一九二八・一〇）

（6）『犯罪科学別巻　異状風俗資料研究号』（一九三一・七）

（7）『江戸時代文化』（二（六）一九二八・六）

（8）城市郎『定本　発禁本』（平凡社　二〇〇四）

（9）梅原正紀「梅原北明」（『アウトロウ（ドキュメント日本人6）』學藝書院　一九六八）二三二頁

（10）梅原正紀「わが父は「エログロの帝王」梅原北明」（『新潮45』四（五）一九八五・五）

（11）長谷川啓（編）『「転向」の明暗』（インパクト出版会　一九九九）三一頁

（12）瀬沼茂樹「解説」（『「文藝市場」復刻版別冊』日本近代文学館　一九七六）一三頁

（13）梅原正紀『近代奇人伝』（大陸書房　一九七八）二三四頁

（14）佐々木宏明（「文芸市場社以前の梅原北明」（『初版本』二　二〇〇七・一二））によれば、梅原北明には、「北明」を名乗り『殺人会社』を書く前に、烏山朝夢名義で翻訳した『性教育は斯く実施せよ』（マーガレット・サンガー　朝香屋書店　一九二四）、『女子春秋』（ハバ《ママ》ロック・エリス　一九二四）、『兒童愛』（マリー・ストープス　一九二四［矢口達との共訳］）の三冊がすでにあったという。ただ本章では、「北明」という政治的な批評性をもった筆名で初めて書かれたのが『殺人会社』であったことの意味を、まずは重視しておきたい。

（15）「よみうり抄」（『読売新聞』一九二四・一一・一三）では、「長編三部作『殺人会社』の第一作「悪魔主義全盛時代」が其筋の内閲を経たのでアカネ書房から近刊」と記されている。

（16）城前掲書　三八二頁

（17）梅原北明『殺人社会（前編）』（アカネ書房　一九二四）。以下本章では当テクストからの引用は頁数のみ示す。

（18）梅原正紀前掲書（一九七八）一八四頁。また、『日本アナキズム運動人名事典』（日本アナキズム運動人名事典編集委員会（編）ぱる出版　二〇〇四）にも、「梅原北明」の項目が立てられているのが確認できる。

(19) 戦前のアナーキズム運動としては、八太舟三が主張した純粋アナーキズムなども有力なものであるが、それが理論的に台頭してくるのは、一九二七–一九三一年にかけてであった（クランプ、J.（碧川多衣子訳）『八太舟三と日本のアナキズム』青木書店　一九九六）。したがって、一九二〇年前後という枠のなかでは、大杉の影響力を超え得るものはみあたらない。
(20) 大杉栄「無政府主義将軍」（『大杉栄全集』第七巻　現代思潮社　一九六三）一五八頁
(21) 大杉栄「労働運動の精神」（『大杉栄全集』第六巻　現代思潮社　一九六四）六頁
(22) 大杉栄「民族国家主義の虚偽」（『大杉栄全集』第二巻　現代思潮社　一九六四）。
(23) 大山郁夫「デモクラシーの政治哲学的意義」（『大山郁夫著作集』第二巻　岩波書店　一九八七）。初出は『大学評論』一九一七年七・一〇・一一月。
(24) 大杉前掲論（「民族国家主義の虚偽」）二四五–二四七頁
(25) 時代を考えれば当然のことながら、大杉のこの論文中に「天皇」という呼称をそのまま挙げて批判をするという箇所はない。ただ、本章ですでに引用した「大和民族の天降り以来連綿として立派な専制主義的政治生活を送って来たわれわれ」という表現、特に「天降り」という単語に注目してみれば、批判すべき専制者として天皇が想定されていることが読み取れるだろう。
(26) 大杉栄「労働運動と個人主義」（『大杉栄全集』第一巻　現代思潮社　一九六三）
(27) 岩井克人『二十一世紀の資本主義論』（筑摩書房　二〇〇六）
(28) この「インデアン」をめぐる話は、一見すると「変態」であるから処罰されたと読めないこともない。ただその場合、「全部変態性欲」とされる踊り場の女たちが存在する理由が説明できない。会社は、誘拐・監禁などによって彼女らをわざわざ変態性欲者に仕立てていることから、重要なのは「変態」そのものよりも、それが利益になるかそれとも不利益になるかという問題であると考えられる。
(29) 「文藝市場宣言」（『文藝市場』一（一）一九二五・一一）一頁。執筆者名は記されていないが、梅原正紀前掲文（一九六八）によると、北明の発案とされる。瀬沼前掲文では、この一文を「資本主義社会における芸術の商品化を批判する逆説の意味を帯び」ると解釈しているが、本章で確認してきた北明の思想を踏まえれば、逆説ととらないほうが解釈としては適当であると考えられる。

第9章　左翼・エログロ・ジャーナリズム

――『新愛知』におけるプロレタリア文学評論とモダニズム――

1　近代都市・名古屋と『新愛知』

一九三二（昭和七）年、作家の島洋之助は、自らの暮らす名古屋の街を次のような言葉で表現した。

心臓広小路は、全く道路をアスファルトにして以来は、面目を一新、街路樹の鈴懸の青葉風にそよぐ風情、立ち並んだ堂々たる銀行、会社のビルデング、各店の舗飾窓《ショウウヰンド》の輝き、昼を欺くネオン・サインの光り、交錯する自動車、トラック、自動自転車、GO・STOPの青赤シグナル等々、如何にも活々した速度的《スピーデー》な「動く名古屋」を見せて呉れる。(1)

名古屋は、第一次大戦後の綿糸・織物と陶磁器を中心とした輸出業の好況や、重工業の急速な発展を土台として、次第に大都市としての様相を整えていく。一九二一年の近隣一六町村合併によって六〇万人を超えた市人口は膨張を続け、一九三四年には一〇〇万人の大台を突破してゆく。また、これら大量の人口を運ぶ電車、バス等の交通網の発達が進み、市中心部には松坂屋本店や名古屋銀行本店などの鉄筋コンクリート建築が、次々と立ち並んでいった。「明るいアメリカの近代都市や、欧羅巴の奇麗の町々を見て来た《ママ》」島の目には「汚くてゴミ〴〵した市」(2)でしかなかったようなそれまでの街の景観は、まさに「速度的《スピーデー》」で清新な近代都市へと組み替えられていったのである。

本章で扱う『新愛知』は、こうした変転著しい近代名古屋とともに歩んできた日刊紙である。昭和初期という時期は、経済的には発展と停滞が交互に繰り返される一方、普通選挙の開始とも重なり、政友会、民政党、その他無産政党の間で激しい論戦が展開される時期でもあった。『新愛知』は、こうした政治や経済の日々刻々と変化する動向を記事のなかに反映することで、紙上に活気を呼び込んでいた。しかし興味深いことに、そのような紙面において最も長い論説は、社説でも政治欄や経済欄の記事でもなく、毎週月曜日に掲載されていた文芸欄の評論だったのである。

本章では、この『新愛知』の文芸欄にみられる、プロレタリア文学評論の隆盛という出来事の意味を、同時期の紙面にあらわれたエロ・グロ・ナンセンス記事の台頭という動向を補助線としながら考察してゆく。一見すると、両者は流行した時期が重なっているという条件以外、異質でなんら共通性を持ち得ないようにもみえる。だが、後に論じるように、それらが『新愛知』の上で果たす役割としては、ある種の等価性、すなわち交換可能性を読み取ることが可能である。こうした現象が生じてしまうのは、一体なぜなのか。昭和初期というこの時代に、地方都市のマスメディアが、文学とエログロの〈消費〉を通じて追求しようとしたものは何であったのかを、以上の問いを考えることを通じて明らかにしてみたい。

2 『新愛知』の文芸評論欄

『新愛知』は、一九二六年一一月から一九二九年二月のあいだ、毎週月曜の朝刊紙面に文芸評論を主とした特集面を用意していた。この文芸欄には、特にタイトルなどは付けられてはいないが、便宜上、月曜文芸評論欄と名付けておこう。それは一名ないし二、三名の文芸評論を主とし、それに短文の書評や短詩、絵画・写真などの図版、「文壇展望台」といった小さなゴシップ記事コーナーを不定期に加えることで構成されている。文芸評論は、一面を一人で書けば六〜七段もの長さの論文となり、社説欄ですら一段程度が普通であったことを考えると、その分量は『新愛知』の記事中群を抜いているといえるものだった。

その掲載評論の具体的な傾向は、どのようなものだったのだろうか。この文芸欄が設けられたのは全九八回で、

図表 9–1　月曜文芸評論欄掲載数上位者［1926.11.8 〜 1929.2.25］

掲載数	執筆者	経　歴　等
7 回	井東憲	小説家、評論家。種蒔く人→新興文学→文芸戦線→ナップ
6 回	目次緋紗子	詩人。
	山内房吉	文芸評論家。日本プロレタリア文芸連盟→『文芸戦線』同人→ナップ
	山田清三郎	小説家・評論家。『新興文学』創刊→『種蒔く人』同人→日本プロレタリア文芸連盟→労農芸術家連盟→前衛芸術家同盟→ナップ→ナルプ委員長
4 回	小川未明	小説家、童話作家。種蒔く人同人→無産派芸術連盟・新興童話作家同盟→自由芸術家連盟
	倉田潮	評論家、小説家。
	武藤直治	評論家、劇作家。種蒔く人同人→初期『文芸戦線』同人→日本プロレタリア文芸連盟
	綿貫六助	小説家。
3 回	江口渙	小説家、評論家、児童文学者。日本社会主義同盟→ナップ→ナルプ中央委員長
	尾瀬敬止	ソビエト文化研究家。『露西亜芸術』主宰
	神近市子	評論家。『青鞜』同人を経て、その後『種蒔く人』『戦旗』『女人芸術』などに関わる
	鈴木厚	評論家、翻訳家。神近市子の夫
	戸川秋骨	英文学者、評論家、翻訳家、随筆家。
	野口米次郎	詩人。
	堀江かど江	小説家、評論家。『女人芸術』編集に参加

※同一掲載数内の並びは五十音順。

※「経歴等」は『日本近代文学大事典』（講談社 1977）、『日本女性文学大事典』（日本図書センター 2006）、『プロレタリア文芸事典』（白揚社 1926）、国立国会図書館蔵書検索システム（NDL-OPAC）、『新愛知』を参照。

評論は一五七件、総勢七一名の執筆者が登場している。[3] それら執筆者のなかで、主立った人物らの顔ぶれを確認してみよう。図表9-1は評論の掲載数上位者をまとめたものだが、「経歴等」の欄に注目してみれば、執筆者たちの傾向がはっきりとみえる。その上位者中の多くが、何らかのプロレタリア文学団体に関係した人物だったのである。山田清三郎をはじめ、江口渙、山内房吉、井東憲といった面々が並び、ナップ（全日本無産者芸術連盟）系の文壇人たちの勢力が強い印象もあるが、プロレタリア陣営にありながらも反派閥的な立場にいた小川未明や、上位者ランクの外にはなるが、労芸（労農芸術家連盟）系の青野季吉（掲載一回）、葉山嘉樹（掲載二回）などもこの文芸欄には執筆しており、一概にナップ系のみに全体が占拠されていたわけではないことがわかる。程度の差はあるにせよ、プロレタリア文壇からは、幅広く執筆者を採っていたといえるだろう。

では、月曜文芸評論欄の全体では、プロレタリア文学評論はどのくらいの数にのぼるのか。全評論のなかでプロレタリア文学を主題として論じるもの、あるいは題材として大きく採り上げるもののうち、プロレタリア文学批判の評論は除外して計数し、[4] その占める割合を算出してみよう。評論総数一五七本中、プロレタリア文学評論は四一本であり、その占有率はおよそ二三％となる。

参考までに、この数値を当時の代表的総合雑誌であった『改造』と『中央公論』の二誌におけるプロレタリア文学の導入状況と比較しておこう。先行研究によれば、一九二九年四月から一九三〇年五月までの二誌において、プロレタリア文学作品の占める割合は合計二九％（うちナップ系一一％、労芸系一八％）であったという。[5] ただし、ここには評論などが含まれていないことを勘案すれば、実際の数値はより高いとみられる。とすれば、月曜文芸評論欄のプロレタリア文学評論の占有率は、同時代のマスメディアのなかで極端に高いものだとはいえない。しかしながら、もう少し視野を広げて『新愛知』の掲載評論全体で考えてみるならば、実はそのプロレタリア文学への依存率は、より高いものであったのである。

図表 9-2 「文芸時評」欄、評論一覧［1928］

連載期間	執筆者名	題　名	連載回数	要　旨
5.22 ～ 23	山田清三郎	所謂「小ブルジヨア作家の転換」について	全2回	プロレタリア作家へ転向するものがあれば、それは疑うことなくまずは受け入れるべきと主張
5.24 ～ 25	入江総一郎	左翼文芸の道	全2回	片岡鉄兵のプロレタリア文学への転向を不純なものとして批判
5.26 ～ 27	内藤辰雄	環境とプロレタリア文学	全2回	プロレタリア作家は農民・労働者の立場にあるべきであり、職業文学者となるべきではないと主張
5.29 ～ 30	西谷勢之介	文芸瑣談	全2回	新感覚派・大衆文学・婦人雑誌批判。円本を大衆にとって最良・最低廉のものとして評価
5.31 ～ 6.1	川路柳虹	最近仏文壇無駄話	全2回	フランスのブックレビューを中心とした文学批評システムを紹介
6.11 ～ 13	上野壮夫	文芸の大衆化に就て	全3回	プロレタリア作家にとって大衆化はその精神を浸潤させる好機と主張
6.27 ～ 28	神山宗勲	文芸理論の独立性（上）	全2回	無産文芸理論にみられる政治的な文学評価法を、文学の奴隷的状況を生み出すものとして批判
7.25 ～ 28	入交総一朗	左翼文芸の支配転換期	全4回	マルキスト作家の水増し的増加を批判し、アナキスト作家の台頭を希求する
8.21 ～ 25	前田河広一郎	プロレタリヤ文学は伸びる	全5回	日本共産党事件以降、沈滞気味のプロレタリア文学を、まだ進展するものとして肯定する
9.11 ～ 15	山田清三郎	プロレタリア大衆文芸に就て	全4回	大衆へのアプローチとして、プロレタリア大衆読物の必要性と重要性を主張
9.16 ～ 20	芳賀融	芸術小説の現状と将来	全5回	芸術小説もまた、歴史・社会的制約のなかから生まれ、それが現実無視の芸術とはいえないと主張
9.22 ～ 25	武藤直治	文芸の没落	全3回	現実中にあるべき理想を把握し主張するような、能動的リアリズムの確立を求める
10.21 ～ 23	相馬泰三	ブル・プロ文戦のきのふ、けふ、あす	全3回	大衆文学までもが、ブルジョア作家対プロレタリア作家の対立に利用されてゆくことへの批判
10.25 ～ 27	山田清三郎	最近の問題	全3回	英雄譚・偉人伝などの出版が隆盛している世相を指摘
10.28 ～ 29	光成信男	プロ文学の大衆化問題に就て	全2回	先端的プロレタリア文学を「翻訳」し、大衆に理解可能な物にすることが批評家の使命だと主張

10.31 ～ 11.4	内藤辰雄	プロレタリアリアリズムに対する警戒	全5回	プロレタリアリアリズムという概念が、実は非客観的な枠組みでしかないことを指摘
11.5 ～ 11	上野壮夫	価値批判の方法	全4回	文芸が、内容・形式ともに新たな、社会的なものである必要を主張
11.12 ～ 13	神山宗勲	形成表現の芸術	全2回	プロレタリア芸術に、既存のブルジョア社会の搾取的形態を破壊するような新たな形式を求める
11.24 ～ 28	山田清三郎	最近の問題	全3回	文芸家協会の労働組合化を、社会主義的立場から言祝ぐ、等
12.5 ～ 7	中西伊之助	旧農民文芸の没落	全3回	農民文芸は今後、社会科学的暴露の文芸となるべきと主張

※「要旨」は筆者が作成。

『新愛知』では、一九二八年五月から、これまでの月曜文芸評論欄と並行して「文芸時評」欄を開始する。これは特定の曜日に一括して掲載するのではなく、数日間にわたって二段程度の文章を分載する形式を採り、そのほとんどがプロレタリア文学評論によって占められていた（図表9-2参照）。また、一九二九年一月からは、ナップの重鎮、山田清三郎の単独執筆欄として継続してゆくこととなる（同年八月まで）。月曜文芸評論欄と、さらに「文芸時評」の動向を加えてみるならば、『新愛知』のプロレタリア文学への強い傾斜は明らかであろう。

ところが、これらの評論が掲載された『新愛知』という媒体の特質を考慮してみると、こうしたプロレタリア文学評論全盛という事態の奇妙さがみえてくる。『新愛知』は、自由党系新聞であった『「無題号」新聞』（一八八七年三月創刊）、その継続紙『愛知絵入新聞』（翌年七月創刊）を前身として、一八八九年七月に創刊された。のちの一九四三年九月には、戦時下の新聞統合政策をうけて『名古屋新聞』とともに『中部日本新聞』（現『中日新聞』）へと統合されてゆくが、それ以前の時期においては、『新愛知』は『名古屋新聞』をライバルとして、熾烈な販売競争に明け暮れていたのだった。『新愛知』の勢力範囲は、「愛知一円から、美濃、飛騨、中央線の沿線にそひ、東京、大阪、京都、富山、金沢、福井、松本、大津、岐阜、津、浜松、豊橋、岡崎等に支局を置く[6]」といった状況であり、自由党系新聞だった時代以来の農民や中産階層に加え、知識人・学生などに全県的な支持層を有していたという。発展する名古屋の勢いを受けて、この新聞の一日の発行部数は一九二二年には三五万部に達している。一方の『名古屋新聞』もまた、名古屋市内を中心に実業界や職人・商工業者に支持を受け、同時期に一〇万部を突破していたとはいえ、やはり『新愛知』が、量および対象範囲において、東海地区で一歩抜きん出た存在であったといえよう(7)。

ただし、このライバル二紙が対立したのは、単に販売競争においてのみではなかった。『名古屋新聞』が憲政会を支持し、社長の小山松寿は憲政会の党員として衆議院議員を務めたのに対し、『新愛知』は政友会を支持し、社長の大島宇吉は政友会の党員として衆議院議員を務めていた。このような政治的対立が、両紙の競争をますます激化させていったわけだが、ここで重要なのは『新愛知』が鮮明な政治的立場を持った新聞であったという事実だ。その立場からみれば、プロレタリア文芸評論にしばしばあらわれるアジテーション、例えば「自覚せるプロレタリエルの××〔＝共産〕主義に立脚する政治的目的意識」を文芸鑑賞者に求める発言(8)などは、本来ならば受け入れ難いことではないのか。

また、一九二八年には、政府による共産党および日本労働組合評議会への大弾圧（三・一五、四・一六）が実施され、各マスメディアでは学生や労働者といった人々に、いかに「思想善導」を行ってゆくのかが議論の的になっていた。『新愛知』でも、主幹の田中齊が「新日本青年の歩む道」という論文を五回にわたって掲載している（六・二七―七・二）。そこで田中は「人類一切の歴史が階級闘争であるとしても、それが彼と我との同一にして一様であることを証明するものでは決してない。歴史は飽くまで異《ことな》り、伝統や国民性は飽くまで違う」（六・二七）といい、社会主義とロシア革命の思想が、日本において有効性を持たないことを主張する。翻って、日本固有の自己存立と発展の原理としては「皇統」を想定し、称揚していることからも分かるように、この田中の議論が確とした保守的立場からなされているのは間違いない。

では、『新愛知』の政治的立場および上層部の主義から考えれば相反するような、プロレタリア文学評論がこれだけ多く掲載されていったのはなぜなのか。考えられる理由のうち、最も単純な結論から先に述べてしまえば、そこには編集サイドにいた、左翼的思想への共鳴者たちが関わっていたのだ。裏方であったはずの、この共鳴者たちの存在が目にみえるかたちで浮かび上がってくるのが、いわゆる「タンク」事件であった。

3　文学評論欄と左傾編集者たち

「タンク」事件とは、一九三〇年九月、編集局の人事権を巡って大島宇吉ら経営陣と対立した、編集局長・尾池義雄が、部下数十名を率いて退社した上、新聞『タンク』(同年一〇・一八-?)を発行し、『新愛知』への抵抗を試みた事件である。

『タンク』は、その紙面において自らを「既成ブルジョア新聞」に対抗する「大衆の機関紙」、「プロレタリア・ジャナリズム」として位置づけるが、特に社会主義的な論説が中心となって構成されたわけではない。実際には、主幹の田中齊に業務上横領の疑いがあるといった暴露記事が主で、「大島新聞資本閥」への誹謗中傷が大部分を占めるゴシップ紙の様相を呈していた。結局ここで注目すべきは、個別の記事内容よりも、『タンク』が左翼的語彙に基づいて自らを定義し、意味づけている点だろう。

この感性は、『タンク』創刊を契機に突如生まれたといったものではない。以前から、一部の編集者たちの言動には左傾的な兆候が見え隠れしていた。例えば、国枝史郎による、この事件の主導者である尾池の著作[9]についての書評(『新愛知』一九三〇・一・二七)を確認すれば、尾池は「マルキストで無い迄もマルキシズムに関心深きリベラリストであることは争はれない」といった評価がなされている。ここからは、彼が以前から左翼的思想に親和性を持った人物だったことがうかがわれる。また、尾池と行動を共にして『新愛知』を飛び出した外報部長の大石利徳は、『新愛知』時代には新聞の顔ともいえる社説欄で「わが無産政党の陣営」（「立言　無産党の展望」一九二九・一・二二）と書くなど、常に無産政党支持の論説を展開していた人物であった。

彼ら新聞編集に携わる人間のような知識階級が、心情のレベルで左傾化してゆくことは、この時期の流行のようなものであった。大宅壮一の評論のタイトル「就職難と知識階級の高速度的没落」（『中央公論』四四（三）一九二九・三）が象徴するように、第一次世界大戦後に繰り返された不況のなかで、知識階級の「少なからぬ人々は、自らが資本主義のもとで没落してゆく社会層に属する、という観念に強く捉えられた」[10]。こうした実感が、左翼思想に多くの知識階級を誘ったのである。尾池や大石といった編集者からすれば、知識階級に共有された気分を『新愛知』紙上の記述にも反映させようとしただけであったかもしれない。だが、それは上層部の政治信条とは明らかに齟齬をきたすものだった。結果、『タンク』側の証言によれば、「新愛知資本閥と、そのあゆ的記者共が極端な反動思想を抱き、常にわれ〳〵の行動を阻止し、威嚇した」[11]（傍点原文）のである。

これらの事実をみる限り、『タンク』事件の根底には、単に仕事上の権限を巡る争いに止まらない、『新愛知』社内における、〈政友会支持〉対〈左翼思想支持〉という政治信条をめぐる対立が存在していたようだ。そのうち後者の側に立った人々は、抵抗の基盤として、あるいは〈保守〉に対する〈革新〉の旗印として、左翼的語彙や概念の活用を図っていったのである。

そして、その活用は人脈のレベルにも及んでゆく。『タンク』は創刊号から、文壇人たちに『新愛知』への執筆をボイコットする「新愛知不執筆同盟」への参加を呼びかけている。号を重ねるごとに賛同者は増えてゆき、六号（一九三〇・一二・八）の段階では五三名もの名前が掲載されているが[12]、興味深いことに、そのほとんどがプロレタリア作家・批評家であった。この事実からは、『タンク』一派とプロレタリア文壇人との間にある、強いコネクションが予想されるだろう。

第五号に掲載された尾瀬敬止のコラム[13]には、それが生まれた背景がはっきりと記されている。尾瀬によれば、月曜文芸評論欄を中心とした学芸欄が誕生したのは、彼が尾池義雄に頼まれ学芸部の仕事を担当するようになったことによる。以来「東京方面の一代表者となつて、諸方面の文士や、思想家や、学者などに原稿を依頼し、その原稿を本社内の学芸部宛に送つてゐた」のだという。この証言からは、プロレタリア文学者たちが『新愛知』にこれほど多く登場することになる仕組みがみえてくる。尾瀬の本業はロシア・ソビエト文化の研究家であって、『文芸戦線』などのプロレタリア雑誌にも多く執筆していた人物である。その彼が文芸欄を担当したことで、そこには自ずと、『新愛知』とプロレタリア文壇人を繋ぐ、太いパイプが出来上っていったというわけだ。

このように、『新愛知』におけるプロレタリア文学評論の全盛という現象は、プロレタリア文壇に連なる人物であった尾瀬が、自らの人脈を基礎として執筆者を選択していったことに加え、またそうした人選を進んで認めることができる編集者たちが揃っていたことによって引き起こされたものであったと考えられよう。

ならば、彼ら左翼思想支持派が抜けた後の『新愛知』の文芸欄は、どのような方向へと向かっていったのであろうか。

4 先端性としてのエロ・グロ・ナンセンスとプロレタリア文学評論

月曜文芸評論欄は、一九二九年三月以降、書評に特化した「新著批評」欄へと改編されていたが、『タンク』一派の離脱後の一九三〇年一一月、それは「月曜文芸」という新たなタイトルの下、評論を中心としたコーナーとして再開されてゆく。構成は基本的に以前の月曜文芸評論欄を踏襲したものになっているが、一回につき二、三本の評論が掲載されているため、一本あたりの分量が減り、読物としてより軽いものになっている。そして、そうした構成上の変更と同時に、執筆陣にも変化が現れている。図表9-3は、「月曜文芸」のおよそ一年分（一

図表 9–3 「月曜文芸」欄掲載数上位者［1930.11.3–1931.12.28］

掲載数	執筆者	経歴等
5回	青野季吉	文芸評論家。共産党員。種蒔く人同人→労農芸術家連盟
4回	新居格	評論家。『文芸戦線』等の左翼・アナキスト雑誌に執筆多数。『近代生活』同人
	古川實	戯曲家。
	安成二郎	歌人、ジャーナリスト、小説家。元『実業之世界』編集長
3回	浅原六朗	小説家。新興芸術派倶楽部を経て、新社会派文学を提唱
	生方敏郎	随筆家、評論家。
	神近市子	評論家。『青鞜』同人。その後『種蒔く人』『戦旗』『女人芸術』などに関わる
	諏訪三郎	小説家、編集者。『文芸時代』同人
	徳田秋声	小説家。※『新愛知』の懸賞小説審査委員
	林芙美子	小説家。1930年7月『放浪記』がベストセラー

※同一掲載数内の並びは五十音順。
※「経歴等」は『日本近代文学大事典』（講談社 1977）、『日本女性文学大事典』（日本図書センター 2006）、『プロレタリア文芸事典』（白揚社 1926）、国立国会図書館蔵書検索システム（NDL-OPAC）、『新愛知』を参照。

九三〇・一一—一九三一・一二）の掲載数上位者をまとめたものだ。この図表9–3が示す通り、以前の月曜文芸評論欄では中心となっていた執筆者の多くが消えてしまっている。また経歴をみれば、プロレタリア文学以外の傾向を持った論者たちが、台頭してきていることがわかる。これらの変化については、『タンク』一派排斥の結果であるとみれば、十分に了解可能な変化であろう。それまでの体制とのコネクションが強ければ強いほど、状況変化の影響を強く受けるのは当然である。

だが逆に気になるのは、掲載上位者のトップを、青野季吉のようなプロレタリア文壇の大物が、いまだに占めていることだ。頻度こそ以前と比べ減少しているが、「月曜文芸」全体では、岩藤雪夫（掲載一回）、江口渙（掲載一回）、徳永直（掲載二回）や村山知義（掲載二回）といったプロレタリア文壇の重要人物たちの名前をみることもでき、プロレタリア文学の影響力が紙上から激減したとまではいえない。また、青野季吉をはじめ新居格、神近市子などは、『タンク』の「新愛知不執筆同盟」の参加者に名を連ねていたにも関わらず、今回は「月曜文芸」の掲載数上位者となっている。他にも元「不執筆同盟」参加者からの執筆はみられ、井東憲も月曜文芸評論欄での活躍と比べれば見劣りするものの、この時期にも二本の評論が掲載されている。これらの結果からは、「タンク」事件がなし崩し的に終息していったことがうかがわれ、表面上の傾向変化の一方で、『新愛知』は既存のプロレタリア系の書き手とも継続的に関係を保っていたことがわかる。さらに、農民の土地問題の解決は「プロレタリア××〔＝革命〕の副次的任務をなす」といった発言[14]はいまだ健在であり、左翼的アジテーションは「月曜文芸」に至っても相変わらず許容されているのである。

『タンク』事件を契機として、左翼的思想に共鳴する編集者の多くが『新愛知』から離脱したにも関わらず、プロレタリア文学評論がいまだ重用されているような状況が現出しているのは、一体なぜなのだろうか。この問題を考えるために、この時期の『新愛知』にあらわれた、もう一つの新たな傾向についてみておきたい。

『新愛知』のコラムには、月曜文芸評論欄が「新著批評」欄に改編されたあたりの時期から、いわゆるエロ・グロ・ナンセンスを題目に掲げたり、言及したりするものが登場するようになってゆく。

初期の例を挙げれば、竹内譲「尖鋭的な余りにも尖鋭的な性的感覚　グロテスクな変態性欲の種々相」（一九二九・六・二二）、横瀬夜雨「変態・猟奇時代」（一九二九・九・一）などがある。夜雨のコラムには、『古今桃色草子』『グロテスク』『変態黄表紙』といった当時のエログロ雑誌が列挙されているが、一九二九年前後とは、まさに梅原北明一派に代表されるエログロ出版の全盛期であり、そうした流行にも『新愛知』がぬかりなく反応していたことがうかがえる。近い時期には、北明の盟友で名古屋出身の著述家・酒井潔の「魔術」に関するコラムが数回にわたって連載されているが[15]、これら一見唐突にみえるテーマの連載も、こうした流れを鑑みれば納得がいく。

ところが時期が下るにつれ、エロ・グロ・ナンセンスという言葉は、次第に『新愛知』のあらゆるコラムにおいて濫用されるようになってゆく。果てには、動物園の観覧記までもが「ライオンのエロ白熊ナンセンス　グロテスクなづう体で象君の文化的な日光浴」（一九三〇・七・一三）と題されてしまう。ここで使われるエロ・グロ・ナンセンスという言葉に、ほとんど内実などは存在しない。だが、内実のなさ＝〈無意味〉では決してないことには注意する必要がある。

エロ・グロ・ナンセンスは「文芸時評」においても、一九三〇年あたりから文壇に台頭し始めた竜胆寺雄・吉行エイスケ・井伏鱒二らに代表される新興芸術派の問題として、しばしば議論の俎上に載せられた。その際の典型的な評価は「その作品たるや、エロとかグロとかナンセンスとか、徒らに時流に阿諛追従した安価軽薄」なものでしかなく、「而もそれを以て自らモダーンだとか、尖端的だとかいつて得意にな」っているといった批判が主流を占めている。(16) この議論で興味深いのは、エロ・グロ・ナンセンスを「時流」の産物とみなしているところだ。当時の名古屋図書館の近況を論じた「エロ・グロもの全盛」（一九三一・三・六）では、「真面目な人は副業の書を読み、さうでない人はエロ、グロ、ナンセンスものを好んで読む」という傾向が紹介されている。図書館長によれば「エロ、グロ、ナンセンスの流行」は「不景気で心中大いに愉快とか痛快とか云ふことがないので一種捨鉢的になつて瞬間的に憂鬱を免れることを欲する世相の現はれではないか」という。この論が果たして正鵠を得ているか否かは、ここでは問わない。注目すべきは、先の文学評論と同様に、エロ・グロ・ナンセンスが、同時代の〈気分〉を鋭敏に反映したキーワードとして認識されている点である。

そして、その時代に共有された〈気分〉の源泉は、なによりもまず、日本の中心たる東京、さらには先進各国を代表するような大都市のなかにみいだされていたと考えられる。メディア上で、都市としての名古屋が語られる際には、ほとんど漏れることなく、それら大都市が引き合いに出され、名古屋との相同性がうたわれる。「人口百万の大都市の中心地」の広小路を漫歩することは銀ブラならぬ「広ブラ」であり、[17]「大須は名古屋の浅草」であり、「東京の浅草は、倫敦のピカデリー・サアカス 紐育のコネイ島に負けない日本一の盛り場、否、世界的な民衆娯楽場である」[18]。こうした語りが生み出すのは、今ここにある現在と世界の先端的な都市空間・時間が、無媒介に連続し共有されているような同時代感覚――それは、まさにモダニズムと呼べる感性――ではなかったか。

『新愛知』は、エロ・グロ・ナンセンスという枠組みを利用しながら、名古屋に同時代の先端都市をオーバーラップさせてゆく。「メトロポリス、トウキョウ」の「ブロオドウエイであり、ピキヤデリイである」銀座の裏街に、「ストリイト・ガール」をはじめ「ルンペンもゐる、乞食もゐる、失業者も全協のフラクシヨンも、およそ表面的でない、合法的でない存在がウヨ〳〵してゐる」[19]ように、「エロ・ナゴヤ」の夜の鶴舞公園にも「あぶれもの丶ジプシーの群」が住み、[20]カフエには五円で借りられる「ステツキガール」があらわれる。[21]つまり、エロ・グロ・ナンセンスのコラムは、単に人々の興味をかき立てるだけでなく、表象における名古屋と先端都市との相同性を〈裏面〉から証拠だてることを通じて、メディア上のモダン都市・名古屋という内実の不明瞭な〈気分〉を補完してゆく役割をも担っていたのだ。

こうした観点から、再びプロレタリア文学評論という問題を振り返るならば、そこにもまた同様の機能がみいだせる。『新愛知』のプロレタリア文学評論は、全体として、実は決して質の低いものではなかった。昭和期のプロレタリア文壇は、論争と分裂の繰り返しという側面が強いが、そこで話題になったトピックスは、労芸と前芸（前衛芸術家同盟）の分裂、ナップの結成といった派閥の動向から、芸術大衆化論争、プロレタリア・リアリズム論といった文学理論をめぐる論争まで、そのほぼすべてが『新愛知』でとりあげられているのである。それは各評論が、プロレタリア文芸誌や総合雑誌、または東京の主要紙などで展開された議論を、頻繁に参照していた結果であったといえよう。それらの多くは、『新愛知』という地方マスメディアにおいても、中央文壇にも通用するような〈先端的かつ普遍的〉な議論を展開しようと試みていたのである。

だが、これらは逆にいえば、各評論の目的や意義を正当に理解するには、中央文壇の動向に精通している必要があるということでもあった。「「前衛の眼を持つて」みること、「厳正なリアリストの態度を持つて」描くこと」が、「「プロレタリア・リアリズム」の名によつて一般的になつてゐる一つの制作上の方向である」[22]と論じられても、ここでの「一般的」がどれだけの人間にとって一般的といえるものだったのか。相当の文学的知識を有する者でない限り、この評論は単なる字句の紹介以上の意味は持ち得ないであろう。永嶺重敏が指摘するように、当時の社会主義思想の受容は知識階級が中心であり、それ以外の労働者階級などには非常な困難が伴うものであった。[23]その状況を考え合わせれば、プロレタリア文学評論が『新愛知』紙上でより強く提示し得ていたのは、文学・政治的思想というよりも、左翼的アジテーションや文壇の敵対勢力への激しい批判が醸し出す、先端的な〈気分〉だったのではないか。

5　〈未完〉のモダン都市・名古屋

名古屋市は、一九三〇年一〇月一〇・一一日の両日、名古屋市の人口百万人の達成を祝い、新装した鶴舞公園の公会堂を会場に、盛大な記念式典を開催した。ところが、この年に行われた国勢調査の結果によると、市の人口は結局九〇万を少し超えた程度であり、実際には名古屋の百万都市化は一九三四年まで待たねばならなかった。つまりこの祝賀ムードは、結果的には完全な勇み足であったのだが、さしあたり、当時の名古屋に充ち満ちていた高揚感を読み取っておく必要はあるだろう。一〇日の『新愛知』には「大名古屋市人口百万祝賀記念号」と題された一面記事が掲載され、名古屋が「押しも押されぬ全国第三位の大都市たる外形と内容を兼ね備へた」ことが高らかに宣言されている。

先に確認した、プロレタリア文学の有する〈先端的かつ普遍的〉というコノテーションは、こうした名古屋の大都市たろうとする上昇志向にまさに適合するものであった。ゆえに、それは『新愛知』上で重用されてゆく。結局のところ、『新愛知』においては、プロレタリア文学というジャンルがもたらす文化的レベルでの効果こそが重要だったのだろう。[24]それが本来有していた文字通りの政治性は、「タンク」事件のような社内の実体的な勢力闘争に関わりでもしない限りは、ほとんど度外視されていたといってよい。実際、紙面を離れてみれば、名古屋におけるプロレタリア文学運動は、それほどの高まりをみせることはなく、保守層に脅威を与えるほどの勢いはなかった。[25]だからこそプロレタリア文学評論には、編集サイドの変動にそれほど左右されることもなく、一定のシェアが与えられ続けたのだと考えられる。

確かに『新愛知』のなかでも、のちの『タンク』一派は、その政治性を真剣に信じていた可能性は十分ある。だが尾瀬敬止の回想をみる限り、一派によるプロレタリア文学評論の導入にもまた、彼らなりのメディア的戦略が大きく関わっていたのは間違いない。尾瀬によれば、自分が担当する以前の『新愛知』学芸欄には「お膝元の名古屋の文学青年あたりが気侭に書きなぐつた原稿」しかなく、「我が国の中心である東京の文壇などからは殆ど顧みられなかつた」し、「今、日本の思想界はどういふ方向に向つてゐるかなどに就いては、全く無関心であつた」。そうした状況に対し、尾瀬と尾池義雄は、「学芸欄にヨリ良き原稿を載せる事によつて、読者を多少でも啓発しようと考へ」たのである。[26]彼らにとって、東京のプロレタリア文壇人たちに評論欄を書かせることは、〈中心〉たる「東京の文壇」と名古屋との文化的間隙を飛び越えるために必要とされていた。実のところ、その発想の方向自体は、彼らが去った後の『新愛知』にエロ・グロ・ナンセンスを呼び込んだ編集部あるいは上層部と、それほど大きな相違はなかったのである。

『新愛知』でプロレタリア文学評論が全盛を誇った同時期には、小林秀雄が評論「様々なる意匠」を引っさげて、中央文壇への鮮烈なデビューを果たしている。そこで小林は「商品は世を支配するとマルクス主義は語る、だが、このマルクス主義が一意匠として人間の脳中を横行する時、それは立派な商品である[27]」と喝破し、この時期のプロレタリア文学が抱え込んでいた逆説をえぐり出した。『新愛知』で起こっていたのは、まさに小林のいうプロレタリア文学の〈商品〉化であったといえよう。しかし、そのような〈商品〉化されたプロレタリア文学こそが、ここでは求められていたことを見逃してはならない。人々の欲望に適応するかたちで、名古屋を先端的表象として組み立ててゆくために必要なのは〈思想〉ではなかった。それは、何よりもまず「意匠」である必要があったのだ。

ただし、こうして構築されてきた紙面の共同幻想には、時としてノイズが見え隠れする。連載コラム「現代娘・プロフイル」では、「名古屋つてなんて憂鬱なんでせう。[中略]東京に一月ばかり行つて帰つてからは広小路と馬鹿《ママ》〱しいやうな気がして外出しないいんですよ[28]」「断髪したいんのですけど名古屋ぢやね。東京に行つたら断髪しますは[29]」といった若い女性たちの発言が拾われている。これらの発言から、現実には遅れていた名古屋という〈実態〉を読み取り、表象された名古屋の欺瞞を指摘することも可能であろう。だが、より重要なのは、名古屋という都市のイメージ形成にあたり、先端的なモダン都市との相同性が繰り返しうたわれる一方で、未だその〈先端〉には到達しきれていないこともまた、同一のメディア上でほのめかされていたことの意味を考えることだ。おそらく、こうした表象の矛盾が図らずも浮かび上がらせる〈未完〉の感覚こそが、マスメディアに先端的イメージの絶え間ない供給を求め、モダン都市・名古屋への人々の欲望を掻き立て続けたのではなかったか。

昭和初期の『新愛知』におけるプロレタリア文学評論の隆盛とエロ・グロ・ナンセンス記事の台頭とは、裏返せば、〈未完〉のモダン都市・名古屋を支えるために、〈文学〉や〈逸脱〉がマスメディアに流用されていった軌跡そのものであった。そこには、地方都市におけるモダンへの欲望と、それが拡大・再生産されてゆく回路の成立に、プロレタリア文学やエロ・グロ・ナンセンスが共に醸し出す先端的なイメージが、いかに深く関わり合っていたのかが明確に刻印されているといえよう。

本章ではここまで、プロレタリア文学とエロ・グロ・ナンセンスという本来であれば対照的ともいえる二つの要素が、先端的イメージの〈商品〉として、並列的に〈消費〉されてしまう様子を確認してきた。次章では、この両者をさらに戦略的に交錯させようとした、井東憲のプロレタリア探偵小説の試みを例に、プロレタリア文学と〈逸脱的なもの〉、さらにそれらと大衆イメージとの関係についての考察を進めてみたい。

【注】

（1）島洋之助『百万・名古屋』（名古屋文化協会　一九三二）一三頁

（2）島前掲書　二八〇頁

（3）本章の調査にあたっては、『新愛知』マイクロフィルム版を利用したが、そこでは一九二六年一一月一日（月曜日）が欠号となっている。この号から月曜文芸評論欄が始まっていた可能性も十分あるが、現時点ではこの号の原紙が発見できていない。

（4）ここでは、まず評論欄におけるプロレタリア文学陣営の勢力状況を分析するために、批判的評論は計算から外した。なお、批判的論調の評論は五本あり、プロレタリア文学が主張する政治の優越に対しての批判（十菱愛彦「書斎から」（『新愛知』一九二七・一・三一）などがみられる。

（5）栗本幸夫『増補新版プロレタリア文学とその時代』（インパクト出版会　二〇〇四）九七頁
（6）小野秀雄『日本新聞発達史』（大阪毎日新聞社　一九二二）四七六-四七七頁
（7）『新愛知』及び『名古屋新聞』の基礎的データは、中日新聞社史編さん委員会編『中日新聞三十年史』（中日新聞社　一九七二）、新修名古屋市史編集委員会編『新修名古屋市史　第六巻』（名古屋市　二〇〇〇）参照。なお、『新愛知』と『名古屋新聞』の発行部数については、「新聞雑誌及通信社ニ関スル調査」（『新聞雑誌社特秘調査』（大正出版　一九七九）による、『新愛知』一七〇〇〇部、『名古屋新聞』九〇〇〇部（一九二七年一一月末現在）というデータもある。
（8）内藤辰雄「環境とプロレタリア文学」（『新愛知』一九二八・五・二七）。なお、伏せ字部分の該当単語は文脈より引用者が推測。
（9）尾池義雄『太閤』（春秋社　一九三〇）
（10）寺出道雄『知の前衛たち』（ミネルヴァ書房　二〇〇八）一四頁
（11）尾瀬敬止「文化の敵『新愛知』を葬れ！」（『タンク』一九三〇・一一・二八）
（12）「新愛知不執筆同盟」参加者は以下の通り（掲載順）。山川均、山川菊栄、大森義太郎、昇曙夢、福永換、小山篤二郎、小川未明、木村毅、前田河慶一郎、大泉黒石、内藤辰雄、葉山嘉樹、城しづか、新居格、山田清三郎、西谷勢之介、堀江かど江、戸川秋骨、室伏高信、谷高輔、井東憲、小牧近江、江口渙、鈴木厚、神近市子、松尾嘉明、松本淳三、松村喬子、村松正俊、生田花世、鈴木茂三郎、大佛次郎、佐藤惣之助、細田源吉、福田正夫、佐々木孝丸、黒田伝治、細田民樹、川路柳虹、早坂二郎、布施辰治、貴司山治、奥むめお、加藤一夫、大宅壮一、青野季吉、宮崎龍介、倉田潮、丸山義二、山田やす子、永島暢子、望月百合子、佐野京子。
（13）尾瀬前掲文
（14）金子洋文「農民文学の新展望」（『新愛知』一九三一・五・二五）。なお、伏せ字部分の該当単語は文脈より引用者が推測。
（15）酒井潔「黒魔術」【上・中・下】（『新愛知』一九二九・一〇・二四、三一／一一・一）。「魔術と占星術」【上・中・下】（『新愛知』一九二九・一二・二二、二五、二七）

(16)加納作次郎「所謂無芸術時代」(『新愛知』一九三〇・一二・二二)
(17)「納涼どころか汗かく雑沓ぶり」(『新愛知』一九三〇・七・一一)
(18)島前掲書 一八八頁
(19)「銀座裏猟奇行」(『新愛知』一九三一・五・一七)
(20)「潜行偵 変装記者の体験その一」(『新愛知』一九三〇・九・六)
(21)「女給時代 街頭ナンセンス」(『新愛知』一九三一・一一・二七)
(22)松本正雄「制作上の一の方向」(『新愛知』一九三一・七・一三)
(23)永嶺重敏『モダン都市の読書空間』(日本エディタースクール出版部 二〇〇一)
(24)このことは、『新愛知』に掲載されたプロレタリア文学が、あくまで評論であって小説でなかったという事実とも関わるだろう。『新愛知』では、これほど多くのプロレタリア文学評論を掲載しながら、朝夕刊の連載小説欄には一度もプロレタリア小説がとりあげられることはなかった。慣習的に、この新聞の小説欄には大衆娯楽小説が掲載されていたため、プロレタリア小説が入り込む余地がなかった等々、その理由はさまざまに想定することができる。だが、やはりこの現象には、『新愛知』にみられる、〈中央〉で展開される文学の紹介および消費に対する熱心さと、〈地方〉からの文学を発信するという意識の希薄さが影響していると考えられる。小説ではなく、評論という形式の選択は、こうしたモチベーションの正確な反映であったといえるのではないか。
(25)名古屋にまったくプロレタリア文学運動がなかったわけではない。一九三〇年一一月には『赤煉瓦』というプロレタリア評論・小説を中心とした雑誌が創刊されている(木下信三「大正・昭和期の文学」(『新修名古屋市史第六巻 名古屋市 二〇〇〇)。ただし、現時点までの筆者の調査では、公的機関の所蔵、古書市場等にこの雑誌は見当たらない。詳細は不明ではあるが、それほど量が流通した雑誌ではなかったと考えられる。
(26)尾瀬前掲文
(27)小林秀雄「様々なる意匠」(『改造』一一(九) 一九二九・九)一一一頁
(28)「現代娘・プロフイルB 憂鬱な名古屋」(『新愛知』一九三一・一一・一一)

(29)　「現代娘・プロフィルC　断髪がしたい」(『新愛知』一九三一・一一・一二)

第10章　プロレタリア文学の〈臨界〉へ

――井東憲『上海夜話』におけるプロレタリア探偵小説の試み――

1　プロレタリア作家・井東憲

井東憲は、雑誌『変態心理』の記者として活躍していたこともあり、本書の各章（第3・6・9章）でも、しばしば登場してきた人物である。彼は、学術的「変態」概念の時代から、エロ・グロ・ナンセンスの時代まで、長きにわたって「変態」にかかわり合ってきたが、別に「変態」研究のみを行ってきたわけではない。その略歴を確認しておこう。静岡で育った井東は、一〇代を放浪と遊蕩に費やす。その結果、性病に罹り、検黴病院に娼妓とともに入院する経験をしている。それを機会に回心した彼は、一九一六年、明治大学法律学科に入学。この頃、大杉栄を知り、アナーキズム運動と関わり始めている。その後『種蒔く人』『文芸戦線』などに寄稿、娼婦の凄惨な生活を描いた『地獄の出来事』（一九二三）が評価され、小説家として認められてゆく。『変態人情史』や『変態作家史』（一九二六）などの通俗的著作をなす一方、ナップに所属し、上海の革命を描いた『赤い魔窟と血の旗』（一九三〇）といったプロレタリア文学も多く残している。

こうした井東の昭和初頭における活躍は、『新愛知』に掲載された、「エロ・グロもの全盛　名古屋図書館の近況」（一九三一・三・六）といった記事からもうかがうことができる。ここでは、当時の名古屋の公衆図書館で閲覧数が多い本が、部門別に紹介されているが、井東憲の『上海夜話』は、「歴史地理」部門の筆頭に挙げられている。[1] このような記録からは、彼が一流とはいえないにせよ、一定の人気と知名度を誇った作家だったことがわかるだろう。だが、その著作の多くが、通俗性の高いものであったことが災いしてか、正統な文学史からは特に重視されることもなく、これまで見過ごされてきてしまった。[2] しかしながら、井東自身は、プロレタリア作家としての強い意志と矜持とを持って、その創作に当たっていた。井東の自筆年譜には、次のような記述が確認できる。

金になるものなら何でも書き、社会科学の研究に没頭。再び支那へ行く。その頃やつと、イデオロギーがはつきり掴めた。その間、敢て探偵小説的通俗的プロレタリア小説を書く。主として題材を、上海と世界各国との間にとる。昭和四年末平凡社より出版したる「上海夜話」はその試みの一つなり。［中略］私は、いつも、自分の主義と技術とを以て闘の真只中にありたいと願つてゐる。(3)

ここからは、井東が自らの著作を、「探偵小説的」で「通俗的」であるにせよ、プロレタリア小説の一つであると位置づけていたことがわかる。そしてそれは、階級闘争を「闘」うための「自分の主義と技術」の結晶ですらあったのである。

本章では、のちに井東が「その頃やつと、イデオロギーがはつきり掴めた」と振り返ることになる、作家としての模索・転換期に書かれた短編集『上海夜話』をとりあげ、彼の「探偵小説的通俗的プロレタリア小説」の試みに焦点を当てる。そこで井東が目指したのは、プロレタリア文学という枠組みのなかに、大衆文学や探偵小説といった同時代の他の文学ジャンルを貪欲に取り込むことであった。それは結果的に、彼のプロレタリア文学を、新奇なものや逸脱したものに満ちたものへと変容させてゆく。しかし、本章ではそうした正統派のプロレタリア文学からはずれた視点こそが、この『上海夜話』というテクストの可能性を開いてゆく点に着目したい。このような井東のプロレタリア文学との向き合い方は、あまりに手前勝手なプロレタリア文学の受容であると批判されるかもしれない。だがそれも、〈消費〉による新たな文化的生産の過程とみなすことはできないだろうか。「エロ・グロ」的な興味本位なまなざしで、プロレタリア文学を〈消費〉することで生み出されてゆくもの。本章では、その可能性と限界を探ってゆく。

集である。

2　近代民族国家《ネーション・ステート》システムからの逸脱者たち

『上海夜話』（平凡社　一九二九）は、上海を舞台にした短編小説一三本（「上海夜話」篇）を中心に、「ハルピン夜話」篇と「南京夜話」篇という、ハルピンと南京を舞台にした短編を、それぞれ二本ずつ加えて構成された短編集である。

このような小説群が書かれるきっかけは、井東が実際に経験した上海渡航であった。明治初期から始まった日本と上海の関係は、一九二三年の上海・長崎間の定期航路（日華連絡船）開設などを追い風に、この時期に大きく発展してゆく。一九二七年には、上海在住の日本人は二万五千人を超え、上海の外国人の約半数を占めるまでになっていたのである。そのような〈近さ〉にも関わらず、多くの日本人からみれば、そこは共同租界・フランス租界・華界が入り組み、西洋と東洋が錯綜する〈別世界〉であった。それゆえ「上海は日本でも中国でもない憧れの「西洋」が体験できる「自由の天地」であり、そこでは日本人も植民地支配者としてふるまえる土地と思われていた」のだ。(4)

一九二七年、井東が「生活と恋愛の清算のため(5)」の逃走先に上海を選んだのも、この都市の「自由」を求めたがゆえであろう。彼は、そこで「種種な世界やマルキストやボヘミアン」と出会うこととなる。その当時の大体の状況は、『読売新聞』の文芸欄に連載された彼のコラム（「上海の人々【下】」一九二七・一二・三）から知ることができるが、「上海は、私に、新しい生活と新しい思想と愉快な友人たちを贈物にくれた」という肯定的な感想は、おそらく信じるに足る。それ以降、井東の著作の多くは、中国を題材としたものとなってゆくし、正確な時期は特定できてはいないが、一九二九年には、再度の渡航も果たしている。

では、そのような経験を通じて書かれていった『上海夜話』とは、どのような内容であったのか。

本章で論じてゆく「上海夜話」篇は、井東自身を思わせる小説家の「私」（作品によって呼び名は「ヰトウ」または「志村」に変わる）の上海見聞記の体裁をとる短編が中心となって構成されている。一つ一つの短編は独立してはいるが、横浜生まれのイタリア人で達者な日本語を操る、イタリーのおやぢといった、個性的な人物が共通して登場し、それらにゆるやかな連続性を与えている。

各物語は、日本から流れてきたダンサーの起こした殺人事件や、金満家たちの秘密倶楽部への潜入といった、読者の好奇心をあおり立てるような題材を多く扱い、さらにそこに人種の入り乱れる河南路の華やかなダンスホールや、売春婦たちのたたずむ大馬路《ダマロ》の永安公司《エイアンコンス》の屋上などの上海のエキゾチックな風俗描写が加えられることで、まさしく〈通俗的〉な印象を与えるものとなっている。

ただし、こうした『上海夜話』の特徴は、同時代の〈上海もの〉と呼ばれる一連のテクストのなかに置いた場合、取り立てて独自性を強調するほどのものではない。

この時期には、すでに上海に取材した創作やルポルタージュ的な著作が続々と登場し、人々のオリエンタリズム的興味を掻き立てていた。例えば日本における〈魔都〉としての上海のイメージの基礎を作ったといわれる、村松梢風『魔都』（小西書店　一九二四）では、「ニユーカルトンカフエー」の華やかなダンスホールや、娯楽場「大世界」に集う娼婦の群れといった、上海生活の光と闇を描き出してゆくが、『上海夜話』の風俗描写は、ほぼこの類型のなかに収まってしまっている。

では、『上海夜話』は単なる先行作品の焼き直しにすぎないかといえば、そうともいいきれない。のちに井東は、梢風を「階級闘争の事は問題としない」、「一種の猟奇派で、そしてブルヂヨア乃至プチ・ブル階級より他の生活は見ようとしない」ような〈支那通〉にすぎないと批判しているが、(6)この批判が暗に示すように、井東が描く上海は、基本的にプロレタリア文学的な認識によって統御されるものであった。

例えば、「道楽倶楽部の地下室」は、金満家たちに金で買われて連れてこられた上に、梅毒にでも罹れば、彼らの悪事の隠蔽のために死ぬまで監禁されるダンサーたちを描くことで、資本家階級の腐敗と搾取への憎悪を煽る。また、「アジヤの恋人」では、共産党工作員のロシア人青年と恋仲の、共産党シンパの中国人の美少女をめぐり、日米英のスパイたちが争奪戦を繰り広げるが、ロシア人青年以外は卑俗で野心的な人物たちとして描かれており、中国をめぐる帝国主義国家の争いを戯画化したものであることは明らかである。

この『上海夜話』が興味深いのは、あまりに図式的にすぎて、ときに教条主義的にも読めてしまう物語がある一方で、そのような教条主義的な枠組みからみれば、余計ともいえるような要素が繰り返しあらわれてくる点だ。その象徴的なものが、「混血児《あひのこ》」である。

「混血児」の属性を持つ登場人物は、この短編集冒頭の「白蘭花の殺人」から登場し、その後も全体を通じて、様々な〈混血者〉があらわれ、重要な役割を担わされてゆく。

チエチ公（「白蘭花の殺人」）は、二五、六歳のロシア人とアメリカ人の「混血児」であるが、酔って登場する彼は、「ロシヤ人とか、アメリカ人とかいふよりも、むしろ東洋人といつたやうな輪郭」を持ち、「ロシヤ語と上海語と英語のちやんぽんで、吼鳴るやうに唄ふように何かわめい」（一七頁）[7]ている。「私」は彼が「何をいふのか、まるで分からなかつた」が、時折「悲しい女」「金」「酒」といった断片的な単語のみが耳に入ってくる。つまり、チエチ公は、統一的全体が欠如し、不可解さを身にまとった存在として描かれているのである。そして、そんなチエチ公は、ある日突如として、ダンサーを射殺するという事件を起こしてしまう。しかも、その動機は「只急に殺したくなつたから」（二二頁）であった。

興味深いのは、この理解を拒絶するような行動にイタリーのおやぢは「日本に居ちやこんな気持は分らねえかもしれねえが、上海にゐると、誰でもよくこんな気持ちになる」。「俺も実あその気味があるが、混血児つて奴あ、変に淋しいもんなんだぜ。世界がどんなオールなインタナショナルになつたつて、矢張り淋しいかもしれねえぞ」（同頁）という解釈を加え、その上で彼の〈淋しさ〉に、強い共感の情を示している点であろう。『上海夜話』における「混血児」の問題については、すでに大橋毅彦による指摘がある。大橋によれば、一般的にはネガティヴに受け止められる「朦朧とした生活態度、そこで人がまとう曖昧さというものが、上海においてはかえって一つの存在証明」、あるいは「パスポート」となりうる。そして、「混血児」はその上海的「朦朧」の象徴であって、井東は彼らに「ロマンチシズムをも含んだ、何ものをも憚らない自由な生の姿勢」と、それを通じた「連帯感が生じること」を夢想しているのだという(8)。

この短編集のなかで、チエチ公やイタリーのおやぢが有する曖昧さが、上海社会の隠喩として機能し、そこでの「自由な生」の象徴とされているのも確かである。しかし、先のイタリーのおやぢの発言に示されるように、そこには〈淋しさ〉という通底音もまた響いているのを看過すべきではない。彼らの曖昧さの持つ、両義性を捉えてゆく必要があるのだ。

実際、その〈淋しさ〉の根は深い。イタリーのおやぢの憂いに満ちた先の発言に対し、「私」は「その気持は分る。しかし、今にさうこだわらなくたつてい、時代がくるだらう……。」といい、問題を棚上げにしようとするが、イタリーのおやぢは、「そいつあ分らねえな。俺あそんな時代は、金輪際来ねえと思ふよ」（二一一―二一二頁）と、「私」の楽観的な未来志向を即否定してしまうのである。ニヒリスティックともいえるような諦観が、イタリーのおやぢを支配していることがうかがわれる。

そして、その〈淋しさ〉は、「混血児」だけのものではない。イタリーのおやぢが「俺も実あその気味がある」と述べたように、それは上海へと流れ着いた放浪者たちにも共有され、その考え方や行動をも、間接的な形で規定しているようにみえる。

上海へと流れ着いた、日本人ダンサーの六車桂子（「角を曲がつた辻馬車」）は、次のようにいう。

私はもう日本なんかへ帰るのは真平御免ですわ。［中略］しかし、かういつたつて、決して日本人を愛さないのぢやありません。日本人そのものは運命的に好きですわ［、］さう本当に運命的にね。（八一頁）

彼女は、日本という国家との関係性は、主体的に拒絶することができる。ところが、日本人という自己の属する民族に対しては、その愛着を「運命的」なものとみなして、脱することができない。

この民族性への偏重は、彼女の置かれた環境を考えれば、十分理解できる。彼女がダンサーとして踊る、中国人経営の「カフエー・ロア」では「日支人二十人ほどのダンサー」たちが雇われている。それは多国籍で華やかな空間を作り上げるための演出だが、彼女はそこで「日本輸入の美人」として、日々中国人ダンサーたちと競合しつつ働いてゆかねばならないのである。そこで問われるのは、国籍などではない。いかなる民族――より直截的にいえば人種――かが問題なのだ。日本民族であるという〈看板〉が、彼女にこの地での仕事と収入、そして自己のアイデンティティを最低限保証してくれる、唯一のものなのである。

ここには、「インタナシヨナル」な空間だからこそ、民族あるいは人種といった〈本来的〉な要素への人々の依存が高まってゆくという、逆説的な動向が描かれる。

おそらく、「混血児」の〈淋しさ〉の根源にあるのは、「インタナシヨナル」化してゆく社会において、そうした無前提に帰属が可能となるような基盤が、欠如しているがゆえの不安感なのではないか。

そして、人々は出来る限りそのような〈淋しさ〉に囚われることを避けようとする。日本のビール会社の上海支店に勤める会社員・小原正雄（「国際的な失恋事件」）は、中国人の映画女優である彩虹との恋愛の進展にある問題を抱えていた。「彼女は、僕がいくら日本人だと云つても、そりや嘘だポルトガルと広東人の混血児に相違ないと云つて聞かない」のである。彼にとっては「立派な日本帝国の臣民が、ポルトガル人と中華人との混血児だなんて思はれる事は不愉快で堪」らない（一八九頁）。

　しかし、小原の恋は、結局彼が日本人であることを強調しすぎたために、挫折してしまうことになる。小原自身が反省的に述べているように、彼が日本人であると気付きながらも、それをあえて「混血児」であると彼女がみなそうとしたのは、自分が好意を持つ人物が、日本人という「妾達《わたし》を軽蔑している帝国主義者」（一九三頁）であることを否認しようとしたからに他ならない。

　小原は、日本民族であることに呪縛されていたがゆえに、新たな人生の可能性を閉ざしてしまったともいえるだろう。だが、この呪縛から抜け出ることは、そのまま〈淋しさ〉に直面することを意味し、決して容易ではない。結局、小原は振られてもなお、「しかし、僕は矢張り日本人ですからね」（一九四頁）という自己弁護を繰り返すほかはないである。

　ところが、この短編集の「混血児」がみなこのアポリアに囚われているわけではない。なかには、それを易々と乗り越えてゆく「混血児」もまた、描かれているのだ。

　大木《ターモー》（「破れたシルクハット」）は、「日支の合いの子」の青年である。上海の紡績会社で働いていたが、労働運動に参加したため馘首され、現在では「苦力《クーリー》」（単純労働者）として生活している。「俺あいつでも、中国の××［＝革命］運動の兵卒のつもりなんだ」（一六六頁）という発言を証明するように、彼のかぶる破れたシルクハットは、デモのどさくさに紛れて欧米人の紳士から奪い取ったものだ。彼はまさに、模範的ともいえる目覚めたプロレタリアであった。

　そして注目すべきは、大木をめぐる人間関係である。このところの地下活動で警察などに目をつけられた彼は、朝鮮に高飛びすることになり、イタリーのおやぢの主催で送別会が開かれることになった。そこに集ったのは、「私」に加え、漁師の親分、ロシア人娼婦、新聞記者、若い印刷工、中学教師といった人々である。雑多な顔ぶれではあるが、会の最後には、それらの人々全員で労働歌「ゴルガの船唄」を合唱し、「一同は、彼〔＝大木〕の足取りに合はせて、卓を叩きながら、夢中になつて唄ひつゞけ」、「皆半裸体で汗ぐつしよりになつて」ゆく（二七八頁）。

この送別会の描写があらわすのは、大木は常に、このような職業や年齢の階層を超えた人々のネットワークに支えられていたということだ。労働歌の合唱に日本人の「私」やロシア人娼婦が心身ともに溶け込んでゆく様が象徴するように、そのネットワークの基盤であるプロレタリア革命思想は、民族をも超えた「インタナショナル」な連帯を生み出してゆく。

ここには、「混血児」が体現する、帰属の不確かさゆえの〈淋しさ〉に対する、一つの解決法が示されているといえよう。「混血児」的な頼りないアイデンティティが、「インタナショナル」なプロレタリア革命家という、新たなアイデンティティへと昇華されるならば、その〈淋しさ〉は、乗り越え可能になるものとして描かれているのである。

国際化の進展は、そこで生きる個人に、民族のような〈本質〉への強迫観念的な依存を逆説的に呼び起こす。そして、プロレタリア革命思想は、その依存すべき近代民族国家《ネーション・ステート》システムから、逸脱してしまった者たちの受け皿、すなわち〈救済〉たり得る。これこそが、『上海夜話』に通底するイデオロギーではなかったか。

だとすれば、それはいかなる文脈のなかから生まれ、そこでどのような意味を持ちうるものだったのだろうか。

3　奪還／動員すべき「大衆」

井東は、自筆年譜において『上海夜話』を「敢て探偵小説的通俗的プロレタリア小説を書」いた時期の試みとして位置づけている。ここで着目したいのは、「敢て」という表現だ。そこには井東の「探偵小説的通俗的プロレタリア小説」というカテゴリーを、自ら選びとったことへの自負がかいまみえる。

こうした表現は、時期からして明らかに、当時のプロレタリア文壇の議論の中心にあった、芸術大衆化論争を念頭に置いてなされたものと考えて間違いはないだろう。

プロレタリア文学と大衆をいかに結びつけるかという問題は、大正期から議論されてきたが、プロレタリア文壇全体の論争にまで発展する契機となったのは、中野重治の「いはゆる芸術化論の誤りについて」（『戦旗』一九二八年六月号）だった。このテーマについて、翌月には鹿地亘「小市民性の跳梁に抗して」（同七月号）が続き、さらにこの二人に対して批判的立場をとる蔵原惟人「芸術運動当面の緊急課題」（同八月号）が参戦したことで、論戦が本格化することになった。その後、中野・蔵原の批判の応酬が続き、他にも林房雄をはじめ、多くのプロレタリア文壇人たちの発言が現れたことで、議論は混迷の度を深めていくことになる。こうした論争も、中野の「解決された問題と新しい仕事」（同一一月号）による微温的ともいえる総括によって一旦の幕引きを迎えるが、実際には、その後もこの問題はプロレタリア文壇のなかでくすぶり続けていた(9)。

そこでは、なにが問題とされたのか。核となるのは、同時期に台頭してきた大衆文学などに独占されつつある大衆を奪還するためには、プロレタリア文学はどのような戦略を用いるべきか、という問題であった。それを軸としながら、次第にプロレタリア文学のあるべき形式とは何か、といった問題へと展開していったのである。

論争の中心にいた、中野と蔵原の議論をみておこう。中野は、大衆文学的なおもしろさに追従するプロレタリア文学を批判する。中野によれば、大衆が本当に求めているのは「その生活がまことの姿で描かれること」であって、そのような文学こそが「芸術の芸術、諸王の王」なのだ。プロレタリア文学は最も芸術的なもの、すなわち最も大衆的なものになることで、大衆文学に象徴されるブルジョア文化から大衆を取り返してくるべきなのだという(10)。

それに対し蔵原は、中野の論を「純然たる理想論、観念論」にすぎないと批判し、プロレタリア芸術確立のための芸術が、少数の人々にしか受け入れられない現状がある以上、それとは別に「大衆の直接的アジ・プロのための芸術運動」を遂行してゆく必要があることを主張している(11)。

すでに先行論が指摘するように、彼らの論じる大衆は理念に基づく幻想であって、ともに実在の大衆からは遊離していたのは間違いない(12)。しかし、ここで強調しておきたいのは、彼らの議論が語るべき大衆とは、まず「理念」的である必要があったという点である。説明のために、彼らがどのような原理によって、大衆化が達成されると考えているかを確認しておこう。

中野は、「労働する百万の大衆は、プロレタリアートによつて組織されて行く自分自身の生活が表現されることによつてプロレタリア的にアヂテートされる(13)」と考える。大衆は「プロレタリアートの眼」、すなわち〈プロレタリア文学の世界観〉に基づく文学のなかに描かれた、自らの生活のあるべき姿を読むことで、自ずとその思想を内面化した存在となってゆくというのである。

対する蔵原は、プロレタリア文学の大衆化には、確かに「大衆の生活を客観的に描き出すことが要求される」が、その達成のためには、まず「「大衆に理解され、大衆に愛され、而も大衆の感情と思想と意志とを結合して高め」得る如き、芸術的形式を生み出さなければならない(14)」（傍点本文）のだという。

注意すべきは、ここでの蔵原の批判が、実はただ中野の手段の不備を指摘しているにすぎないということだ。

蔵原が「芸術的形式」にこだわるのは、あくまでプロレタリア文学を、大衆のメンタリティをよりよく統合し得るシステムへと改善するためである。いいかえれば、両者ともにプロレタリア文学を、読むという行為を通じて大衆を教育する、一種の〈イデオロギー装置〉として認識している点においては、同質の議論なのだ。

つまり、彼らがこの大衆化論争のなかで追求していたのは、プロレタリア文学が、〈無自覚〉な大衆を〈自覚〉的なプロレタリアに再構築するためのより効果的な〈装置〉になるためにはどうしたらよいか、という問題だったといえよう。

このように論争は、どうやって大衆にプロレタリア文学を読ませるかという、実際の戦術をめぐる議論だけに留まるものではなかった。そこでは、大衆がプロレタリア文学によって〈自覚〉に至るメカニズムをめぐる理論的な検討も並行してなされていたのであり、彼らのいう大衆とは、単に実在のそれというよりも、常に理念や規範（モデル）としての側面を備えざるを得なかったのである。

またこの大衆化が、ある一つの〈全体〉――ここでは〈階級〉あるいは〈党〉――への能動的な貢献を果たす主体を創出しようとする点からいえば、そこで作動する思想のあり方を「動員の思想[15]」と呼んでも差し支えはないだろう。

この思想は、のちに小林多喜二の大衆化論に至って、非常にラディカルなかたちをとって現れてくる。多喜二は、大衆とは、「工場労働者（と貧農、小作人）」といった、今後非合法化してゆく闘争の中心となり得る存在のことだと断言する。「我々は大衆化をこのやうに把握し、――その正しい見透しのもとに、具体的に闘つて行かねばならない[16]」（傍点本文）という認識に立ったとき、大衆は階級闘争の〈兵士〉の供給源として、まなざされることになる。

4 プロレタリア探偵小説の〈失敗〉

前節での芸術大衆化論争の議論と、井東の「探偵小説的通俗的プロレタリア小説」たる『上海夜話』を比べてみよう。するとそれは、大衆向けに書かれたプロレタリア文学だという大枠は共有されているにせよ、それ以外の多くの点において、プロレタリア文壇主流派の議論とはずれを生じていることがわかる。

そして、そのずれを最もよく象徴しているのが、探偵小説の受け止め方であった。中野重治は、探偵小説をプロレタリア文学へ導入することに、このような苦言を呈している。

我々の持つて居る二三滴の社会主義をば、大衆の生活のなかに在るといふだけで決してそれの本質でない所の、如是の探偵的興味やキテレツなものへの興味を通して注射するのであつてはならない。さうしたやり方では決して「大衆の感情と思想と意志とを結合して高める」ことなぞ出来はしない。(17)

彼には探偵小説的な興味は、「社会主義」を通じた大衆の〈動員〉にとってはつまずきの石であると認識されている。それは、プロレタリア文学の〈正しい〉大衆化にとっては、あくまで排斥すべき要素にすぎないのである。

それに対して、井東の場合、排斥するどころか「探偵小説的通俗的プロレタリア小説」というカテゴリーを「敢て」選びとってゆく。しかも、井東のなかでは、この「探偵小説的」なプロレタリア文学というアイディアは、単なる一時の思いつきで消えてしまうようなものではなかった。それは彼の創作理論の鍵となる概念として位置づけられてゆくのである。(18) 井東は「探偵小説の新方向――プロ探偵小説出現の機運――」(『新愛知』一九三一・二・二）という評論のなかで、現在の探偵小説が、「ブルヂョア的社会意識」に縛られ、行き詰まりを示していると主張している。それは犯人の追求だけに留まり、「犯罪人の出て来た社会の欠かんや環境は、書かうとしない」（傍点本文）ため、「大衆の階級的正義感」を満足させることができないのだという。

　同様の議論は、当時プロレタリア文壇のなかにありながら、積極的に探偵小説などの大衆文学にも言及していた、林房雄の発言にもみることができる。林もまた、プロレタリア探偵小説では「一体何の為殺人をやり、何のために犯人を捕へるか、その動機、個人的社会的動機といふものに吾々は興味の中心をむける」ことを強調する。(19)つまりは、犯人そのものが最終目標なのではなく、その犯人を生み出す社会こそが、解くべき謎とみなされる。ここには上部構造（犯人）よりも、それを規定する下部構造（社会）を重視するマルクス主義的世界観を、探偵小説というジャンルに反映させることで、プロレタリア文学と探偵小説を接合しようとする試みがみてとれよう。

　してみると、井東の論は、プロレタリア文壇でも、林房雄に代表される大衆文学受容派に近しいものと推察される。林は、芸術大衆化論争のなかで、「大衆とは政治的に無自覚な層」と明確に定義した上、大衆化のためには「現実の労農大衆に愛読されてゐる吾々以外の作家――白井喬二や大佛次郎や三上於菟吉の作品を研究(20)」すべきだと論じて、中野・蔵原の大衆文学を一概に否認しようとする議論と対峙した。

　同様に、井東もまた、探偵小説の単なる否認ではなく、摂取によって自らのプロレタリア文学の大衆化を図ろうとしていたのであろう。だが、このような井東のもくろみを理解した上でも、「探偵小説的通俗的プロレタリア小説」と位置づけられた『上海夜話』を、いわゆる探偵小説として受け取るのは困難である。

　殺人や監禁といった事件は起こるが、そこに暴くべき謎やトリックなどがあるわけではない。唯一、「海賊船の伊達男」という話だけは、謎多き男女二人組が最後に革命運動家の海賊というその正体を明かすというプロットを有するが、そこに謎を探る〈探偵〉はおらず、正体は二人が自ら教えてくれる。そもそも、この短編集には全体を通じて〈探偵〉そのものが登場しないのである。主人公たる「私」は、あくまで見聞のみをする存在であって、何かを解決する役割は担っていない。

この短編集が、探偵小説の基礎的条件を満たさないのは、それが謎解きを主眼とした本格探偵小説ではなく、猟奇趣味的な変格探偵小説にすぎないからだ、という結論付けも可能ではあろう。しかしそれでは、この作品を分類しただけで、分析したとはいえまい。

先の井東の評論に戻って、もう少し具体的にプロレタリア探偵小説の書き方について語っている部分を読んでみよう。

> 例へば、こゝに××［＝共産］主義者でストライキを起した職工長があり、その職工長が工場主の暴力団に巧妙に暗殺《テロ》られた事件があつたとする。かう云ふ社会的事件も、従来の作家群に取扱はれると、単に怪死者の死因を法医学的に解剖し研究して、所謂頭のいゝ探偵が、犯人を挙げる様子を、興味中心に描かれるに止るのだ。だが、階級的な立場から観れば、この事件は、資本家のストライキや職工に対する狂暴な態度のよき証拠である。プロレタリア探偵小説家は、この事件の社会的意義をはつきりと見極め、真犯人は資本家であることを探偵する。

注目すべきは、この探偵小説のモデルにおいて〈探偵〉がどこにいるのか、である。「従来の作家群」に書かれる場合、「所謂頭のい、探偵」が登場し、「犯人を挙げ」てゆく。ところが、プロレタリア探偵小説で「真犯人は資本家であることを探偵する」のは、物語内の〈探偵〉ではない。それは「この事件の社会的意義をはつきりと見極め」た「プロレタリア探偵小説家」本人なのである。

これは、引用部分の表現上、そう読めてしまうだけなのではない。実際にこの短編集で、社会システムやその裏面を〈謎解き〉してくれるのは、誰よりもまず〈語り手＝作者〉であった。

「アジヤの恋人」を例にとろう。第二節の冒頭は、一九二七年の中国の政治状況の説明から語り始められてゆく。ところが、次第にそれは物語背景の説明に留まらず、〈語り手＝作者〉による社会分析へと展開していってしまう。

> 然し乍ら、中国革命［辛亥革命のこと］は、反帝国主義と云ふ特別な色彩を除いては、各国の資本主義国家の組織と少しも変らない基礎の上に立つてゐるので、やがては第二弾の………［伏せ字］遭遇すべき運命を、世界の資本主義国と共に持つてゐる。
> その時機、それは悪魔でも知らないだろう。（二五一頁）

「悪魔でも知らない」、革命の今後という謎ですら、「プロレタリア探偵小説家」の探偵にかかれば、すぐにでも解決可能である。すべてはマルクス主義理論によって、〈科学的〉に予言されているのだ。

これは極端な例かもしれないが、ゆえにプロレタリア探偵小説の限界が、明瞭に示されている。犯人から社会へと、謎の水準をスライドさせたために、その解かれるべき謎の答えが、すでにマルクス主義理論として公開されているという矛盾を、プロレタリア探偵小説は本質的に抱え込まざるを得ないのである。栗原幸夫は、プロレタリア文学には「謎がない、つまりマルクス主義によってすべては解明され尽くしてしまっている」がゆえに、探偵小説に向かなかったのではないかという推論を述べているが[21]、それはそのまま井東への的を射た批判となっている。プロレタリア文学と探偵小説の混合によって、新たな創作のスタイルを生み出そうとした井東の試みは、実質的には誕生とともに挫折していたといえよう。

結果としてそこには、探偵小説としては謎がなく、プロレタリア小説としては散漫な風俗的興味が過剰に取り入れられた小説群が残されることになった。〈探偵〉的ともいえる興味本位なまなざしと、それによって収集された上海風俗の集積物としての『上海夜話』は、こうした〈失敗〉のなかから産出されたのである。

5　脱臼される〈大きな物語〉

これまでの分析で明らかなように、井東の「探偵小説的通俗的プロレタリア小説」に通底するイデオロギーは、「動員の思想」とは、質的に大きく異なるものだった。

「動員の思想」が、プロレタリア革命という最終目標のために、いかに大衆を革命思想・運動へと組織化《オーガナイズ》してゆくか、を問題としたのに対し、井東のイデオロギーには、そもそも大衆という全体へのマクロな視点が欠けている。そこで焦点化されたのは、個々の人間が、いかにして民族国家《ネーション・ステート》に呪縛されてゆくか、またはそのシステムからの逸脱者が、革命思想と運動のなかで、どのようにアイデンティティを回復してゆくか、であった。

一体、このような井東のイデオロギーの特色を、生み支えているのは何なのか。大衆文学や探偵小説の是認という点では、林房雄らの大衆化論の影響を受けているようにもみえるが、おそらくそれは結果であって、原因ではない。より根本的に、井東のイデオロギーを規定しているのは、『上海夜話』にも横溢していた、〈インターナショナリズム〉と〈探偵〉的まなざしという二つの要素なのだ。

井東の〈インターナショナリズム〉は、素朴なものである。『上海夜話』と同時期に書かれた評論では、「私達階級意識を持ち、世界のプロレタリアのマルクス的進出を意図してゐる者達は、世界のプロレタリアと共に生活してゐる[22]」と述べ、プロレタリアであるということが、アプリオリにインターナショナルな連帯を保証してしまう。この彼の連帯への素朴なまでの信頼こそが、逸脱者たちが救済されうる根拠となっているのである。

だが、日本のプロレタリア運動における〈インターナショナリズム〉の問題については、すでに林淑美による鋭い批判がなされている。実際、日本のプロレタリア運動において、民族問題はそれほど深刻に扱われてはこなかった。それは、〈階級〉という絶対的な問題さえ解決されるならば、民族問題はそれに付随するかたちで解決されうるとみなされていたがゆえだ。だが、林が指摘するように、このような姿勢に基づく日本の〈インターナショナリズム〉は、結局のところ「被植民者の民族文化を抑圧するものとして機能」し、果てには体制側の目論む「植民地支配を鞏固にするための民族分裂政策を大きく補強することになった(23)」のである。

井東の〈インターナショナリズム〉も、その素朴さゆえに、こうした批判を完全には免れ得まい。ただし、そのような〈大きな物語〉に素朴に依拠することで書かれたはずの『上海夜話』には、一方で、〈大きな物語〉の枠組みからはこぼれ落ちるような、些細な出来事や物語への強い関心が同居していたことは見逃してはならない。

井東は『上海夜話』において、「混血児」のような、単純な支配／被支配階級という二項対立の図式からは〈逸脱してしまう存在〉に着目する。そのような、ミクロな局面で展開する文化的な政治力学への視角を持ったことの意義は大きい。結果、このテクストは帝国主義国家の植民者でありながら、資本主義社会では被支配者になるという錯綜した権力関係の下にある、上海の日本人たちの国民／民族主義《ナショナリズム》への依存形成の問題を、掘り当ててゆくのである。

もし、井東のプロレタリア文学に探偵小説を組み込もうとした試みに意味があったとするならば、このようなミクロな問題へと分け入って謎を探偵しようとする、興味本位なまなざしのプロレタリア文学への導入を正当化したところであろう。興味本位なまなざしは、プロレタリア文学理論が他の文学ジャンルとの差異化のために、意図的に切り捨ててきた夾雑物であった。中野重治が「「大衆の感情と思想と意志とを結合して高める」ことなぞ出来はしない」と危惧したように、それは〈些細なこと〉への関心を許容する以上、〈大きな物語〉に基づく大衆のメンタリティの「結合」ではなく、それを脱臼させるような分散化を導いてしまう。だが、こうした反プロレタリア文学性こそが、主流のプロレタリア文学理論においては潜在あるいは抑圧したままであった、オルタナティヴな批評の可能性を、井東のプロレタリア文学に与えたのだと考えられる。

プロレタリア文壇の主流派の議論が、最終的には日本ファシズムの裏返しとも読まれかねない、小林多喜二の大衆化論を生み出さざるを得なかったことを考えれば、日本のプロレタリア文学が持ち得た多様な可能性を探る試みは、井東のような〈失敗〉に眼を向けるところから始めねばならないのではないか。

【注】

(1)　小説として書かれている『上海夜話』が、「歴史地理」部門に分類された経緯は明らかではないが、ルポルタージュとみなされ旅行ガイドのような扱いを受けていた可能性は高い。〈上海もの〉の先駆とされる村松梢風『魔都』(小西書店　一九二四)が、「私〔＝梢風〕の生活の記録」(「自序」)とあるようにルポルタージュとして書かれたものだったことが、こうした誤解を生みやすい環境を作っていたとも考えられる。

(2)　プロレタリア作家としての井東憲については、近年一部でその業績の再評価の動きがみられる。そのような立場からの研究としては、清沢洋の一連の研究(「井東憲の芸術と思想」(『大正労働文学研究』五　一九八一・三)など)や、井東憲研究会『井東憲』(井東憲研究会　二〇〇一)などがある。一方、批判的な立場から井東に言及したのが、小川直美「「支那」と「通俗」」(『大阪経大論集』四八(三)　一九九七・九)である。小川は、井東の作品にみられる通俗性を既存の差別的なステレオタイプを再生産するものとして論難している。だが本章の議論からみえてくるのは、井東の通俗性がはらむ、そのようなステレオタイプの再生産を自ら〈失敗〉させてしまう可能性である。また本章で扱う『上海夜話』については、大橋毅彦「井東憲」(『言語都市・上海』藤原書店　一九九九)、尾沼潤一「井東憲『上海夜話』における試み」(『白山文学研究』創刊号　二〇一三・六)、石田仁志「上海〝魔都〟イメージの内実」(『戦間期東アジアの日本語文学』勉誠出版　二〇一三)などで論じられている。
(3) 井東憲「今迄の道」(『新興文学全集』六巻　平凡社　一九三〇)
(4) 高橋孝助・古厩忠夫『上海史』(東方書店　一九九五)一四頁
(5) 井東前掲文(一九三〇)一九五頁。なおここで挙げられた清算すべき「生活と恋愛」とは、当時彼が陥っていた、妻と愛人との三角関係を指す。
(6) 井東憲「支那通談義【下】」(『読売新聞』一九三一・二・一一)
(7) 井東憲『上海夜話』平凡社　一九二九。以下本章では当テクストからの引用は頁数のみ示す。
(8) 大橋前掲論文　五六-五九頁
(9) その後一九三〇年には、貴司山治による大衆化論を皮切りに論争が再燃し、日本プロレタリア作家同盟中央委員会が出した「芸術大衆化に関する決議」(『戦旗』三(一一)　一九三〇・七)によって総括されるまで続くことになる。本章では『上海夜話』が登場する一九二九年末までの論争を考察の対象とする。
(10) 中野重治「いはゆる芸術の大衆化論の誤りについて」(『戦旗』一(二)　一九二八・六)、「問題の捩じもどしとそれに就いての意見」(『戦旗』一(五)　一九二八・九)
(11) 蔵原惟人「芸術運動当面の緊急問題」(『戦旗』一(四)　一九二八・八)、「芸術運動における「左翼」清算主義」(『戦旗』一(六)　一九二八・一〇)
(12) 栗原幸夫『増補新版　プロレタリア文学とその時代』(インパクト出版会　二〇〇四)
(13) 中野重治前掲文(一九二八・九)九五頁
(14) 蔵原前掲文(一九二八・八)八三頁
(15) 「動員の思想」の定義は、中野敏男『大塚久雄と丸山眞男』(青土社　二〇〇一)を参考とした。
(16) 小林多喜二「プロレタリア文学の大衆化とプロレタリア・レアリズムに就いて」(『プロレタリア芸術教程』第

二輯　世界社　一九二九）四頁

(17) 中野重治前掲文（一九二八・九）九一頁

(18) 昭和初頭には、葉山嘉樹や平林たい子といったプロレタリア文学者が『新青年』に小説を掲載しており、プロレタリア文学者と探偵小説というジャンルが接触する機会はそれなりにあったと考えられる。ただ、彼らのうちで、プロレタリア文学への探偵小説の導入について、井東ほど正面から思索を試みた者はいない。

(19) 林房雄「現代文芸の相互批判」（『読売新聞』一九三〇・二・四）。座談会での発言より。

(20) 林房雄「プロレタリア大衆文学の問題」（『戦旗』一（六）一九二八・一〇）一〇二頁

(21) 「座談会〈大衆〉の登場」（『「大衆」の登場』インパクト出版会　一九九八）一九頁

(22) 井東憲「国際小説出でよ」（『創作月刊』一（一一）一九二八・一二）七三頁

(23) 林淑美「〈インターナショナリズム〉は〈饅頭問題〉を超えられたか」（『昭和イデオロギー』平凡社　二〇〇五）一三九－一四〇頁

終章 〈逸脱〉・共同体・アイデンティティ

1　『変態心理』の終焉

学術的「変態」概念をリードしていた『変態心理』の終焉と、エロ・グロ・ナンセンス的「変態」概念の台頭が交錯する、一九二五年前後。本書の終章は、この時期にもう一度焦点を当てることから始めたい。ここまでの議論で確認してきたように、この概念は権力や欲望の「網の目」のなかで、常にその意味を変転させてきた。それはあたかも樹木の根のように、直面した条件にあわせてかたちを変化させながら、社会の様々な局面に広がりをみせていったのである。だが、その多様さが全くの無秩序によって支配されたものではなかったことには注意をしなければならない。マクロな視点から眺めるのならば、そこには確かに一定の方向性がみてとれる。そして、それが最も明瞭に浮かび上がってくる地点が、この一九二五年前後なのだ。

では、なぜ「変態」概念は、その意味をこれほど大きく転換しなければならなかったのだろうか。この問いについて、本章ではこの概念を〈消費〉する人々――そこには当然、発信側／受信側の両方が含まれる――の欲望と、そうした彼らの欲望を生み出すに至った当時の社会的・文化的環境に着目することで、考察を進めてゆく。それはひいては、日本では近代という時代になぜ、これほど〈逸脱的なもの〉への欲望が噴出してきたのかという疑問に答えてゆくことにもなるだろう。

それでは、まずは学術的「変態」概念の側の動きから確認してゆくこととしよう。

変態心理学や変態性欲論をベースとし、大正期を中心に発展した「変態」理論は、この時期ともなると、急速にかつての熱を失ってゆく。その象徴ともいえるのが、雑誌『変態心理』の休刊であった。第1章と第2章でみてきたように、『変態心理』とその読者たちは、それぞれが別々の思惑を抱いてこの雑誌に集っており、実態としては、いわば同床異夢とでも呼ぶべき状況にあったといえる。しかし、それでもこの雑誌は、変態心理学という領域の可能性を信じた両者が、それぞれの立場から支えあうことで、ある程度の活力を維持してきた。

ところが、雑誌の末期にだんだんと表面化してきたのは、編集側と読者側の欲望のミスマッチというべき状況であった。一九二六年三月の『変態心理』一七巻三号には、「本誌の大飛躍について」という編集部からの今後の雑誌運営についてのマニフェストが掲載されている。そこでは冒頭から「従来の本誌の編集振りは余りに題名に囚はれ過ぎてゐた。そして材料の取扱方にどこか精気を欠いたところがあつた」といい、今後はそれを反省し、「従来の雑誌『変態心理』とは画時代的の大飛躍を試みんとする」のだと宣言する（五二―五三頁）。突如として、このような誌面の刷新を始めた背景には、ここで指摘されたマンネリズムに加え、財政的な問題も関わっていたようだ。刷新号であった一八巻一号（一九二六・七）には中村古峡の「第百号の辞」が掲載されているが、そこでは「過去の本誌中で、多少でも物質的に償ひ得られたのは、催眠術革新号、大本教追撃号、精神療法研究号の二三号ぐらゐにしか過ぎない。其の他の九十五六号は、いづれも毎号物質的に多少の損失を招いてゐる。その損失が積り積つて、今では私は可なりの借財を身に負うてゐる」（一四七頁）と、その苦しい台所事情が明かされている。

だが、誌面刷新をしなければならない根本的な原因は、編集部の側というよりも、実は読者の側にあった。「本誌の大飛躍について」と同じ号には、「本誌に対する批評と希望」（九二頁）という読者からの投書欄が設けられており、そこからは編集部が危機感をつのらせた原因をみて取ることができる。(1) 読者たちの意見を大きく分ければ、一つは「大本教解剖のやうなものをもう一度やつて下さい」（春秋生）、「迷信攻撃の為に今一度昔のやうな目覚ましい活動振りを希望する」（JOBK）といったような、迷信邪宗への批判キャンペーン再開への期待である。もう一つは「記事の大部分がゴツ〳〵した報告文に流れ勝ちで、軟か味とか諧謔味とかゞ足りない（中略）も少し全体に軟か味を加へて下さい」（信濃の一愛読者）、「ユーモアの記事を毎号二ツ位はのせて頂きたいと思ひます」（丸越三郎）というような、記事にやわらかさをもとめるものであった。

これらの投稿からもわかるように、ここで読者たちが『変態心理』に求めているものは、決してアカデミズム的な格調の高さや、勉強になる論文などではない。そのようなものよりは、「軟か味」や「ユーモア」が必要とされている。また、本来的な変態心理学の仕事を希望しているとも読める、迷信邪宗への批判キャンペーン再開に対する要望の声も、文面をみる限りそれは「目覚ましい活動振り」、つまりは批判記事の持つ、活劇的でわかりやすい面白さを求めるものだったようだ。

こうした読者たちの関心のあり方は、『変態心理』の創刊当初からあったものかもしれない。しかし、それは学術性を重んじるこの雑誌においては、これまで表立って主張されるようなものではなかったはずである。この読者が求めるものの変化は、一体どういうことなのだろうか。

この点を考察してゆくにあたり、『変態心理』の誌上を使って展開された、あるキャンペーンを紹介しておきたい。一見すると、この問題とはさほどの関係もないようなこのキャンペーンの顛末が、実は雑誌の方向性と読者との関係の変化を考える際の重要な手がかりになると考えられるからだ。

一九二一年一一月、『変態心理』八巻五号の誌面に「変態心理学実験所建設費寄附募集に就て」という記事が掲載された。そこでは、古峡が次のような言葉を並べて、診察室を備えた変態心理学実験所の建設のための寄付を呼びかけている。

> 我が日本では一般心理学の方面に於てすら、今日までに斯種実験所の開かれてゐるのは、只僅に東西両帝国大学の心理学教室くらゐにしか過ぎません。［中略］茲に普く世の識者諸君のご同情に訴へて、応分の寄附を仰ぎ、適当の器械と設備とを整へ、我邦最初の変態心理学実験所なるものを開設し、一面には益々斯学

の発達と普及とを図ると共に、他面には又小生が年来の宿願たる日本精神医科大学設立の端を開きたいと存じます。（傍点本文　六三三頁）

ここでは、計画されている実験所の説明に、「帝国大学の心理学教室」が引き合いに出されている点が目を引く。それは今回の企画が、「帝国大学」に象徴される正統な権威に匹敵する権威を、変態心理学が得られるかもしれない好機であることを、暗に訴えるものだったといえよう。それは、第2章で論じたように、変態心理学を通じて社会的地位の上昇を目指す読者たちにとってみれば、まさに望むところであったはずだ。

そして、企画が始まってから一年も経たない、一九二二年七月に変態心理学実験所は完成した。しかしながら、それは新築ではなく改築によってであった。完成を報告する記事によれば、「当初予定の実験所を新築し得る迄には、なお前途遼遠の感」があったが、「従来本会の事務所に使用していた建物を中心とする一廓」が売りに出たため、古峡が個人で資金を借り受けてこれを買うこととし、その一部をこれまで集めた寄付金を使って実験所として改築したのだという[2]。「第七回報告」（一〇巻五号）によれば、実験所の完成後の一九二二年一一月の段階でも、寄付金は累計七三〇〇円にとどまっており、最初の計画で「先づ小規模から開始したい」と言いながら「最低は五万円」と目標を設定していたことを考えると[3]、とても十分な額が集まっていたとはいい難い。

時期としては、ちょうど古峡が「物質的に償ひ得られたのは、催眠術革新号、大本教追撃号、精神療法研究号の二三号ぐらゐ」といっていた特集号が連続して出されていた少し後であり[4]、この雑誌が最も勢いのあったころだ。しかし、絶頂期だったにも関わらず、立派な建築物を打ち立てられるほどの経済力や政治力を、この雑誌とその読者の共同体は実際には持ちえなかった。そうした当時の実勢を考えれば、計画の縮小は妥当な判断であったといえよう。だが、このような現実的判断はその後、この共同体にとってのつまずきの石となってゆく。

現実的判断という観点からみれば、のちの古峡の転身もまた、そうした判断のもと行われたものとみなすことができる。『変態心理』が刷新を図っていたちょうどその頃、古峡は四五歳にして、東京医学専門学校二年に編入学をしている（一九二六・四）。卒業後は、精神科医として自らの診療所を開設し、解放病棟や作業療法など当時としては先駆的な治療法をおこなったという。[5] 医者となり権限を得ることで、様々な制約を脱し、より理想的な治療を患者たちに施そうとした古峡の判断は、一概に非難することはできない。しかしその反面、『変態心理』の核となる読者たちが、変態心理学にこれまで強く惹かれてきたのは、この学問がそうした正統的な道がすでに閉ざされた者にも開かれた、いわば裏口的な可能性であったがゆえだったことは忘れてはならないだろう。

まさしく、ここには〈変態心理学の可能性〉のあやうさが端的にあらわれている。変態心理学は、それが科学的な学問を標榜する以上、心霊や宗教といった〈霊的なもの〉とは、常に一定の距離をとっておく必要がある。また一方で、この学は医学あるいはアカデミズムに代表される、国家や社会における正統な権威に近しい位置にあった。ゆえに、そこに安易に吸収されないためには、自らをその権威と相対化し続けなければならない。〈変態心理学の可能性〉とは、そうした宙づり状態においてなんとか成立可能となるものであって、〈霊的なもの〉にせよ正統な権威にせよ、どちらに振れすぎても、その独自の価値を失ってしまうものなのだ。

実験所設立の計画が縮小されて実現したというこの出来事は、変態心理学が様々なレベルにおける〈現実〉と、次第に折り合いを付けてゆく方向へ舵を切っていったことを象徴的に示している。別の角度から見るならば、それは変態心理学の、既存のパラダイムを相対化してゆく新思想としての威力の減退、すなわち読者側からみたときの〈希望〉としての価値の低下を意味するであろう。変態心理学は、そのあやういバランスを崩してしまったのである。

おそらく『変態心理』に娯楽性を求める読者の声が表面化してきたのは、こうした変態心理学の変容が影響している。それまで変態心理学が保持してきた〈希望〉としての側面が失われたのであれば、この雑誌に求められるものが、ただの気晴らしとしての機能へと特化されてしまったとしても何ら不思議はない。主宰者である古峡にも、また読者の側にも存在するべき独自の意義を失いつつあった『変態心理』は、一九二六年一〇月に休刊（実質的には終刊）を迎えることとなった。では、変態心理学へと一度は集った読者たちは、こうした〈希望〉の場の崩壊に際して、どこへ向かっていったのであろうか。

2　『変態心理』読者たちの行方

本書が第2章で、『変態心理』の読者のなかでも、特に『変態心理学講義録』の寄稿募集に応じた読者たちに焦点を当てて論じてきたのは、彼らが匿名性を帯びがちな一般読者という存在のなかにあって、めずらしく自らを熱心に語る人々であったからである。しかし、そのような彼らのなかでも、『変態心理』の外での活動を確認できた者は、管見の限りではあるが、野崎吉郎・森徳太郎・佐藤秋溪（成義）の三名に過ぎない。

野崎吉郎についていえば、『齲歯の為めに』（大阪児童愛護聯盟　一九二四）という、小児の虫歯予防に関する啓蒙書を刊行している。これは彼の本業である歯科医としての業績であって、変態心理学とのつながりは読み取ることはできない。ただ、野崎の例をもって、読者たちの変態心理学への興味は、趣味のレベルにすぎなかったと断じるのはまだ早い。

森徳太郎は、一九二三年に『風俗史研究指針』（中外出版）を出版している。この書は、現在の風俗史学においては「風俗史学の体系化への基礎ができた」[6]契機の一つとされており、学史的な意義を有するとされている。当時の風俗史研究の第一人者である江馬務が執筆した「序」によれば、森は「大阪の素封家に生まれながら、家職を抛擲して拮据独学」（三頁）している人物であり、この書は江馬の指導とサポートによって発刊に至ったのだという。

この書は、あくまで風俗史の理論および体系を概説したものであって、変態心理学からの直接的な影響というのは、ほとんど見受けられない。変態心理学が援用されているのは、迷信の定義が森田正馬の議論から採られている所（一二五頁）ぐらいしかない。ならば、森が変態心理学と風俗史学という二つの領域に深い興味を抱き、関わっていったのは単なる偶然に過ぎなかったのだろうか。

実は、ある部分に注目するならば、両学はそれほど隔たったものでもない。森は、風俗史を「風俗とは人類風俗の起源、遷遷《ママ》及び其理法を系統的に研究する科学」（一〇頁）であると定義する。その上で「風俗史研究の目的」のうち「好古癖者が懐旧欲を満足せんがために研究する」ことを「異的」な目的であると断ずるが（一一頁）、それもまた、風俗史を「科学」とすることで、正統な学問の一つとして立ち上げようとする意識が強いがゆえであろう。こうした「科学」という概念に依拠しながら自らの学問を価値付け、立ち上げてゆこうとする姿勢は、すでに確認してきたように、中村古峡が変態心理学を打ち立ててゆく姿勢と共通する。

『変態心理』に投書をしながらも、活動の軸足を別領域へと移していった森だが、[7]彼の関わった二つの領域は、「科学」を標榜する正統未満の学問という点で相通ずるものがあったといえよう。『変態心理』は終焉を迎えてしまったが、同時代に勃興しつつあった、似たような志向を持つ他の学術的運動への切り換えは少なからず起こっていた。『変態心理』の挫折が、そのまま読者の欲望や主体としての挫折を意味するわけではなかったのだ。

佐藤秋溪（成義）などは、そうした挫折しない読者のよりわかりやすい例である。『変態心理』が終刊を迎える一九二六年、佐藤は『実験心理治療』（天真社）を出版している。そこでは、『変態心理』に掲載された自分の投書などを組み入れながら、催眠術を中心とした心理治療の方法と佐藤の実体験が紹介されている。

佐藤がこの書でみせる方向性は、以前彼が『変態心理』に寄稿していた文章でみせたものと、ほとんど変わらない。心理治療と医療は「両々相待つて療養上奏功すべきもの」だが、「現時の医者には変態心理学の素養知識がない」ことを嘆く。本来であれば、すぐにでも変態心理学を医師の必須科目とすべきだが、「それ迄は止むを得ず心理治療家を標榜し現代医業に対峙して其欠陥を補ひ不備を足し以て憐れむべき患者を救済治療せねばならぬ」のだという（六―七頁）。こうした見解に加えて、「催眠術気合術は科学的合理的で迷信愚俗な低級な信仰などと違ひ知識階級の人々にこそ適当の方法」（一二〇頁）という主張を勘案してみれば、この書に既存医学の欠陥の補完や科学性の強調といった古峡の変態心理学の方法が、そのまま継承されていることは明らかであろう。

ただその一方で、この書では自らの経験に基づいて、独自に催眠術の理論を発展させている部分もみうけられる。例えば、言語を解し得ない嬰児に対する催眠治療の効果を肯定する部分などはその典型だ。佐藤自身、「変態心理学者や治療家でも信ぜぬ人も多かるべし」（七三頁）というように、催眠術が暗示という〈言葉〉を利用した技術である以上、それはかなり無理のある考え方である。ただし、佐藤は効果があらわれる理由については、容易に奇跡や神秘として扱うわけではなく、彼なりの合理的説明を試みている。佐藤は、暗示が効くのはあくまで母親の「下意識」（無意識）であるとし、それによって母親の不安が解消し、母乳の質が好転することで、結果的に嬰児の症状の改善を促すのではないかと推測する。

この書は、多少心理療法の効果を強調しすぎともみえる部分はあるにせよ、全体的には『変態心理』で培われてきた心理治療に関する理論や議論を、良識的なかたちで継承したものだといえる。

ただ、そうした内容もさることながら、見逃してはならないのは、この書が佐藤の自力で出版されていたということだ。奥付をみてみよう。佐藤は「著者兼発行者」となっており、また発行所とされる「天真社」の住所は、記載されている佐藤の住所と一致する。つまり、「天真社」とは佐藤個人の出版社なのだが、この「天真社」から『実験心理治療』以外の書籍が発行されたという記録は残っていない。どうやら、佐藤はこの本を出すために、規模はごく小さなものだったにせよ、わざわざ新たな出版社を立ち上げたようだ。倒壊しつつある『変態心理』を尻目に、そこで育ってきた読者・佐藤はその先へと進もうと、自らの力で歩み続けていたのである。

『変態心理』とそこで展開された変態心理学を一つの運動としてみるのならば、それは雑誌の終焉とともに挫折したといっても間違いではない。だが、ここで挙げた森や佐藤の例が示すのは、この運動が受け皿となって引き受けていた欲望そのものは、たとえ運動が霧散しようとも、様々な領域へと延伸してゆくほどの強度を持っていたということだ。それは読者たちの寄稿やその後の活動をみる限り、社会主義運動や大本教のような先鋭的な宗教運動といった、〈革命〉運動に転化してゆくようなものではなかった。それは国家や社会といった〈全体〉の変革を求めるものではない。自らの生きる今ここにある日常世界に変革をもたらそうとする、いうなれば〈小さな革命〉への欲望であった。

おそらく、『変態心理』と変態心理学が〈現実〉との折衝のなかで失っていった〈希望〉とは、この〈小さな革命〉の可能性だったといえるだろう。そう考えたならば、エロ・グロ・ナンセンス時代の「変態」概念が、入れ替わるように台頭してくるのも必然的だったといえるかもしれない。この動向を先導した梅原北明が、その活動によってかいまみせたのは、まさにこの「変態」による〈小さな革命〉の可能性であった。

3　北明の「グロテスク」な抵抗

梅原北明は、「変態」概念の変容という現象を考える際には、まず外すことのできないキーパーソンである。ただし、中村古峡など学術的「変態」概念を担ったイデオローグたちと根本的に異なっているのは、彼は別に「変態」に関わる新たな理論を打ち立てようとしたわけではないという点だ。北明が次代の「変態」概念の形成に決定的な役割を担うことになったのは、彼が「変態」やエログロといった〈逸脱的なもの〉を利用した、抵抗の見世物《スペクタクル》を人々に提供したからであった。

その舞台となったのが、北明のエログロ出版である。そこで彼は、発禁をめぐる官憲とのいたちごっこを繰り広げていった。彼がエログロ出版に没頭してゆく契機となった「変態十二史」シリーズは、三冊（『変態芸術史』『変態崇拝史』『変態交婚史』）の発禁を受け、(8) その後の『変態・資料』、『文藝市場』などでもコンスタントに発禁を受け続けてゆく(9)。さすがの北明も、次第に強まる官憲からの圧力を避けるため、一九二七年の秋には上海へと逃亡するが(10)、そうした窮地でも彼はめげていない。そこでも『文藝市場』の後継誌『カーマ・シャストラ』の創刊号を作り、日本の読者たちに送るという荒技をやってのけている。

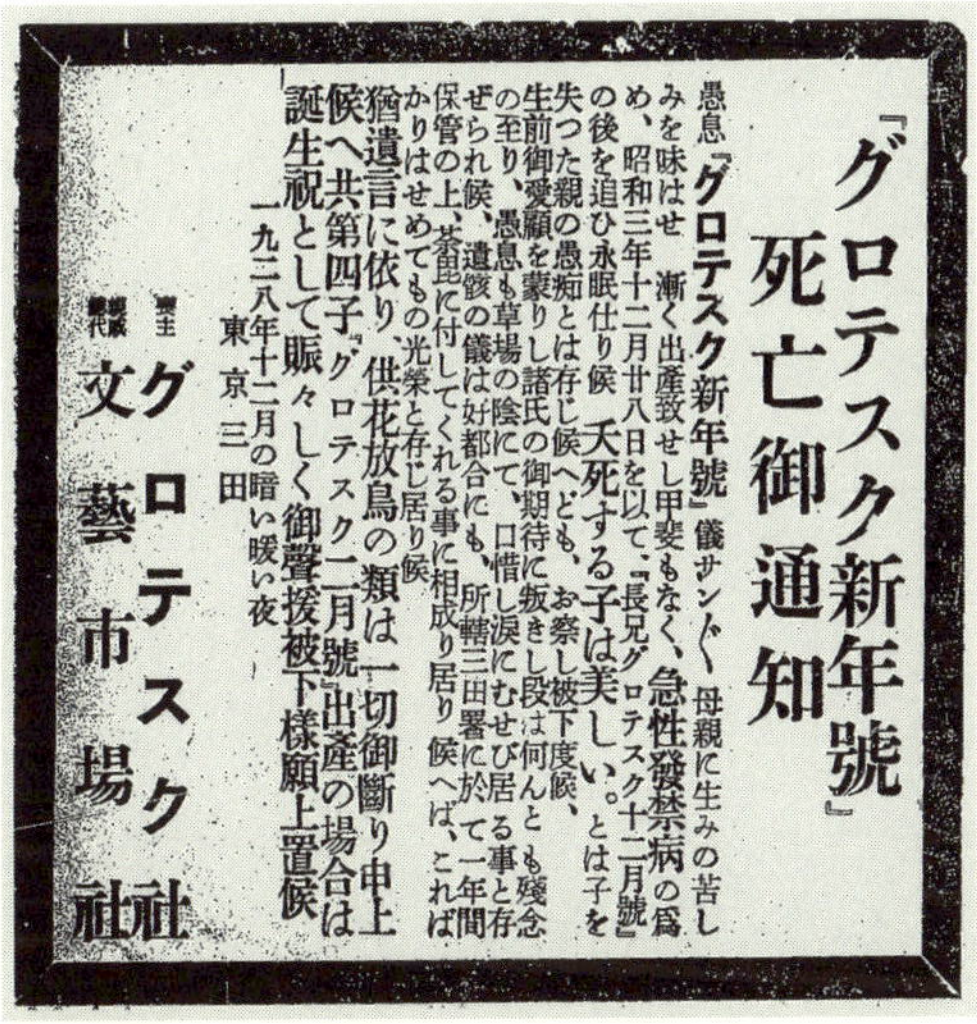
『グロテスク新年號』死亡御通知

愚息『グロテスク新年號』儀サンぐ〜母親に生みの苦しみを味はせ 漸く出産致せし甲斐もなく、急性發禁病の爲め、昭和三年十二月廿八日を以て、『長兄グロテスク十二月號』の後を追ひ永眠仕り候 夭死する子は美しい。とは子を失つた親の愚痴とは存じ候へども、お察し被下度候、生前御愛顧を蒙りし諸氏の御期待に叛きし段は何んとも殘念の至り、愚息も草場の陰にて、口惜し涙にむせび居る事と存ぜられ候、遺骸の儀は好都合にも、所轄三田署に於て一年間保管の上、茶毘に付してくれる事に相成り居り候へば、こればかりはせめてもの光榮と存じ居り候

猶遺言に依り、供花放鳥の類は一切御斷り申上候へ共第四子『グロテスク二月號』出産の場合は誕生祝として賑々しく御聲援被下樣願上置候

一九二八年十二月の暗い暖い夜

東京 三田

喪主 グロテスク社

親戚總代 文藝市場社

図表 11–1 「グロテスク新年号」死亡御通知
（『読売新聞』1928.12.30 1 面）

この後も、舞台となる雑誌を『グロテスク』に変えるなどしながら、官憲との応酬は延々と繰り返されてゆく。ただ、彼の言動を追ってゆくと、自らあえてそのような状況を作り出しているようにもみえてくる。例えば、『読売新聞』に掲載された「『グロテスク新年号』死亡御通知」をみてみよう（図表11－1）。広告欄は黒枠で囲われ、『グロテスク』の新年号が「急性発禁病」にて「永眠」したことが告知されている。文面には「遺骸の儀は好都合にも、所轄三田署に於て一年間保管の上、茶毘に付してくれる事に相成り居り候へば、こればかりはせめてもの光栄と存じ居り候」とも

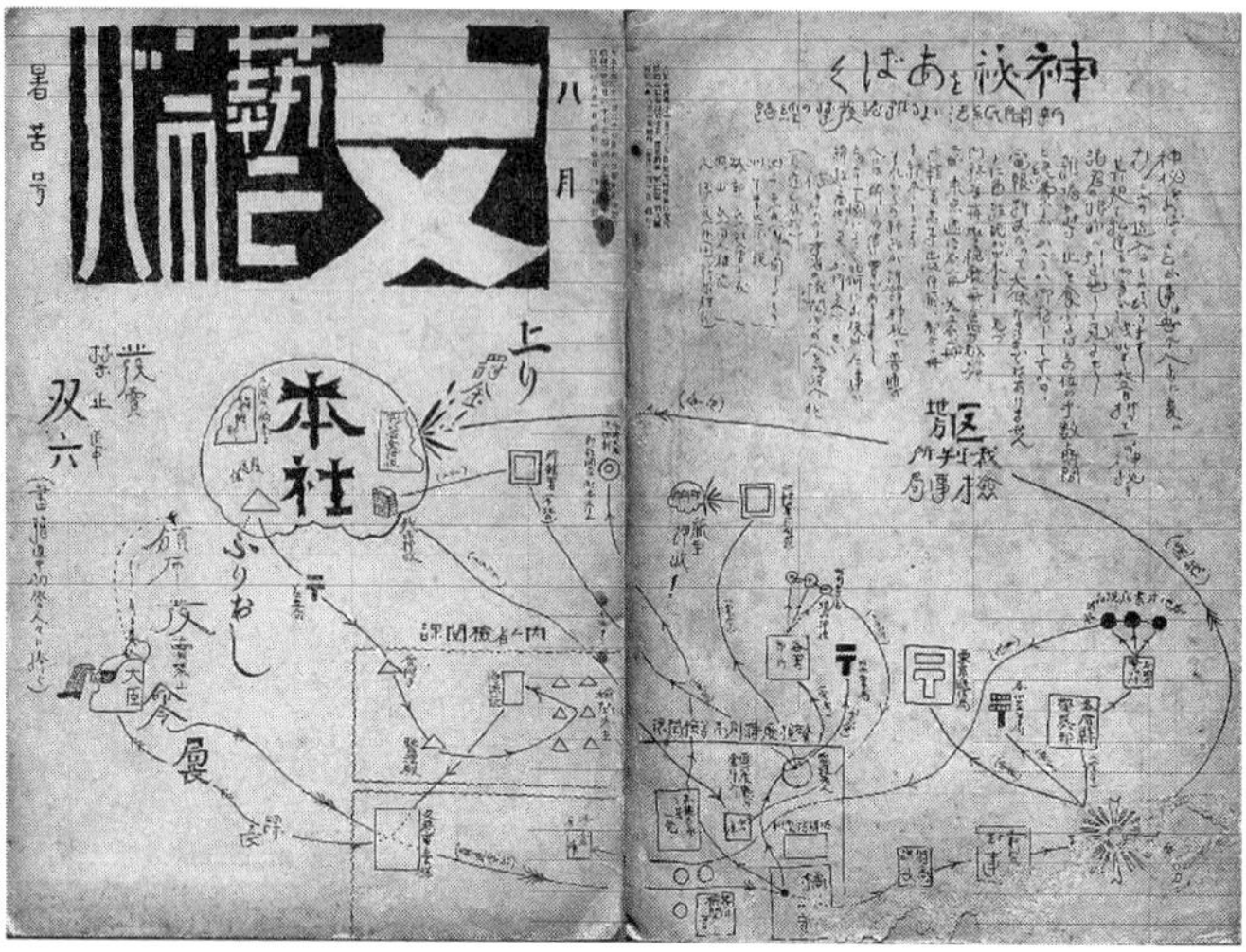

図表 11–2 『文藝市場』3 巻 8 号（1927.8）表紙

記され、この広告が官憲に対する当てこすりであることは、一目瞭然であった。

　また、官憲側の神経を逆撫でするという意味では、『文藝市場』三巻八号（一九二七・八）の表紙などは、その最たるものだったといえるだろう（図表11-2）。ここでは、「発売禁止道中双六」と題された図が掲載され、出版物の発禁がどのような仕組みによってなされているかが、検閲官の名前までも挙げて、事細かに描き出されている。

　一体、このようなことをして何の得があるというのだろうか。出版準備にかかる費用や時間を考えれば、いたずらに官憲と衝突をつづけて発禁を受けつづけるのは、あまりに割が合わない。斎藤昌三によれば、「当局からは正気か気違いか正体の解らぬ出版狂[11]」とみなされていたというが、それも当然だといえる。

　しかし、ここで第8章で確認してきた、北明の抵抗の〈戦術〉を思い返してみよう。それは、逸脱的とされ、劣位に置かれたものに価値をみいだすような新たな視点を突きつけることで、それらを逸脱として位置づけようとしてきた既存の権力構造のありようをも、逆に浮かび上がらせてゆくという方法をとるものだった。ならば、彼が〈狂気〉を思わせるような振る舞いを売りにすることもまた、それを〈狂気〉とみなし圧殺しようとする、国家権力や社会通念の姿を可視化させるための〈戦術〉でもあったのではなかったか。

実際、北明は自らの言動がどのような効果を持つのかについて、かなり自覚的であった。『グロテスク』に掲載された、監獄・留置場生活をテーマとした座談会記事のなかには、彼の次のような言葉が記録されている。

［『グロテスク』では］色々考へた末何か世相のグロ的なものでもやらうかと思つたのですが、期せずして暗黒面を毎月どし〳〵暴露して行くと云ふ意味に於て先づ最初は毎年経験のある留置場とか監獄の中に奇談とか珍談があるが、さう云ふことを社会の人間は望んでゐるのではないか。又さう云ふことを赤裸々に暴露すると云ふことは、世の中と云ふものを知る一面に於ても、非常に役立ちはしないか。［中略］それにあの中は決して世間で思つて居る程不愉快なものぢやない。兎に角人間は運で留置場でも監獄でも、中に入れば入つたで、またそこに一つの人生もあり、社会もあると云ふ意味に於て、極めて朗らかな気持で其の真相を暴露して行くと云ふことが非常に僕は愉快だと思ひます。［中略］考え様に依つてさう言ふことが極めてグロテスクなことだと考へます。(12)

ここで北明は、監獄や留置場を語ることが、二重の意味でグロテスクであることを示唆している。一つは、語られるのが社会の「暗黒面」であるという点。そしてもう一つは、そうした「暗黒面」であるはずの監獄や留置場が、「世間で思つて居る程不愉快なものぢやない」ことが暴露されてしまうという点である。興味深いのは、後者のロジックだ。それは、ミハイル・バフチンのグロテスク論を思い起こさせる。ルネサンス期の作家、フランソワ・ラブレーの描き出す物語の分析を通じて、民衆文化のなかに息づくグロテスクの意味を問うたバフチンは、グロテスクを「陰うつで恐ろしい」ものとするそれまでの見方を、一面的な理解にすぎないとして退けている。逆に、彼がグロテスクの根本にみいだしたのは、「世界を恐しい驚かすものから解放し［中略］世界をぎりぎりのところまで陽気な明るいものとする」ような価値転倒をもたらす、「カーニバル的世界感覚」であったが[13]、北明のグロテスク観も実はこれに近いものだったことがうかがわれる。国家にとって、その権力体制を支える重要な装置である監獄・留置場という「暗黒面」の実態を、「極めて朗らかな気持」で暴露し、「愉快」さを生じさせてゆくこと。それは、グロテスクなものに珍奇な面白さという、社会通念からは逸脱した価値を付与することで、「現存する世界の見せかけの（いつわりの）統一性、議論の余地なき明白性、不動の境界を越えて行く[14]」契機にしようとする試みにほかならない。

このような、それこそ「グロテスク」な抵抗のあり方は、同時代の他の抵抗運動とは明らかに異質だったといえよう。徳永直「ブルジヨア・エロ・グロについて」（『グロテスク』四（一）一九三一・四）には、この時期のプロレタリア文学者にとってのエロ・グロ・ナンセンス観がよくあらわれている。徳永にとって、それは「ブルジヨア文化が行詰つた」結果でしかなく、「思想の、イデオロギーの進展」への意志を全く欠くものであった（一二九頁）。この批判は、そのまま北明への批判にもなり得るものである。エログロを〈商品〉化とすることで成り立つ彼の抵抗もまた「ブルジヨア文化」、すなわち消費文化の産物であることは否めない。

また、その抵抗が主戦場とするのは〈商品〉が〈消費〉される場、すなわち今ここにある日常世界であったことにも注意が必要だろう。それは、マルクス主義が掲げたような、共産主義にもとづく新たな世界といった大きなヴィジョンを喚起しない以上、今ある国家システムを一挙に転倒させるような〈革命〉にはまず結びつくことはない。彼の抵抗が示し得るのは、あくまで〈小さな革命〉の可能性でしかありえなかったのだ。

しかし徳永が、「本誌グロテスクの読者が、工場労働者の中にもあるのを私は知つてゐる」（一三〇頁）と苦々しく語るように、それは資本主義の下にある、多様な階層の人々が手に取ることができ、実際に求められてもいるものだった。北明は座談会のなかで、自分が「雑誌グロテスクによつてグロテスクとかエロチツクとか云ふ様なことをまるで流行させたかの如くに思はれ」ているが、そこには少し誤解があると述べている。「僕は意識的にグロテスク或はエロテシズムをやつたのではな」い。あくまで「世の中を何でも構はぬから、お茶を濁して遣らうと云ふ気になつて、それを始めたのが丁度世の中に一種の流行を受けたと云う様な訳」なのだという[15]。エログロの異化作用を使って、世の中の（表面的な）安寧を壊乱してやろうという北明の企みは、本人が面食らうほどに世間の人々に受け入れられてしまったのである。

ならば、次に考えるべきは、このように〈小さな革命〉のイメージを帯びた「変態」やエログロが、なぜここまで人々に求められなければならなかったのか、という問題であるといえよう。

4 「変態」的アイデンティティと共同体

この問題を考える際に鍵となるのは、「変態」やエログロを求める人々が生きた時代相である。エロ・グロ・ナンセンスの歴史的位置づけをめぐる議論では、しばしば「不況と戦争直前の息苦しい現実」という時代背景が強調され、この流行とはそうした「現実」を直視できない人々の「刺激によるそこからの逃亡」の試みであるといった解釈が定説となってきた[16]。だが、「変態」やエログロを求める人々が生きた「現実」とは、「不況」と「戦争直前の息苦し」さといった枠組みに回収できるものだけではない。本書はここまで、主に一九二〇–三〇年代という時代を舞台として分析を進めてきたが、各章の議論のなかでみえてきたのは、この時期が近代的諸制度の確立期に当たるということだった。この潮流は例えば、教育制度に典型的なかたちでみることができる。専門学校令（一九〇三）や大学令（一九一八）を経るなかで、制度としての整備が進んだ結果、規格化された学歴の階梯を登らなければ社会的エリートに至ることが困難な時代となっていた。そうした制度の確立と規格化の同時進行といった現象は、医学の領域にも当てはまる。第2章でみてきたように、『変態心理』読者たちが変態心理学を通じて医学への裏口的参入を図ったのは、すでに医学教育体制が確立されてしまったがゆえの苦肉の策だったともいえる。医学系の大学や専門学校といった規定のコースに入り込めなかった彼らには、それしか道が残されていなかったのだ。

そして、この時期を象徴するもう一つの潮流は、民衆／大衆の台頭であった。第3章ですでに指摘したように、それは第一次世界大戦後の世界の大きな潮流とリンクしたものだったと考えられる。ただ興味深いのは、それがこの時代の人々、なかでも知識階級に属する人々にとっては強迫的なイメージとして作用してしまったということだろう。あるときは民衆芸術論として、またあるときは芸術大衆化論争としてといったように、名こそ変われども民衆／大衆といかに向かい合うべきかをめぐる論争が断続的に繰り返されたのは、まさにその圧力の強さを物語っている。

こうした二つの潮流がうみだす渦のなかで生きるというのは、一体どのような意味を持つのだろうか。本書が焦点を当てた「変態」概念の〈消費〉者たちをみる限り、それが決して安穏としたものでなかったことは確かだ。彼らは、いうなれば多重的な〈呼びかけ〉のなかで自らの主体を立ち上げてゆかねばならなかったのである。近代的諸制度を通じて、国家からは執拗に有用な国民となるように命じられる。また、民衆／大衆のイメージには、迫り来るとされる革命や、民衆／大衆がリードする新時代に向けて、自らを問い直せと迫られる。果たしてどれだけの数の人間が、それらの〈呼びかけ〉を真正面から受け止めることができたのだろうか。学校制度のなかでの競争に勝ち抜き、一流の学歴を得たことで、高い社会的地位へと登ることができた者。または、革命運動に専心し、こともなげに自らを民衆／大衆の一員だといいきれる者。いずれにしても、限られた〈エリート〉にすぎない。頭ではわかっていても、そうした〈呼びかけ〉に応答できずに立ち尽くす人々こそが、この時代の大多数をなしていたのではなかったか。

このような図式でこの時代相をとらえたのならば、「変態」の〈消費〉が、しばしば共同体やアイデンティティの問題と結びつくものだったことも合点がゆく。近代と共同体の関係性を考察し続けているジグムント・バウマンによれば、アイデンティティとは、共同体《コミュニティ》が失われつつある時代に現われた「コミュニティの代用品」であるという。[17] 確かに、第3章でみてきた、文壇人たちによる「変態」概念の〈消費〉のあり方などは、まさしく失われつつある「コミュニティの代用品」を求める行為といえるものだった。自らが当然視してきた芸術家という文化的な特権階級の権威が、社会のなかで脅かされつつある状況にあって、「変態」＝「天才」であるというアイデンティティは、新たな「安全で信頼できる、居心地のよい避難所」[18] としての役割を期待されていたとみて間違いないだろう。「変態」概念は、安定を失った主体を、これまでとは全く異なった角度から支えてくれる論理として機能していたのである。

そして注目すべきは、「変態」を基盤としたアイデンティティの形成は、さらには新たな共同体の形成さえも促してゆくという点であろう。雑誌『変態性欲』の同性愛読者たちの主体化を例とすれば、彼らはネガティヴな意義しかなかった同性愛者という「変態」的なアイデンティティを引き受けながら、逆にそれを共同体的な連帯を生み出す契機としてゆく。先に挙げたバウマンは、アイデンティティは、自分が共同体の「単なる代用品」であることを否定するために、自らの起源としての共同体を再び蘇らせようとしてしまうとも指摘する。[19] だが、同性愛者たちの共同体が、そうしたメカニズムによって招喚された、ある種の幻想や欺瞞であったとしても、彼らの共同体が持ち得た意義までは否定できないはずだ。彼らにとってその共同体は、自らの生に尊厳を与えてくれる数少ない「避難場所」であったのだから。

ただ、急いで付け加えるのならば、ここでいうところの「避難場所」とは、「現実」からの「逃亡」の結果しかたなく行き着いたといったような、ネガティヴなものではない。彼らの共同体は、既存の社会が彼ら同性愛者に押し付けるモデル（先天的な病人、人的再生産に寄与しない余計者等々）からは決して得られない〈希望〉の源泉であり、だからこそ彼らはそれを自分たちの手（言葉）で生み出そうとさえしていたのである。

端的にいえば、ここでの「変態」とは、時代の〈呼びかけ〉に応答できない／したくない人々に、第三の選択肢——既存の規範にとらわれない主体や共同体——を提供してくれる概念であった。もちろん、この選択肢を選び取って逸脱者として生きてゆくことには、様々な障害や不利益が伴っていた。それは第5章の小山内薫や、第6章の有島に心酔する看護婦貸費生たちが置かれていた状況を、思い出してみればよい。しかし、それでもなお、多くの人々が「変態」を選びとっていったという事実は、重く受け止める必要がある。そこからは、日本の近代社会で、いわゆる〈通常〉や〈正統〉でありつづけることが、相当の困難を伴うものであったこと。そして、「変態」という概念がそのような息苦しい社会において、現代のわれわれが想像する以上に、重要な社会的・文化的な役割を果たしていたということが、うかがい知れるだろう。

「変態」がもたらす新たなアイデンティティは、近代の日常をどこか違和感を覚えながらも生きざるを得なかった人々にとって、そこから抜け出すための〈小さな革命〉、あるいはそれを期待させるものであったといえる。「変態」は単に、おぞましく排除すべきものでも、現実逃避へと人をいざなう夢想なのでもなかった。近代日本に「変態」をはじめとする〈逸脱的なもの〉のイメージが満ちあふれたのは、人々がそこに〈今ここ〉を組み替えてゆく契機をみいだし、激しく希求したからに他ならない。

こうして、逸脱者を析出し監理するための枠組みとして生み出された近代の「変態」概念は、人々の欲望にもとづいて〈消費〉され、ついにはそのような枠組みに抵抗するための基盤へと転じていった。この現象は、近代の日本文化の全体からみれば、泡沫的な出来事にすぎなかったのかもしれない。だが一方で、この新奇な基盤は確かに、決して少なくはない人々の生を支えていたのである。「変態」をめぐって展開された様々な文化的な運動。それは、日本の近代に潜在する「複数の抵抗」が、瞬間的にせよ実を結び得ていたことを証明する、貴重な痕跡であったとはいえないだろうか。

5 〈祭り《カーニバル》〉のあと

本章の最後に、梅原北明や井東憲のその後を記しておこう。

エロ・グロ・ナンセンスという「変態」がもてはやされる時代は、それほど長くは続かなかった。先行研究でも指摘されるように、一九三二―三三年を境に急激にその勢力を衰えさせてゆく。[20] その原因は単純なものである。この時期から、当局の圧力があからさまに強化されていったのだ。ちょうど満州事変（一九三一）も勃発し、時代はいわゆる一五年戦争の第一歩を踏み出していた。幾度となく発禁を受けながらも、エログロ本を出版し続けた梅原北明も、官憲の圧力がこれまでにない高まりをみせてきたことを受けて、一九三二年あたりには出版業から手を引き、興行師や地方の中学校教師などの職を転々とすることになる。そして時代は下って、太平洋戦争がはじまるころになると、北明はのちの科学技術振興会の母体となる、海外工業情報所を設立している。ただし、そこでの彼の仕事は、軍部の保護のもとで、欧米の科学技術関連図書の海賊版を制作することであったという。終戦後は、周囲からは再度の活躍を期待されながらも、一九四六年に病没。その手腕がもう一度発揮されることはなかった。

井東憲なども、世の中の戦時色が強まるに従って左翼運動を離脱し、書くものが国家主義的なアジテーションに満ちたものへと変化してゆく。[21] 当たり前だが、そこで「変態」が語られることはなかった。左翼運動、さらには「変態」からも遠く離れた井東のテクストには、〈逸脱してしまう存在〉への共感も、〈大きな物語〉を逸脱するような視角も、すでにみることはできない。

これらの事実をもって、《彼らは結局、軍部の片棒を担ぐ戦争協力者となってしまったのであり、その抵抗の試みは欺瞞に満ちたもの、あるいはあまりに脆弱なものであった》と断罪することはたやすい。しかし、このような視点で歴史上の〈失敗〉をまなざすことは、本書で何度も繰り返し述べてきたように、既存の権力構造をただ追認する行為にすぎないのではないだろうか。まずは、北明や井東にみられる「変態」からの〈転向〉とでも呼ぶべき事態を、権力構造の変動という観点から再認識してゆく必要があるだろう。本書がここまでの議論のなかで指摘したように、「変態」やエロ・グロ・ナンセンスといった〈逸脱的なもの〉の流行は、人々の〈小さな革命〉への欲望に支えられたものであった。だとすると、流行を先導した北明らの〈転向〉とは、その欲望自体が国家の総動員体制のなかで変容していったということを意味しているのかもしれない。それは我々がいまだ気付かないどこかに伏流していったのか、それとも国家主義的な共同体幻想のなかに取り込まれ、解消されてしまっていたのか。いずれにせよ、考えるべき課題はまだまだ多い。

一九一〇年前後の啓蒙的な学術的「変態」理論の受容期から始まり、一九三〇年代のエロ・グロ・ナンセンスの時代まで続いた、「変態」とそこに仮託された人々の欲望が乱舞する〈祭り《カーニバル》〉は、とうの昔に終ってしまった。しかしその後片付けは、いまだ始まったばかりである。

【注】

（1）「本誌の大飛躍について」の最後には、「読者諸君」に対して「腹蔵なき御意見を賜りたい」と書かれているが、同号に載せられた「本誌に対する批評と希望」は、この意見募集以前に投書されてきたものが使われている。したがって、こうした編集部への批判めいた投書は、意見募集をわざわざしなくてもすでに編集部に届いていたのである。このような圧力に対応するかたちで、編集部が誌面刷新を始めた可能性も高いといえよう。なお、「本誌の大飛躍について」で募集された意見については、三篇の投書が次号（一七（四））に「本誌に対する批評と希望」として掲載されている。それらの内容の傾向は、一七巻三号のものとほとんど変わっていない。

（2）「変態心理学実験所開設に就いて」（『変態心理』一一（一）一九二三・一）一一二頁

（3）「編集の後に」（『変態心理』八（五）一九二一・一一）六三一頁

（4）発行された順に、催眠術革新号（一九二〇・一二）、大本教追撃号（一九二〇・一二）、精神療法研究号（一九二一・一）

（5）中村民雄「回想　中村古峡と私」（『『変態心理』と中村古峡』不二出版　二〇〇一）

（6）遠藤元男「風俗史学史」（『日本風俗史事典』弘文堂　一九七九）

（7）森徳太郎の『変態心理』への寄稿は全四本。著書の出版以後は『変態心理』への寄稿はなく、江馬務が主宰する『風俗研究』への投稿が中心となってゆく。

（8）「変態十二史」のシリーズ本のなかで発禁とされたのは『変態芸術史』『変態崇拝史』『変態交婚史』の三冊としたが、『変態交婚史』は本来第一巻として発行される予定だったものの、印刷中に差し押さえられたため、変態十二史の正式なリストには入れられていない。また、斎藤昌三による『変態序文集』という一冊も当初企画され、校正まで進められていたが、これは発売禁止の手続きもなしに警察によって押収されてしまったらしい。これも実質的な発禁と考えれば、計四冊が発禁されたということになる。（『別冊太陽　発禁本』（平凡社　一九九九）参照）

（9）『変態・資料』は全二一冊中八冊、『文藝市場』は全一八冊中四冊が発禁を受けている。（前掲『別冊太陽　発禁本』）

(10) 梅原正紀（「梅原北明」（『アウトロウ（ドキュメント日本人6）』學藝書院　一九六八）も論じているが、一説には、上海を出版地としたのも偽装であり、実際は日本で活動していたとも言われる。ただし、官憲に追われて何度か上海に逃亡したことがあったのは、確かであるとされる。
(11) 斎藤昌三『三十六人の好色家』（有光書房　一九七三）八二頁
(12) 「近世現代全国獄内留置場体験座談会」（『グロテスク』四（一）一九三一・四）二五一－二五二頁
(13) バフチン、M.（川端香男里訳）『フランソワ・ラブレーの作品と中世・ルネッサンスの民衆文化』（せりか書房　一九八八）四七頁
(14) バフチン前掲書　同頁
(15) 「近世現代全国獄内留置場体験座談会」（『グロテスク』四（一）一九三一・四）二五一頁
(16) 安田常雄「エロ・グロ・ナンセンス」（『日本歴史大事典』1　小学館　二〇〇〇）三九六頁。ここでのエロ・グロ・ナンセンスの説明は、第8章の注3でとりあげた山本前掲書の議論をそのまま引き継いだものとなっている。
(17) バウマン、Z.（奥井智之訳）『コミュニティ』（筑摩書房　二〇〇八）二六頁
(18) バウマン前掲書　同頁
(19) バウマン前掲書　二六－二七頁
(20) 城市郎「活字のエロ事師　梅原北明と珍書出版」（『別冊太陽　発禁本』平凡社　一九九九）
(21) 『戦争は庶民階級にどう響く』（日本文化研究会　一九三七）、『アジアを攪乱する猶太人』（雄生閣　一九三八）など。

あとがき

本書は、二〇一二年に名古屋大学大学院文学研究科に学位（課程博士）申請論文として提出した「〈逸脱者〉をめぐる日本近代文化史の研究」に、加筆・修正を施したものである。初出一覧をみると、各章のもとになった論文は二〇〇七年から二〇一二年のおよそ五年間に発表されており、自分の経歴と重ね合わせれば、博士後期課程に進学した以降に書かれたものがまとめられているということになる。だが実際には、それら論文の根本的な発想は博士前期課程の時代に考えだされたものも少なくないし、一部は学部生時代にまで遡《さかのぼ》れるかもしれない。いわば本書は、竹内瑞穂というひとりの学生が、研究者へと成長してゆく過程で積み重ねてきた思考の堆積物だといってよい。

ただ、こうして一冊のかたちにまとめ、その堆積物が描き出す地層をある程度客観的にみられる立場にたってみると、我ながら各層（章）の色がバラバラなのに驚かされる。題材のみならず、援用される分析手法も多岐にわたっていることが原因かと思われるが、おそらくそれは、自分が影響を受けてきた研究グループの多様さに由来するものなのだろう。心理学・精神医学史の研究者たちとの研究会や、社会学・人文地理学・歴史学といった専門の異なる院生たちによる勉強会、カルチュラル・スタディーズ関連のイベント準備組織。それぞれ扱う対象も方法論もバラバラであったが、これらのグループに共通する点が全くないわけではない。それらはともに、自分が専門としていた文学研究を行う場ではなかったのである。そして、そのような超域的な場へと私を突き動かしたのは、学問的な好奇心というよりも、危機感であった。

大学のゼミにも入り、文学研究の基礎を学び始めた当初の私の目には、この領域は汲み尽くせない魅力と活気に満ちたものとして映っていた。「テクスト論」や「構造主義」、「語り論」といった理論によって、それまでなんの感興もわかなかった定番作品が、鮮やかに読みかえられてゆく様はとても刺激的だった。ところが、次第に深くこの領域へと足を踏み入れていった私を待っていたのは、文学研究が文学そのものの〈価値〉を疑いはじめるという局面であった。その契機となったのは、一九九〇年代以降のジェンダー論やポストコロニアル理論、カルチュラル・スタディーズといった、文化のなかに潜む政治性を問い直そうとする諸理論の隆盛である。そうした人文学全体をも巻き込む大きな潮流のなかで、文学だけが無辜の芸術として、その特権的地位を保てるはずもなかった。結果として、二〇〇〇年代に文学の研究を志した私たちの世代は、文学を学びながら同時にそれを疑わなければならないという矛盾のなかで、研究者としてのアイデンティティを構築してゆかざるを得なかったのである。

思えば、本書ではアイデンティティを模索する知識人たちに繰り返し焦点を当てて論じてきたのも、そこに私自身が直面していた状況と、どこか重なる部分を感じ取っていたためなのかもしれない。彼らが様々な知を流用し組み合わせながら、自らのアイデンティティの新たな基盤を築こうとしたように、私もまた様々な知を超域的にかき集めながら、研究者としての新たな基盤を模索していたのである。結果、彼らがたどり着いたのが「変態」理論だったとすれば、私の場合はそれが文化史研究だったというわけだ。

つまり、私にとって逸脱者をめぐる文化史を綴ってゆくということは、自らの手で自身のアイデンティティを綴ってゆくことでもあったのである。だが、誰もが経験するように、文章というものはしばしば、書き進めるうちに最初の意図とはまったく別の方向へと流れ出し、本人も想定していなかったところへと書き手を連れ出してしまう。奇妙に思われるかもしれないが、一冊の文化史を書き上げた今、文学というものの重要性を一層強く感じるようになっている。本書を論じるなかでかいまみえた、文学の〈想像力〉。それは同時代の歴史・文化に強く規定されながらも、しばしばそれらを飛び越えた〈現代的な意義《アクチュアリティ》〉をはらむものであった。幸い、日本にはこのような文学的遺産が、ほとんど手つかずのものも含め、大量に残されている。もしかすると、研究者としての自分の次の一歩は、それらと向かい合うところから始まるのかもしれない。

今後の私が名乗ることになるのが、果たして文化研究者なのか文学研究者なのかは、わからない。（そもそも、そんな区分自体が消滅してゆくのかもしれない。）それこそ時と場合によって、行為遂行的《パフォーマティヴ》に決定されてゆくことになるだろう。ただ、一〇〇年後の物好きな研究者が私の研究を概観したときに、「迷いはみえるが、真摯であったことは間違いない」といってもらえるような研究を続けてゆきたいと思う。

*

ここからは、本書を書くにあたってお世話になった方々について記しておきたい。

まずは、メタモ研究会のみなさん。この研究会とは、私が大学院に入学して以来の付き合いになるが、そこで学んだことはまさに数えきれない。雑誌『変態心理』を数年かけて地道に読んでゆくというみなさんとの作業がなければ、本書が生まれることはなかった。

そして、大学院時代をともに過ごした日本文化学講座のみなさん。この講座で学んだことは、間違いなく今の自分の基礎を成している。なかでも、藤木秀朗先生にはゼミに参加させていただくなど、お世話になることが多かった。そこで批評理論を読み込んだ経験は、その後の私の研究の幅を確実に広げてくれたと感じている。

また、私の前の職場である東海高等学校のみなさん。短い間ではあったが、非常に個性的かつ優秀な生徒たちと、さらにその上をゆく個性と高い能力を持った先生方との日々は、忘れがたい思い出となっている。みなさんの理解があったからこそ、迷いながらも研究者と高校教員という二足のわらじを履き続けられた。

現在、私が勤務している愛知淑徳大学文学部国文学科のみなさんにも、感謝を申し上げたい。同僚の教員のみなさんには、相も変わらず効率の悪い私の仕事ぶりを辛抱強く見守っていただき、おかげでこうして本書を書き上げることができた。そして、私の講義を受けてくれた学生、なかでもゼミ生のみなさん。一応、教員として教えはしているものの、実はみなさんから教わることのほうがよほど多い。自らの思考を、できるだけわかりやすい言葉で伝えることの重要さを学んだのは、みなさんとの議論を通じてであった。

ひつじ書房の森脇尊志さんの名前も、ここで挙げておきたい。初めての出版で右も左もわからない自分を、粘り強く導いてくれた。打ち合わせのなかでいただいた指摘や提案には、いつも考えさせられることが多く、文章を書く仕事に携わる者として大変勉強になった。

振り返ると、多くの方々との出会いが本書の基盤を成していることを、あらためて思い知らされる。ただ、そのなかでも二人の師匠(あえて、この言葉を使わせていただきたい)との出会いは特別な意味を持っている。学部生時代には、山田俊治先生に研究のイロハを教えていただいた。おそらく師事したのが先生でなかったら、この道に進んでみようとは思わなかったはずだ。大学を出た後も、近世文学の読書会にお誘いいただき、近代・古典の優れた文学研究者の方々と出会うきっかけを作っていただいたり、ときには「こんな資料がある」と先生の貴重な蔵書を閲覧させていただいたりと、今に至るまでお世話になり続けている。先生からは知識だけではなく、研究者としての生き方のようなものを教わったように思う。

そして、坪井秀人先生には、大学院入学から博士論文提出までの八年もの間ご指導いただいた。「放任主義」という評判に違わず、先生から研究について、具体的にああしろこうしろといった〈指導〉を受けた記憶はない。しかし、ゼミや研究会など様々な場での先生との真剣な議論から得たものは、本当に計り知れない。こうして一冊の本を書き上げてみると、自分がまだまだ先生のレベルに達していないことを痛感させられるが、いつかはという気持ちは失わずに、今後も自分の研究を進めてゆきたいと考えている。

最後になったが、この場を借りて私の最大の支援者でもあった両親への感謝を伝えさせていただきたい。末っ子であることに甘えて、大学進学を期に家を出て以来、やりたい放題やらせてもらった。そのおかげで、こうして一冊の本を出すところまでこぎ着けることができた。ありがとう。

なお、本書所収の論文執筆に際しては、平成二二−二三年度科学研究費補助金（研究活動スタート支援）の助成と、市原国際奨学財団の平成二三年度研究助成を受けることができた。

また、本書の刊行にあたっては、愛知淑徳大学の平成二五年度出版助成を受けた。

二〇一四年一月二三日

名古屋の喫茶店「Abbey Road」にて

竹内　瑞穂

初出一覧（本書にまとめるにあたり、適宜加筆・修正をしてある）

序章　書き下ろし

第1章　「大正期「変態」概念の理論的可能性と限界――変態性欲論と変態心理学の比較を通じて」（『心理学史・心理学論』九　二〇〇七・一二）

第2章　書き下ろし

第3章　「「民衆」からの〈逸脱〉――大正期「変態」概念・天才論の流行と文壇人」（『日本文学』五六(九)　二〇〇七・九）

第4章　「「流動」する「変態」――谷崎潤一郎「鮫人」の逸脱者イメージ」（『愛知淑徳大学国語国文』三四　二〇一一・三）

第5章　「共同体への憧憬――小山内薫の芸術観と大本教信仰」（『JunCture　超域的日本文化研究』二　二〇一一・二）

第6章　「有島武郎〈偶像〉化のメカニズム――情死事件をめぐる諸言説の力学」（『有島武郎研究』一二　二〇〇九・九）

第7章　「近代社会の〈逸脱者〉たち――大正期日本の雑誌投稿からみる男性同性愛者の主体化」（『Gender and Sexuality』三　二〇〇八・三）

第8章　書き下ろし
（二〇一一年一一月　日本近代文学会一一月例会「エログロへの〈転向〉——梅原北明『殺人会社』の社会批評法」（於：お茶の水女子大学）の発表原稿に基づく）
第9章「〈未完〉のモダン都市・名古屋——『新愛知』におけるプロレタリア文学評論とモダニズム」
（『〈東海〉を読む』日本近代文学会東海支部編　風媒社　二〇〇九・六）
第10章「大衆化をめぐる〈交通〉——井東憲『上海夜話』におけるプロレタリア探偵小説の試み」
（『日本文学』五八（一一）二〇〇九・一一）
終章　書き下ろし

索引

【著者紹介】

竹内瑞穂（たけうち みずほ）

〈略歴〉1981年静岡県生まれ。2009年名古屋大学大学院文学研究科日本文化学専攻博士後期課程満期退学。博士（文学）。現在、愛知淑徳大学文学部助教。

〈主要論文〉「「民衆」からの〈逸脱〉―大正期「変態」概念・天才論の流行と文壇人」『日本文学』第56巻9号（日本文学協会、2007年)、「大衆化をめぐる〈交通〉―井東憲『上海夜話』におけるプロレタリア探偵小説の試み―」『日本文学』第58巻11号（日本文学協会、2009年)、「探偵小説批評の欲望―甲賀三郎と本格／変格論争」『愛知淑徳大学国語国文』第36号（愛知淑徳大学国文学会、2013年）

シリーズ文化研究 3

「変態」という文化―近代日本の〈小さな革命〉

Queer Rebels: A History of HENTAI Culture in Modern Japan
TAKEUCHI Mizuho

発行 2014年3月14日 初版1刷
定価 5600円＋税

発行者 松本功
印刷所 三美印刷株式会社
製本所 星共社
発行所 株式会社 ひつじ書房
〒112-0011 東京都文京区千石2-1-2 大和ビル2F
Tel.03-5319-4916 Fax.03-5319-4917
郵便振替 00120-8-142852
toiawase@hituzi.co.jp http://www.hituzi.co.jp/

ISBN978-4-89476-688-4 C3090